BASTEI
LÜBBE
TASCHENBUCH

Weitere Titel der Autorin:

15 760 Die Maske der Leidenschaft
15 822 Die Nichte der Marquise
16 333 Flucht aus dem Harem

Daria Charon

DIE NÄCHTE DER APHRODITE

Erotischer Roman

BASTEI LÜBBE
TASCHENBUCH

BASTEI LÜBBE TASCHENBUCH
Band 16 418

1. Auflage: April 2010

Bastei Lübbe Taschenbuch in der Bastei-Lübbe GmbH & Co. KG

Originalausgabe

Dieses Werk wurde vermittelt durch die
Literarische Agentur Thomas Schlück GmbH; 30827 Garbsen

Titelillustration: © shutterstock/Sean Nel
Umschlaggestaltung: Christin Wilhelm
Satz: Urban SatzKonzept, Düsseldorf
Gesetzt aus der Palatino
Druck und Verarbeitung: Norhaven
Printed in Denmark
ISBN 978-3-404-16418-9

Prolog

Henri, der zwölfte Herzog von Mariasse, zog den bodenlangen Zobelmantel enger um sich und unterdrückte ein Gähnen. Es war entschieden zu früh, um überhaupt schon aufgestanden zu sein, geschweige denn, durch die in diesem Jahr ungewöhnlich kühle Dezemberluft zu stolpern.

Er grub die Hände tiefer in die Manteltaschen. Sein Magen knurrte lauter, als seine Schritte auf den kiesbestreuten Wegen von *Belletoile* knirschten. André, einer der Gärtner, und Léon, der zweite Kammerdiener, liefen so schnell, dass er Mühe hatte, ihnen zu folgen.

Der Weg führte zum Großen Seerosenteich, und wie der Herzog mit zusammengekniffenen Augen erkannte, hatte sich am Steg, wo im Sommer die Ruderboote lagen, eine Gruppe Männer versammelt.

Unbehagen kroch seinen Rücken hinauf und vertrieb Kälte und Hunger. Die Beharrlichkeit, mit der man ihn geweckt, und die Eile, mit der man ihn in seine Kleider gestopft hatte, hätte ihm zu denken geben müssen. Allerdings fing sein Gehirn erst in diesem Moment an, sich in Bewegung zu setzen.

Als sie den Steg erreichten, wichen die dort versammelten Männer – alles Arbeiter von *Belletoile* – zurück und zogen ehrfurchtsvoll ihre Hüte und Kappen vom Kopf. Der Herzog bemerkte es nicht, denn seine Aufmerksamkeit galt einer auf den Holzplanken ausgestreckten Frau. Ihr Kleid war tropfnass, ihr Gesicht weiß wie Kerzenwachs, und die blicklosen Augen starrten in den grauen Himmel. Tot, daran gab es keinen Zweifel.

»Wer ist sie?«, fragte der Herzog und blickte von der Toten auf. Die Männer drehten noch immer ihre Kappen in den Händen.

»Sie ist Amélie, die Tochter vom alten Bernard«, sagte schließlich einer von ihnen. Sein Atem bildete eine weiße Wolke in der Kälte.

»Von Bernard, dem ersten Kammerdiener?« Der Herzog konnte nicht verhindern, dass die Bestürzung über diese Mitteilung in seiner Stimme widerhallte. Bernard war nur wenig älter als er selbst und ein wahrer Bär von einem Mann. Seine Familie stand seit Generationen bei den Herzögen von Mariasse in Diensten. Allerdings hatte Bernard in diesem Leben nicht viel Freude erfahren. Alle seine Kinder waren in den ersten Wochen nach der Geburt verstorben. Nur Amélie hatte überlebt. Dafür hatte der Allmächtige in seiner unergründlichen Weisheit beschlossen, ihre Mutter noch aus dem Kindbett zu sich zu holen. Das war vor etwa sechzehn Jahren gewesen.

Der Gedanke, dem vom Schicksal ohnehin geschlagenen Mann mitteilen zu müssen, dass er jetzt auch seine Tochter verloren hatte, verwandelte den Magen des Herzogs in ein Stück Eis.

»Ein Unfall?«, fragte er heiser, während er den Blick erneut auf die Tote richtete. Sie trug keinen Mantel, keine Jacke, als wäre sie nur kurz nach draußen gelaufen.

Schweigen antwortete ihm. Schließlich hockte sich einer der Männer nieder und schob den Bund des Rocks ein Stück nach unten. Gerade so weit, dass man den deutlich gerundeten Leib des Mädchens sehen konnte.

Der Herzog fluchte unhörbar. So viel zum tragischen Unglücksfall. Das Mädchen war ins Wasser gegangen, weil es die Schande nicht ertragen hatte. Das erklärte auch den fehlenden Mantel. Wie dumm, wie unsagbar dumm. Das Leben wegzuwerfen wegen einer solchen Lappalie. Wäre sie zu ihm gekommen, er hätte eine Lösung gefunden. Und jede Lösung wäre besser gewesen, als jene, die Amélie gewählt hatte.

»Deckt sie zu und bringt sie ins Haus«, befahl er barsch und wandte sich ab.

»Euer Gnaden, jemand muss es Bernard sagen.«

Sie wussten alle, dass er derjenige war. Der Herzog von Mariasse, der allmächtige Herrscher über einen nicht gerade kleinen Landstrich im *Languedoc* samt dem märchenhaften *Belletoile*, das einem König würdig gewesen wäre. Und einem König gleich hielt er die Hand schützend über seine Untertanen, über die Bewohner, die Arbeiter, ja sogar die Gäste seines Anwesens. Er trug die Verantwortung für ihr Wohlbefinden, und wenn es einem grausamen Schicksal gefiel, einen aus ihrer Mitte zu reißen, dann war es seine Pflicht, zu handeln. Eine Pflicht, die er nicht delegieren würde. Obwohl er es konnte.

Er straffte die Schultern, drehte sich aber nicht um. »Ich werde mich darum kümmern. Holt den Pfarrer.«

Einer der Männer trat einen Schritt vor und neigte demütig den Kopf, ehe er zu sprechen anfing. »Euer Gnaden, der Pfarrer wird nicht kommen. Nicht, wenn sie den Freitod gewählt hat. Dann sind ihr die Sakramente ebenso verwehrt wie ein Platz im Familiengrab.«

Jetzt drehte sich der Herzog doch um. Die Bedächtigkeit der Bewegung täuschte die Umstehenden. Denn als sie den Ausdruck auf seinem Gesicht sahen, wichen sie wie ein Mann vor ihm zurück. »Amélie wird die Sakramente erhalten, und sie wird an der Seite ihrer Mutter begraben werden. Dafür werde ich sorgen. Und wenn es das Letzte ist, was ich tue. Oder was der gottverdammte Pfarrer tun wird.«

1

Elaine schloss die Augen, als sich Armand über sie beugte. Sein Mund berührte ihre Lippen zuerst sacht, dann drängte er seine Zunge dazwischen und forderte sie auf, den Kuss zu erwidern. Nur zu gern erfüllte Elaine diese Forderung. Ihre Arme flochten sich um seinen Nacken, und sie stöhnte unwillkürlich auf, als er sie tiefer ins weiche Heu drückte. Trotz des Verlangens, das sich in ihrem Körper ausbreitete, und der undurchdringlichen Dunkelheit in der Scheune achtete sie darauf, dass ihr dichtes blondes Haar die rechte Hälfte ihres Gesichts bedeckte und dass sie ihren Kopf leicht zur Seite drehte. Weg von Armand.

Diese Bewegung war ihr in Fleisch und Blut übergegangen, seit sie zum ersten Mal in das entsetzte Gesicht der Nachbarin geblickt hatte. Damals war sie vier Jahre alt gewesen und durfte nach dem tragischen Vorfall erstmalig das Haus verlassen. Durch eine unvorsichtige Bewegung war ein Topf mit kochendem Wasser auf dem Herd umgekippt und hatte Elaines rechte Gesichtshälfte und die Schulter verbrannt. Sie selbst konnte sich nicht mehr genau daran erinnern, wie es passiert war, und auch die nachfolgenden Wochen verschwanden in einem trüben Nebel. Das Einzige, was sie in den dunklen Winkeln ihres Gehirns fand, wenn sie daran dachte, war Schmerz und wieder Schmerz. Später erzählte ihr die Mutter, dass ihr der Pfarrer bereits das Sterbesakrament gespendet hatte, denn niemand glaubte daran, dass sie überleben würde.

Sie starb nicht, doch der Preis dafür war so hoch, dass

Elaine immer häufiger wünschte, in einem kalten Grab zu liegen, statt tagtäglich in den Gesichtern der Menschen Erschrecken, Ekel, Angst und Abscheu lesen zu müssen. Auch in ihrer eigenen Familie fand sie keinen Trost. Ihre Mutter Claire gebar ein Kind nach dem anderen, einige davon blieben sogar am Leben. Aber sie hatte keine Zeit, ihrer ältesten Tochter die Zuwendung zu geben, die Elaine ausreichend Selbstbewusstsein vermittelt hätte, um ihr Schicksal akzeptieren zu können. Ihr Vater nahm keines der Mädchen wirklich zur Kenntnis – bis zu ihrer Vermählung waren sie nichts als unnütze Esser –, und wenn er sie einmal ansah, dann spürte sie die Geringschätzigkeit in diesem Blick, denn es war klar, dass kein Mann um sie anhalten würde. So verkroch sie sich im Haus, lernte Kochen und Nähen und kümmerte sich um die neugeborenen Geschwister. Im Sommer arbeitete sie mit den anderen auf den Feldern, aber sie ging weder sonntags zur Kirche noch besuchte sie die hin und wieder stattfindenden Dorffeste. Ihre Zukunft lag nüchtern vor ihr – sie würde im Haus ihrer Eltern bleiben und für sie sorgen, bis sie starben. Dann würde sie auf die Mildtätigkeit ihres Bruders Antoine und dessen Frau angewiesen sein, um weiterhin ein Dach über dem Kopf zu haben. Bis zu ihrem eigenen Tod.

Dieser Weg schien so unverrückbar vorgegeben zu sein, dass Elaine vor lauter Verzweiflung heiße Tränen weinte, wenn sie nachts in ihrem harten Bett lag.

Deshalb war es ihr wie ein Wunder erschienen, als Armand anfing, sich während der Arbeit auf den Feldern mit ihr zu unterhalten. Misstrauisch war sie ihm ausgewichen, aber er ließ sich nicht abweisen, sondern folgte ihr unbekümmert und setzte sich sogar während der Brotzeit zu ihr. Er behandelte sie, wie er alle anderen behandelte, scherzte ungezwungen mit ihr, und das alleine reichte, um sie süchtig nach seiner Gegenwart zu machen.

Armand Lebrun kam nicht aus Trou-sur-Laynne, nicht einmal aus der Auvergne. Er war Tagelöhner und zog von Ort zu Ort. Elaine hörte ihm gerne zu, wenn er berichtete, wo er schon überall gewesen war. Er konnte mit Worten wunderschöne Bilder malen, die ihre eigene Fantasie mit Leben ausschmückten. Als er sie das erste Mal geküsst hatte, heimlich hinter dem Scheunentor, war sie vor lauter Glück beinahe zersprungen. Die Tatsache, dass er ihr fast zwanzig Jahre voraushatte, schob sie beiseite, denn sein Körper war der eines Mannes, der immer an der frischen Luft gearbeitet hatte. Muskulös und zäh, dunkel gebräunte Haut über straffem Fleisch. Wenn seine starken Arme sie umschlossen, fühlte sie sich beschützt und geborgen und konnte alle ihre Sorgen vergessen.

Sie zierte sich nicht lange, als es darum ging, intimere Bande zu knüpfen. Ihre Sehnsucht, endlich jemanden für sich zu haben, endlich Zärtlichkeit zu empfangen und zu geben, überwog alle Vorsicht und Vernunft. Fast jeden Abend traf sie sich mit Armand. Meist in der Scheune, manchmal auch im Wald. Sie begann zu träumen, dass auf ihrem Weg doch noch etwas anderes liegen könnte als die Pflichten im Elternhaus.

Armands Zähne reizten ihre empfindlichen Brustwarzen. Das Feuer in ihrem Körper zentrierte sich zwischen ihren Schenkeln. Zwar war der Geschlechtsakt für sie nicht völlig abwegig gewesen, schließlich wuchs sie mit reichlich Viehzeug auf. Aber sie hatte nicht gewusst, dass es dabei Gefühle wie diese gab. Diese gleißende Erregung, die schließlich in hellen Sternschnuppen verglühte. Sie verdankte Armand diese Erfahrung, und alleine dafür würde sie ihn immer lieben.

Ihre Hände glitten über seinen schweißfeuchten Nacken und über die kräftigen Schultern. Er hatte sein Hemd längst abgelegt. Sie durchkämmte das dichte krause Haar auf seiner Brust, leckte seine kleinen Brustwarzen, bis sie hart wie Kieselsteine waren und sich dumpfes Stöhnen in seine Atemzüge mischte. Seine Erektion presste sich gegen ihren Schenkel, und sie erschauerte. Seit sie mit Armand zusammen war, fühlte sie sich lebendig. Als wäre sie aus einem tiefen Schlaf erwacht.

Schwielige Finger strichen über ihre Beine. Ihr Rock rutschte höher, als sie bereitwillig die Knie öffnete. Mit bebenden Händen zog sie das Band seiner Hose auseinander und umfasste sein heißes, samtiges Glied, das sich ihr ungeduldig entgegendrängte. Ein paar Mal ließ sie die Faust auf und ab gleiten, wie er es ihr gezeigt hatte, dann presste sie sich an ihn und rieb ihren Unterleib in kleinen, aufreizenden Kreisen an ihm. Erregung ließ ihr Blut kochen und hüllte ihren Verstand in dichten Nebel.

»Du bist so heiß und nass, meine süße Kleine. Ich mag es, wenn du dich vor lauter Geilheit windest. Willst du mich haben?«, flüsterte Armand an ihrem Ohr.

Elaine nickte. Sie spürte, wie er über ihre sehnsüchtig klaffende Spalte strich und wölbte sich ihm entgegen.

»Du kannst es wohl gar nicht mehr erwarten, dass ich dich aufspieße.« Er schob sich über sie und Elaine stöhnte. Wie von selbst schlangen sich ihre Beine um seine Hüften. Seine Stimme wurde heiser vor Verlangen. »Ich konnte den ganzen Tag an nichts anderes denken, als endlich in dir zu sein. Tief in dir.«

Er stieß zu, und Elaine erzitterte unter der Wucht seines Stoßes. Ihre Körper klatschten mit immer schneller werdenden Schlägen in einem zügellosen Rhythmus aufeinander. Abrupt krallten sich seine Finger in ihr Haar und rissen ihren Kopf zurück, ehe er ihren Mund mit einem heiseren Aufschrei plünderte. Sie kam im selben Moment mit heftigen

Kontraktionen, die noch andauerten, als er sich aus ihr zurückzog, um seinen Samen auf ihren Bauch zu spritzen.

In der Stille hallte ihr gemeinsames Keuchen. Es war der Moment, in dem Elaine die Dunkelheit immer verfluchte. Sie hätte so gerne sein Gesicht gesehen, in dem sich Lust und Befriedigung spiegelten. Aber die Scheune oder der Wald blieben die einzigen Orte, an denen sie sich unentdeckt treffen konnten. Eine Lampe war zu gefährlich, einerseits wegen des trockenen Heus, andererseits, weil sie damit Aufmerksamkeit erregen würden.

Schemenhaft sah sie Armand zwischen ihren Beinen knien. Wie immer wischte er seinen Samen mit einem Taschentuch weg. Dann küsste er sie. »Ich muss gehen, die anderen werden sonst misstrauisch.«

Auch diesen Satz kannte sie. »Natürlich, Armand.«

Gedämpfte Geräusche verrieten, dass er sich anzog. Sie biss sich auf die Unterlippe, aber diesmal konnte sie nicht schweigen. »Du wirst mich doch mitnehmen, wenn du weiterziehst. Nicht wahr, Armand?«

Leises Lachen war die Antwort. »Ich habe es dir doch versprochen, meine süße Kleine. Wie könnte ich auch nur einen Tag ohne dich sein? Wenn wir mit der Ernte fertig sind, gehen wir gemeinsam nach Burgund, dort beginnt die Weinlese. Du wirst die Arbeit mögen, sie ist lange nicht so anstrengend wie das Tagewerk auf den Feldern.«

Beruhigt schloss Elaine die Augen. Er hatte es versprochen. Und er konnte ohne sie nicht sein, das hatte er ihr gerade bewiesen. »Ich will aber, dass du mit meinen Eltern sprichst, bevor wir gehen.«

»Natürlich, Elaine. Aber das hat ja noch Zeit.« Er küsste sie auf den Mund. »Wir sehen uns morgen.«

Ein paar Schritte, dann der dumpfe Ton der zuschlagenden Scheunentür und sie war alleine. Seufzend strich sie den

Rock nach unten und schloss die Knöpfe ihrer Bluse. Dann ließ sie sich wieder ins Heu sinken. Sie wollte nicht zurückgehen, in ein kaltes, hartes Bett. In ein Haus, in dem man weder auf sie wartete noch sie vermisste. Also kroch sie tiefer ins Heu und schloss die Augen. In dieser Nacht würde sie wunderschöne Träume haben, und mit etwas Glück würden sie wahr werden.

Als Elaine am nächsten Morgen das Elternhaus betrat, traf sie niemanden an. Erst da fiel ihr ein, dass es Sonntag war und sich alle auf dem Weg zur Kirche befanden. Sie entfachte das Feuer im Herd, stellte einen Topf mit Wasser darauf und fing an, die leeren Schüsseln vom Frühstück in einen großen Eimer zu stapeln.

Gerade als sie fertig damit war, die Stube zu fegen, hörte sie, wie das Fuhrwerk vor dem Haus hielt. Einen Augenblick später stürmten ihre beiden Schwestern in den Raum. »Elaine, wir haben einen Brief von Marie bekommen. Der Pfarrer hat ihn uns vorgelesen«, rief Simone, und Véronique schwenkte ein dicht beschriebenes Blatt in der Hand.

Elaine stützte sich auf den Besenstiel. »Tatsächlich? Marie kann schreiben?«, fragte sie zweifelnd.

Die beiden Mädchen nickten eifrig. »Ja. Sie ist nicht mehr in Paris. Sie hat einen Adligen geheiratet und lebt auf einem Schloss in der Provence.«

Ungläubig sah Elaine von Simone zu Véronique. »Marie? Unsere Marie?«

»Ja. Sie heißt jetzt Madame de Rossac. Ihr Mann ist der Chevalier de Rossac. Sie haben Weinberge und Obstplantagen und Pferde. Marie trägt lauter wunderschöne Kleider und hat eine Zofe! Stell dir das nur vor!«

Elaine ließ sich auf einen Stuhl sinken. Vor fast zwei Jahren hatte die Marquise de Solange auf ihrer Reise in Trou-sur-Laynne Halt gemacht und Marie nach Paris mitgenommen. Sie wollte ihr eine Anstellung in einem vornehmen Haushalt besorgen. Seither hatten sie nichts mehr von Marie gehört. Bis zu diesem Moment.

»Marie hat ihr Glück gemacht.« Claire Callière nahm ihre Haube ab und faltete sie sorgfältig zusammen. »Meine Gebete sind erhört worden.«

»Hättest du nur für mich gebetet«, sagte Simone vorwurfsvoll.

Ihre Mutter drehte sich zu ihr um. »Das habe ich. Und vielleicht ist das der Grund, dass du in zwei Wochen Cléments Frau wirst und das Kind in deinem Bauch doch noch einen anständigen Namen bekommt.« Die Entgegnung kam so scharf, dass Simone die Augen niederschlug.

»Was schreibt Marie sonst noch?«, fragte Elaine, um der Situation die Spitze zu nehmen.

»Sie will uns besuchen kommen. Im nächsten Sommer.« Véronique hielt ihr den Brief entgegen und Elaine nahm ihn, obwohl sie ebenso wenig lesen konnte wie der Rest ihrer Familie.

Ein leichter Duft haftete dem Papier an, und sie atmete ihn fasziniert ein. Sehnsüchtig betrachtete sie die regelmäßigen Schlaufen und Kringel auf dem elfenbeinfarbenen Blatt. Ein Bote aus einer anderen Welt. Ein Zeichen, dass es tatsächlich etwas anderes gab, als die Felder von Trou-sur-Laynne und die Enge dieser Hütte.

Und mit Armand würde sie die Gelegenheit bekommen, das alles mit eigenen Augen zu sehen. Sie fühlte sich plötzlich leicht und unbeschwert.

Die Tür fiel ins Schloss. Ihr Vater ließ sich auf die Bank fallen und streckte missmutig die Beine aus. Offensichtlich war er von Maries Aufstieg weit weniger beeindruckt.

»Die Tagelöhner, die bei Luc Serrant untergebracht sind, haben sich allesamt aus dem Staub gemacht. Gestern, nachdem er sie bezahlt hatte. Dabei ist die Ernte noch lange nicht eingebracht. Luc ist so wütend, dass er sich beinahe darangemacht hätte, das Pack zu verfolgen.« Er ließ seine Blicke über die Mädchen wandern. »Das heißt, ihr müsst euch noch mehr anstrengen. Antoine versucht gerade, in Moulard und Dabras Arbeiter zu finden.«

Langsam sickerten die Worte in Elaines Verstand, und sie begriff deren Inhalt. »Die Männer von Luc Serrant sind ... weg?« Ihre Stimme klang unnatürlich hoch.

Ihr Vater sah sie an und runzelte die Stirn. »Das habe ich doch gerade gesagt.«

»Alle?« Das Wort hing in der Luft. Die Augen der gesamten Familie waren auf sie gerichtet. Sie spürte eine unausgesprochene Welle von Erstaunen, Verachtung und Mitleid über sich zusammenschlagen. Der einzige Gedanke, der sie beherrschte, war Flucht. Sie stürzte zur Tür und rannte hinaus ins Freie. Beim Hühnerstall blieb sie stehen und lehnte sich zitternd an die Holzwand. Konnte Armand sie getäuscht haben? War alles nur eine Lüge gewesen? Tränen liefen über ihre Wangen. Sie hatte ihm geglaubt. Sie hatte ihm jedes elende Wort geglaubt, mit dem er ihr den Verstand zugekleistert hatte. Weil sie glauben wollte. Weil sie es hören wollte. Weil sie einmal in ihrem Leben für jemanden begehrenswert sein wollte.

»Elaine?« Die Stimme ihrer Mutter veranlasste sie, die Augen zu öffnen. Egal, was sie gehofft hatte, der Ausdruck auf Claire Callières Gesicht ließ keinen Zweifel darüber zu, dass sie von dieser Seite weder Hilfe noch Trost zu erwarten hatte.

»Hast du Schande über uns gebracht?«

Die Worte fuhren wie ein Messer in Elaines Leib. Deutlicher hätte ihre Mutter das Einzige, was Bedeutung hatte, nicht aussprechen können.

Sie schluckte und versuchte zu antworten. Allerdings gelang ihr das erst mit dem dritten Anlauf. »Ich bin entstellt. Hast du das vergessen, Mutter?«, fragte sie bitter. »Welcher Mann sollte mich wohl beachten?«

»Männer, die von Dorf zu Dorf ziehen, scheren sich nicht darum, wie eine Frau aussieht, die die Beine für sie breit macht. Warum sollten sie auch?«

Jedes Wort brachte die Narben auf Elaines Gesicht und ihrer Schulter zum Schmerzen. Das Gefühl der Demütigung kroch wie eine Spinne über ihren Körper und drohte sie zu verschlingen.

»Mutter ...«, begann sie, aber ihre Stimme brach.

Die Mundwinkel ihrer Mutter zogen sich nach unten. »Was habe ich da großgezogen? Hat keine meiner Töchter Anstand? Simone lässt sich von Clément schwängern, Véronique macht allen schöne Augen, die Hosen tragen, und sogar du kannst deine Beine nicht geschlossen halten.« Mit vor der Brust verschränkten Armen fuhr sie fort. »Was soll werden, wenn er dir einen Bastard in den Bauch geschoben hat?«

»Das hat er nicht«, schrie Elaine voller Wut und Verzweiflung. »Er sich nicht in mich ergossen.«

Ihre Mutter lachte hart. »Auf diese Art habe ich alle meine Kinder empfangen, du Närrin.«

Elaine blickte sie durch den Nebel der Tränen an. Noch nie zuvor hatte ihre Einsamkeit sie so überwältigt wie in diesem Augenblick. Hier konnte sie keine Hilfe und kein Verständnis erwarten. Sie war die Schuldige, nicht der Mann, der sie belogen und ausgenutzt hatte.

»Dein Vater erschlägt dich, wenn du einen Bastard in deinem Bauch hast.«

Ihr Vater würde sie vermutlich erschlagen, sobald er dahinterkam, dass sie sich mit einem der Tagelöhner eingelassen hatte, ganz egal, ob sie ein Kind trug oder nicht.

»Ich werde gehen, Mutter, mach dir keine Gedanken. Keiner muss meine Anwesenheit und mein Gesicht noch länger ertragen.« Jetzt, da sie es ausgesprochen hatte, fühlte sie plötzlich nichts als Erleichterung.

Ihre Mutter stemmte die Hände in die Hüften und sah sie abschätzend an. »Und wo willst du hingehen?«

Als ob es sie kümmern würde. Als ob es irgendjemanden kümmern würde. Elaine holte tief Atem. Mit der Luft, die in ihre Lungen strömte, strömte auch neue Kraft in sie. »Das lass meine Sorge sein.«

2

Die Frau wand sich unter ihm und wölbte ihm ihren Körper entgegen, damit er noch tiefer in sie stoßen konnte. Ihr kehliges Stöhnen feuerte ihn an, das Tempo zu erhöhen. Schweiß tropfte von seiner Stirn auf ihre vollen Brüste. Er schloss die Augen und sah endlich das Gesicht, das er immer sehen wollte, wenn seine Erregung eine bestimmte Grenze überschritten hatte.

Fingernägel krallten sich in seine Schultern, und er biss die Zähne zusammen, bis er spürte, dass sich ihr heißer Schlund um ihn krampfte. Sie schrie einen Namen, der nicht seiner war, und er versuchte mit aller Kraft, ihr auf den Gipfel zu folgen. Und scheiterte dabei wie alle Male zuvor.

Keuchend lagen sie aufeinander. Als sich sein Herzschlag verlangsamte, rollte er sich von ihr herunter und blieb mit geschlossenen Augen auf dem Rücken liegen. Es fiel ihm immer schwer, sie so unmittelbar nach ihrer Vereinigung anzusehen, denn das hieß, das Gesicht aus seiner Fantasie endgültig durch die Realität zu ersetzen.

Zum Glück drängte sie ihn nicht. Vermutlich weil es ihr ähnlich erging. Er war nicht der Mann, den sie wirklich wollte, aber er war der Mann, der da war.

»Reitest du zurück, oder bleibst du zum Abendessen?«, fragte sie nach einer Weile.

Auch diese Frage war nur Kulisse, denn sie kannte die Antwort. »Heute nicht, Ghislaine. Vielleicht ein anderes Mal.«

Sie zuckte mit den Schultern und räkelte sich dann provozierend auf den zerwühlten Laken. »Wie du willst, Troy.«

Ihr Körper war der einer vollerblühten Frau, die alle Facetten der Liebe kannte. Während er sie betrachtete, meldete sich wieder sein Gewissen. Noch immer verstand er nicht, wie es dazu hatte kommen können, dass er im Bett der ehemaligen Geliebten seines Bruders lag. Nachdem Tris mit seiner Frau Marie im letzten Herbst *La Mimosa* hatte verlassen müssen, blieben Ghislaine und er zurück. Obwohl Ghislaine die Beziehung zu Tris nach dessen Heirat beendet hatte, hörte sie nicht auf, seinen Bruder zu lieben. Ebenso wenig, wie er selbst Marie aus seinem Herzen verbannen konnte. Natürlich hatte sie nichts davon gewusst. Damit hatte er sich wenigstens die Erniedrigung erspart, die ihr Mitleid unweigerlich mit sich gebracht hätte.

Aber Ghislaine wusste es. Spätestens seit er in ihrer ersten Nacht im Taumel der Lust »Marie« gestöhnt hatte. Es kümmerte sie nicht, denn auch sie schlief nicht mit ihm, sondern mit Tris. So lagen sie zu viert in einem Bett, in das nur zwei gehörten.

Er wusste, dass die Situation ihn langsam, aber sicher zerstören würde. Und auch wenn Ghislaine es nicht zugab, litt sie ebenso. Das Ganze musste aufhören. Wie oft nahm er sich vor, nicht mehr zum Schloss Plessis-Fertoc zu reiten, aber immer wieder lockte es ihn aus der Einsamkeit von *La Mimosa* fort, in Ghislaines Bett. Nur auf diese Weise sah er sich imstande, die Sehnsucht nach seinem verlorenen Leben und seiner verlorenen Liebe zu überwinden. Wenn er bei Ghislaine war, konnte er kurz vergessen, dass nichts in seinem Leben so lief, wie es seiner Ansicht nach laufen sollte.

Für ihn war *La Mimosa* samt den Weinbergen und Plantagen immer bedeutungslos gewesen – für seinen Bruder Tris dagegen war es der Inhalt seines Lebens. Einzig Marie hatte er mehr geliebt als das Gut. Doch das Schicksal gönnte keinem von ihnen mehr als eine winzige Atempause. Tris musste mit Marie Hals über Kopf das Land verlassen, nachdem er des Mordes an einem königlichen Neffen beschuldigt wurde.

Und damit fand sich Troy völlig unverhofft in Fußstapfen wieder, die so groß waren, dass er darin ertrank. Er konnte nicht länger seinen geliebten Lebenstraum beweinen, sich nicht länger in Schwermut flüchten, denn er hatte Tris sein Wort gegeben, *La Mimosa* zu bewahren. Für den unwahrscheinlichen Fall seiner Rückkehr oder für die nachfolgenden Generationen. Der letzte Gedanke lähmte ihn noch immer vor Angst. Er wollte keine Kinder, hatte nie welche haben wollen, und noch viel weniger sehnte er sich nach einer Ehe. Die Bürde dieser Verantwortung stand drohend am Horizont, und er wusste genau, dass er sich ihr irgendwann beugen musste.

Im Gegensatz zu Tris hatte er sich nie für Frauen interessiert. Da er sein Leben lang davon geträumt hatte, Theologie zu studieren und Priester zu werden, vergrub er sich lieber zwischen Büchern und Schriften, als den Röcken der Umgebung nachzujagen. Erst durch Marie hatte er entdeckt, was körperliches Verlangen bedeutete, und sich gleichzeitig dafür gehasst, seine Liebe mit derart schmutzigen Gedanken zu besudeln.

Ein paar Tage, nachdem Tris und Marie *La Mimosa* verlassen hatten, tauchte Ghislaine beim ihm auf. Wie üblich war er betrunken gewesen. Was genau passierte, entzog sich seiner Erinnerung. Aber am nächsten Morgen lag sie neben ihm in seinem Bett und erstickte jede Diskussion mit einem Kuss, der seine Nervenenden versengte.

Damit hatte es angefangen, und obwohl es keinen Zweifel daran gab, dass Ghislaine sich der Absurdität der Situation ebenso bewusst war wie er, konnten sie nicht damit aufhören, sich aneinanderzuklammern.

Schweigend schlüpfte er in seine Kleider und spürte dabei

Ghislaines Blicke auf seinem Körper. Vermutlich verglich sie ihn mit Tris, und vermutlich war er auch hier nur zweite Wahl.

Er schloss die Knöpfe der Jacke und ging zum Bett, um Ghislaine zum Abschied zu küssen. Sie ließ zu, dass er ihre Wange mit seinen Lippen berührte, und zog dann das Laken über die Brust. »Lebwohl, Troy. Bis ... demnächst.«

Er nickte und wandte sich mit steifen Schritten zur Tür. Zu seiner Erleichterung war auf dem Flur niemand zu sehen. Natürlich wussten alle im Haus von seiner Beziehung zu Ghislaine, aber trotzdem bevorzugte er es, das Anwesen zu verlassen, ohne jemandem zu begegnen. Tatsächlich gelang es ihm, unbemerkt die Stallungen zu erreichen. Erleichtert schob er das Tor auf.

»Troy.« Die Stimme hallte über den Hof. »So warte doch!«

Unwillkürlich zog er die Schultern hoch und blieb stehen. Noch ehe er sich umdrehte, wusste er, wer ihn gerufen hatte: Der Comte du Plessis-Fertoc, Ghislaines schwachsinniger Gatte, der mit fünfunddreißig Jahren über das Gemüt eines Fünfjährigen verfügte.

Gottergeben wandte er sich um. »Jacques, wie schön, dich zu sehen.«

Der Riese blieb vor ihm stehen und grinste ihn fröhlich an. »Ich freue mich auch. Hast du etwas von Tris gehört? Wann kommt er denn wieder zurück?«

Jedes Mal, wenn sie sich trafen, dieselbe Frage. »Ich weiß es nicht, Jacques, aber ich werde dir sofort berichten, wenn ich Nachricht von ihm erhalte.«

Der Mann zog eine Schnute. »Versprochen?«

»Versprochen.«

Jacques' Pranken klatschten erfreut aneinander. »Das ist gut. Ich gehe jetzt mein Pferdchen Diabolo besuchen. Tris wird stolz auf mich sein, wenn er zurückkommt und sieht, was ich ihm schon alles beigebracht habe.«

Ohne auf eine Antwort zu warten, rannte der Comte du Plessis-Fertoc an Troy vorbei zu einem Abteil im Stall, in dem ein Rappe stand. Tris hatte ihm das Fohlen im letzten Sommer geschenkt.

Außer Ghislaine war Tris der Einzige gewesen, der mit Jacques umgehen konnte. Der Comte hatte ihn geliebt und verehrt wie einen großen Bruder. Troy dagegen beschlich in Jacques' Gegenwart immer Unbehagen. Deshalb sattelte er eilig sein Pferd und machte sich aus dem Staub, ehe der Comte auf den Gedanken verfiel, ihn zum Abendessen einzuladen.

Auf *La Mimosa* empfing ihn die gewohnte Einsamkeit. Seit er mit der Köchin einen Streit angefangen hatte, der darin gipfelte, dass ihm Suzanne ihre Schürze wutentbrannt vor die Füße geworfen hatte, lebten außer ihm nur mehr die beiden Knechte Nicolas und François ständig auf dem Gut. Den Luxus eines Kammerdieners hatten sich weder er noch Tris gegönnt. Den Rest der anfallenden Arbeiten auf den Weinbergen und den Obstplantagen erledigten Wanderarbeiter und Tagelöhner. Um die Wäsche kümmerten sich Wäschefrauen aus Lassieux, die regelmäßig vorbeikamen.

Er hatte den beiden Knechten zwei Kammern im Haus zugewiesen, um nicht völlig alleine zu sein. Allerdings mischten sie sich lieber unter die im Gesindehaus untergebrachten Arbeiter, und so saß er abends einsam über Büchern und Weinbestellungen. Was ihn weder davon abhielt, in Erinnerungen an die Vergangenheit zu schwelgen noch diese Erinnerungen in reichlich Wein zu ertränken.

Troy ging in die Küche und holte aus der Speisekammer Butter, Schinken und den Rest des Brotlaibs, den Nicolas vor drei Tagen vom Wochenmarkt mitgebracht hatte. Lustlos trug er die Dinge hinüber in sein Arbeitszimmer und ging noch einmal zurück, da die Weinflasche vom letzten Abend so leer war wie sein Kopf.

Sicherheitshalber nahm er gleich zwei Flaschen aus der Etagere, denn sein Gefühl sagte ihm, dass es heute noch länger dauern würde als sonst, bis er all seine Dämonen ersäuft haben würde.

Mit den Weinflaschen in der Hand durchquerte er die Eingangshalle und hielt unvermittelt inne, denn neben der geöffneten Tür stand eine Gestalt. Besser gesagt, eine Frau.

Langsam kam er näher, doch statt ihm entgegenzusehen, drehte sie den Kopf seitlich, sodass er ihr Profil im Gegenlicht der tiefstehenden Sonne erkennen konnte. Sein Herz setzte einen Schlag aus. Das konnte nicht sein. Niemals.

Er starrte sie an, bis er direkt vor ihr stand. Ihr Haar glänzte silbern und verhüllte die Hälfte ihres Gesichts. Die andere, die unverhüllte Hälfte erinnerte ihn so schmerzlich an Marie, dass er kein Wort über die Lippen brachte.

»Ich … möchte zu Marie … Marie Callière … oder Rossac, wie sie jetzt heißt.« Ihre Stimme klang leise und dunkel, als müsste sie sich nicht nur für ihr Eindringen hier, sondern für ihre gesamte Existenz entschuldigen.

Sie drehte den Kopf ein wenig und sah ihn aus einem blassgrünen Auge an. Er brachte noch immer kein Wort über die Lippen, sondern blickte sie nur unverwandt an.

Ihre Hand glitt in den weiten Rock und förderte ein zerknittertes Stück Papier zutage, das sie ihm entgegenhielt. »Diesen Brief hat sie mir geschrieben. Ich bin ihre Schwester.«

Er griff danach und überflog die Zeilen, ohne zu begreifen, was er da las. Maries Schwester. Deshalb die Ähnlichkeit. Sie war größer und ihr Haar war heller. Auch besaßen ihre Augen nicht die smaragdene Tiefe wie jene von Marie.

Verzweifelt versuchte er, sich zu sammeln und seinen rasenden Herzschlag zu ignorieren. Seine Finger falteten den Brief zusammen, ehe er ihn ihr wieder reichte.

»Das hier ist doch *La Mimosa?*«, fragte sie zögernd, da er noch immer schwieg. »In Lassieux sagte man mir, ich müsste nur die Straße entlanggehen.«

Er nickte, dann räusperte er sich. »Ja, das hier ist *La Mimosa.* Aber Marie ist nicht da.«

Sie ließ den Brief wieder in ihrem Rock verschwinden. »Darf ich auf sie warten?«

»Nein. Ich meine ... Marie kommt nicht ... so bald ... wieder. Sie hat das Land verlassen, gemeinsam mit ihrem Ehemann.« Seine Gedanken liefen noch immer ziellos durcheinander, und er unterdrückte einen Fluch.

Ihre Schultern sackten bei seinen Worten nach vorne. »Sie ist gar nicht mehr da?« Das Zittern in ihrer Stimme verriet, wie sehr sie diese Nachricht traf.

»Es tut mir leid.« Noch nie war er sich so linkisch vorgekommen. Gewaltsam riss er sich zusammen und besann sich auf die elementarsten Umgangsformen. »Möchtet Ihr Euch nicht setzen? Ich richte mir gerade mein Abendmahl, vielleicht wollt Ihr mir Gesellschaft leisten? Es ist nicht viel, aber ...«

Der Blick des blassgrünen Auges richtete sich auf ihn, als sähe sie ihn zum ersten Mal. »Ihr seid ...?«

»Troy de Rossac, der Bruder von Maries Ehemann Tris«, beeilte er sich zu sagen.

»Mein Name ist Elaine. Elaine Callière.« Sie versteckte ihre Hände in den Falten des braunen Rocks. Das Schweigen breitete sich zwischen ihnen aus, bis es jede Ecke des Raumes erreichte.

Troy räusperte sich. »Kommt, Ihr seid bestimmt hungrig. Ein Stück Brot, eine Scheibe Schinken und ein schöner Wein – dabei können wir uns über alles unterhalten.«

Sie sah ihn mit einem zweifelnden Blick an, dann strafften sich ihre Schultern, und sie nickte. »Etwas anderes bleibt mir kaum übrig, Monsieur de Rossac. Deshalb danke ich Euch für Euer Angebot und nehme es gerne an.«

Sie bückte sich und hob ein Bündel auf, das Troy bisher übersehen hatte. Mit einer unbewussten Geste presste sie es an die Brust, als enthielte es einen Schatz. Dann hob sie den Kopf. »Ich bin bereit, Monsieur de Rossac.«

3

Elaine klammerte sich an ihre Habseligkeiten und versuchte zu verarbeiten, was ihr der Mann – seinen Worten nach ihr Schwager – gesagt hatte. Wenn Marie tatsächlich nicht mehr hier war, dann wusste sie nicht, was sie weiter tun sollte. Keinen Atemzug lang hatte sie damit gerechnet, Marie nicht anzutreffen.

Mit schleppenden Schritten folgte sie ihrem Schwager. Er trug eine abgewetzte Hose aus braunem Leder und ein weit geschnittenes weißes Hemd ohne Spitzenbesatz oder sonstigem Zierrat, das weder seine Größe noch seine breiten Schultern verbergen konnte. Die Ärmel waren bis über die Ellbogen hochgerollt. Er mochte in ihrem Alter sein oder etwas älter, vielleicht sechs- oder siebenundzwanzig Jahre. Sein dichtes schwarzes Haar war im Nacken locker zusammengebunden.

Er führte sie in einen Raum, der von einem wuchtigen Tisch beherrscht wurde, auf dem sich Papiere und Kladden stapelten. Mit einer schnellen Handbewegung schob er die Sachen zusammen, sodass eine Ecke frei wurde und stellte die Weinflaschen ab. Auf der Anrichte stand ein Brett mit Brot, Schinken und Butter.

Elaine sank auf einen Stuhl. Nach Maries Brief hatte sie sich vorgestellt, dass ihre Schwester in Saus und Braus lebte. In einem Schloss. Aber das Haus und die Einrichtung konnten bestenfalls als zweckmäßig bezeichnet werden, kein unnötiger Luxus war erkennbar. Auch von Dienstboten gab es keine Spur.

Sie beobachtete den Mann, wie er Brot und Schinken schnitt. Seine großen Hände trugen deutliche Spuren körperlicher Arbeit. Die Fingernägel waren rissig, und auf den Handrücken zeigten sich zahlreiche Kratzer. Kein großer Unterschied zu ihren eigenen Händen.

Er schob einen gefüllten Teller zu ihr. »Bedient Euch, Mademoiselle Callière.«

Zögernd griff sie nach dem Brotstück. Noch nie hatte jemand sie Mademoiselle genannt oder sie mit Respekt angesprochen, als wäre sie eine Dame von Stand.

»Danke, Monsieur de Rossac«, murmelte sie und sah zu, wie er den Korkenzieher in die Flasche schraubte. Sein gebräunter Unterarm spannte sich an, als er mühelos den Korken herauszog und den rubinroten Wein in zwei Gläser goss. Dann setzte er sich ihr gegenüber. Wieder breitete sich Stille aus, aber dieses Mal war sie sich seiner körperlichen Präsenz überdeutlich bewusst. Etwas, das ihr seltsam und ungewohnt vorkam, da sich der Tisch zwischen ihnen befand. In der Vergangenheit hatte sie wesentlich enger mit Männern zusammen gearbeitet, ohne auf deren Ausstrahlung zu achten. Sie war mit Armand mehr oder weniger bekleidet im Heu gelegen, aber jetzt konnte sie ihre Augen nicht von dem Stück Haut abwenden, das die Knöpfe seines Hemdes unbedeckt ließen. Sie senkte den Kopf, da sie spürte, wie ihr die Röte in die Wangen stieg und beschäftigte sich mit der Mahlzeit.

»Marie hätte sich bestimmt über Euren Besuch gefreut.« Seine Stimme klang angespannt, als hätte er lange nach diesem Satz gesucht.

Elaine zuckte mit den Schultern. »Ich weiß es nicht, vielleicht.«

Sie waren sich nie so richtig nahe gewesen. Marie kam ihr immer vor wie ein schillernder Paradiesvogel, sie nahm sich, was sie wollte und wann sie es wollte. Trou-sur-Laynne war immer zu klein für sie gewesen. Zwar hatte sie sich nicht an den Hänseleien ihrer Geschwister beteiligt, doch andererseits hatte Marie sie weder mit Zuneigung noch mit Trost überschüttet – nicht, dass sie das überhaupt zugelassen hätte.

»Hat Euer Besuch einen Grund?«, fragte er weiter.

Elaine kaute langsam. Natürlich hatte er einen Grund, aber sie wusste nicht, ob es jetzt Sinn machte, darüber zu sprechen. Vielleicht sollte sie einfach so tun, als ob sie die Sehnsucht nach ihrer Schwester hergetrieben hatte. Was aber in weiterer Folge bedeuten würde, dass sie nicht wusste, was sie weiter tun sollte.

»Der Brief hat mich neugierig gemacht«, begann sie vorsichtig. »Ich fand es beeindruckend, dass Marie Schreiben gelernt hat.«

»Ich habe es ihr beigebracht.«

Elaine blickte den Mann überrascht an. »Oh, ich dachte, sie hätte es bei der Marquise erlernt, die sie mitgenommen hat. Nach Paris.«

Er runzelte die Stirn. »Marie hat mir nie von ihrer Familie erzählt. Ich weiß nur, dass mein Bruder sie in Versailles kennengelernt hat und nach *La Mimosa* brachte.«

Also hatte sich Marie ihrer Herkunft geschämt. Elaine holte tief Luft. »Ich bin Maries älteste Schwester, sie selbst war das jüngste Kind. Insgesamt sind wir sieben Geschwister. Unser Elternhaus steht in Trou-sur-Laynne in der Auvergne.«

Er lächelte, und seine Züge wurden weicher. »Eine große Familie also. Wie schön.«

Elaine dachte an ihre Sippschaft und unterdrückte einen bissigen Kommentar. »Manchmal ist es schön, manchmal regiert Streit und Zank. Für mich war Maries Brief ein Zeichen. Deshalb machte ich mich auf den Weg.«

Ihr Schwager trank sein Glas leer und schenkte sich nach. »Sie hat letzten Herbst das Land verlassen. Mein Bruder wurde beschuldigt, einen königlichen Neffen ermordet zu haben, und des Landes verwiesen. Marie ist natürlich mit ihm gegangen. Bis heute habe ich von beiden keine Nachricht erhalten.«

Elaine seufzte. »Dann werde ich Euch nicht länger zur Last fallen, Monsieur de Rossac. Nach dem Mahl mache ich mich wieder auf den Weg.« Gott alleine mochte wissen, wohin er führen würde.

Wieder senkte sich Stille über den Raum. Elaine nahm es als Hinweis, dass ihr Schwager mit ihren Plänen mehr als einverstanden war. Wer wollte ihm das auch verdenken? Sie aß das Brot und den Schinken zur Gänze auf, schließlich wusste sie nicht, wann sie wieder eine Mahlzeit bekommen würde.

Auf dem Weg hierher hatte sie sich als Tagelöhnerin, Schankhilfe und Köchin durchgeschlagen. Der Gedanke an Marie und ein besseres Leben hatte ihr Kraft gegeben. Aber damit war es jetzt vorbei.

Sie schob den Teller zur Tischmitte und griff nach dem Bündel, das sie neben ihren Stuhl gelegt hatte. »Habt Dank, Monsieur de Rossac. Ich wünsche Euch viel Glück.«

»Wo werdet Ihr hingehen?«, fragte er, und sie konnte nur einmal mehr die Schultern heben.

»Zurück nach Lassieux, um mir ein Quartier für die Nacht zu suchen. Morgen werde ich mich nach Arbeit umsehen.« Den Gedanken, nach Trou-sur-Laynne zurückzugehen, erwog sie nicht einmal einen Atemzug lang. Alles war besser als das.

Seine Finger strichen über den Stiel des Weinglases. Wieder schien er um die richtigen Worte zu kämpfen, denn als er zu sprechen anfing, klang seine Stimme rau und belegt.

»Ich brauche eine Köchin. Wenn Ihr wollt, könnt Ihr hierbleiben.«

Elaine sah ihn unsicher an. Der gepresste Tonfall missfiel ihr, und sie wusste nicht, was sie davon halten sollte. Etwas an ihm verursachte ihr eine Gänsehaut und gleichzeitig verleitete etwas an ihm ihre Hand, seinen Unterarm zu berühren. Sie krallte die Finger in ihr Bündel, um dem Drang zu widerstehen.

»Außer mir gibt es noch zwei Knechte und die Tagwerker, im Augenblick sind es elf.« Er stand auf und schob die Hände in die Taschen seiner Hose. »Wir sind nicht anspruchsvoll, allerdings würde ich es begrüßen, wenn Ihr nicht nur kochen, sondern auch das Haus in Ordnung halten würdet. Neben Kost und Quartier erhaltet Ihr selbstverständlich eine angemessene Bezahlung.«

Abschätzend musterte sie ihn. »Was ist der Pferdefuß an diesem Angebot?«

Er schob den Unterkiefer in einer fast trotzigen Bewegung vor und nagelte sie mit einem eisigen Blick fest, ehe er fortfuhr. »Ich vertrage keine Einmischung in mein Privatleben und meine Gewohnheiten. Daran ist Suzanne, die letzte Köchin, gescheitert.«

Elaine versuchte sich auf diese Andeutungen einen Reim zu machen und versagte kläglich. »Ich kann mit diesen Worten nichts anfangen.«

»Dann muss ich deutlich werden. Ich trinke für gewöhnlich mehr als mir guttut. Ich unterhalte eine Beziehung zu einer verheirateten Frau, und ich besuche nicht den sonntäglichen Gottesdienst. Wenn Ihr damit leben könnt, ohne mir ständig Moralpredigten zu halten, dann biete ich Euch eine gute Stelle.«

Erleichterung breitete sich in Elaine aus. Nichts davon entsetzte sie. Alle Männer, die sie kannte, tranken und hurten.

Sie gingen sonntags zwar trotzdem in die Kirche, aber unter diesem Aspekt fand sie die Einstellung ihres Schwagers wenigstens ehrlich.

Sie holte tief Luft und strich mit zitternder Hand das Haar aus ihrem Gesicht. »Ich kann mit Euren Bedingungen leben, aber die Frage ist, ob Ihr damit leben könnt, täglich dieses Gesicht zu sehen.«

Sie blickte ihn unverwandt an, damit ihr kein Detail seiner Reaktion entging. Zuerst war da Überraschung, dann Bestürzung, die langsam in Betroffenheit überging. Er öffnete den Mund und schloss ihn wieder, ohne etwas gesagt zu haben.

Bitterer Geschmack entfaltete sich auf Elaines Zunge, und sie presste die Lippen zusammen. Mit einer fahrigen Handbewegung zupfte sie die Haarsträhnen vor ihre zerstörte Gesichtshälfte und schalt sich eine Närrin. Was hatte sie erwartet?

»Wie ist das passiert?«, fragte er, ehe sie sich abwenden und zur Tür gehen konnte.

»Als Kind habe ich mich mit kochendem Wasser verbrüht.« Sie umfasste ihr Bündel fester. »Für gewöhnlich versuche ich, mein Haar so zu frisieren, dass niemand davon belästigt wird. Aber wenn ich für Euch und die Arbeiter kochen soll, brauche ich beide Augen und eine schnelle Reaktion. Deshalb muss ich mein Haar zurückbinden. Es erschien mir nur recht und billig, Euch von meiner Entstellung in Kenntnis zu setzen, damit Ihr Euer Angebot noch einmal überdenken könnt, ehe ich es wirklich in Erwägung ziehe.«

»Ihr müsst furchtbare Schmerzen erduldet haben.« Seine Stimme klang wieder einmal belegt, und langsam fragte sie sich, ob das nicht der Normalzustand war.

»Ich kann mich nicht mehr daran erinnern«, log sie mit einem Schulterzucken.

Er ging an ihr vorbei, und sie stählte sich gegen die halbherzigen Worte von Bedauern und Mitgefühl, die ebenso unausweichlich kommen mussten wie die schnelle Verabschiedung. Bei der Tür angekommen, blickte er sie über die Schulter hinweg an. »Ich zeige Euch Eure Kammer. Oder habt Ihr noch Hunger?«

Mit dem vor die Brust gepressten Bündel trat sie auf ihn zu. »Ihr wollt, dass ich hierbleibe?«, fragte sie ungläubig.

»Wie bereits erwähnt, brauche ich jemanden, der kocht und das Haus halbwegs in Schuss hält. Und mir nicht in die Quere kommt. Ihr habt gesagt, dass Ihr damit leben könnt.«

»Aber mein Gesicht ... Ihr habt es gesehen ... « Die Fassungslosigkeit, die sie empfand, spiegelte sich im Tonfall ihrer Stimme.

»Manche Menschen tragen ihre Narben im Gesicht, andere in ihrer Seele.« Er öffnete die Tür für sie.

»Mehr habt Ihr nicht dazu zu sagen?« Sie konnte noch immer nicht glauben, dass er ihr die Stelle tatsächlich weiterhin anbot.

»Nein, warum auch?«

Langsam ging sie an ihm vorbei und hörte, wie die Tür ins Schloss fiel. Sie hielt mit ihm Schritt und suchte nach Worten, die ihren Dank angemessen ausdrücken würden.

»Marie hat in der kurzen Zeit, die sie hier war, wirklich Wunder vollbracht. Leider merkt man nicht mehr allzu viel davon. Ich habe die Möbel im Haus verhüllen lassen, da ich nur mein Arbeitszimmer und meine Kammer zum Schlafen benütze. Aber es spricht nichts dagegen, den Salon wieder wohnlich zu machen, vielleicht können wir dann ...« Er brach ab, als kämen ihm der Inhalt und die Ungeheuerlichkeit seiner Worte erst jetzt zu Bewusstsein. Aber natürlich würde er nicht mit der Köchin abends im Salon sitzen, nicht einmal dann, wenn diese Köchin kein entstelltes Gesicht besäße. Mit dieser Tatsache musste sie sich abfinden.

Ihr Schwager öffnete eine Tür. Mit schnellen Schritten ging er zum Fenster, öffnete sie und stieß die Holzläden auf. Rotgoldenes Licht flutete in den Raum und beleuchtete ein mit weißen Laken abgedecktes riesiges Himmelbett.

Während sie langsam näher trat, zog Troy die Tücher von Stühlen, Truhen und Kästen. Ein zierlicher Sekretär kam ebenso zum Vorschein wie ein großer Wandspiegel in einem kunstvoll geschwungenen, vergoldeten Rahmen. Ganz ohne Zweifel war es das Zimmer einer Frau.

»Ich hoffe, es gefällt Euch, Elaine.« Zum ersten Mal sprach er ihren Vornamen aus, gedehnt und sorgsam betont, als müsste er sich erst daran gewöhnen. »Es war das Zimmer Eurer Schwester.«

Er schien etwas hinzufügen zu wollen, schwieg aber dann doch. Das Zimmer war wunderschön, daran gab es nichts zu rütteln. Elaine fragte sich nur, ob sie tatsächlich im Zimmer von Marie untergebracht werden wollte. Erklären konnte sie ihr seltsames Gefühl nicht, aber als sie in das erwartungsvolle Gesicht ihres Schwagers sah, brachte sie es nicht übers Herz, ihre Gedanken laut auszusprechen.

Wie konnte sie sich überhaupt erdreisten, daran Kritik zu üben? In Trou-sur-Laynne hatten sie zu viert in einem Bett gelegen, das halb so breit und weder mit Kissen noch mit einer Rosshaarmatratze bestückt gewesen war.

Also legte sie ihr Bündel auf einen mit blauem Samt gepolsterten Stuhl. »Es ist wunderschön, vielen Dank.« Sie lächelte. »Wunderschön ist wohl nicht der passende Ausdruck. Ich habe noch nie in einem so großen Bett geschlafen.«

»In der Truhe findet Ihr Laken und Überzüge für die Kissen. Soll ich Euch zur Hand gehen?«

Sie sah ihn an und bemühte sich, ein ausdrucksloses Gesicht zu machen. Der Chevalier de Rossac erbot sich ihr, seiner zukünftigen Köchin und Haushälterin, zu helfen, die Kissen zu beziehen.

»Vielen Dank, aber das schaffe ich selbst.« Zum Beweis ihrer Worte zog sie das weiße Tuch vom Himmelbett und faltete es zusammen, um es dann auf den Boden zu legen.

Ihr Schwager hatte eine der Truhen geöffnet. Elaine trat näher. Stapel feiner Bettwäsche, zwischen denen zahlreiche bestickte Säckchen mit Rosmarin und Lavendel lagen. Der aromatische Duft breitete sich aus, und Elaine atmete tief ein, ehe sie sich bückte, um Bezüge und Laken zu nehmen.

Sie legte alles aufs Bett und strich unbewusst das Haar hinters Ohr, da sie die Anwesenheit ihres Schwagers völlig vergessen hatte.

»Hier sind die Kleider, die Marie nicht mitnehmen konnte.« Seine Stimme ließ sie herumfahren. Troy stand neben einer anderen Truhe. »Ihr könnt Euch gerne bedienen, falls die Gewänder nicht zu kurz sind. Ihr seid größer als Marie.«

Ohne daran zu denken, dass sie ihm ihr nacktes Gesicht präsentierte, und zwar die versehrte Seite, ging sie zu der Truhe. Seide und Brokat in allen Regenbogenfarben, Bänder und Spitzen begannen sich vor ihren ungläubigen Augen in einem bunten Wirbel zu drehen. »Ich … soll das tragen?«, stammelte sie und blickte ihn an.

Er nickte, und erst in diesem Moment fiel ihr auf, dass er ihre Entstellung aus nächster Nähe sehen konnte. Hastig senkte sie den Kopf und strich ihr Haar ins Gesicht. Dann bückte sie sich und griff nach dem obersten Kleid. Die grüne Seide raschelte leise, als sie es ausschüttelte und hochhob.

Sie hielt es vor sich und trat zum Spiegel. Schweigend betrachtete sie sich. Sich selbst darin vorzustellen war ein Ding der Unmöglichkeit. Und wann sollte sie es tragen? Wenn sie vor dem Herd stand und Brot buk? Wenn sie die Böden fegte?

Sie ging zur Truhe zurück und legte das Gewand wieder hinein. »Danke«, sagte sie höflich. »Ich werde mich bei Bedarf davon bedienen.«

Sie hoffte, dass diese Antwort ihn nicht verärgerte. Aber er konnte doch nicht ernsthaft erwarten, dass sie morgen früh in einem spitzenverzierten Seidenkleid die Küche betrat.

»Dann wünsche ich Euch eine gute Nacht, Elaine.«

Sie zögerte, aber dann legte sie ihre Hände ineinander und blickte ihn fest an. Vielleicht beging sie einen Fehler, vielleicht erwartete er, dass sie ihn weiterhin Monsieur de Rossac nannte, aber sie war hierhergekommen als seine Schwägerin, nicht als Bittstellerin. »Ich danke Euch, Troy, und wünsche Euch ebenfalls eine geruhsame Nacht.«

Zu ihrer Erleichterung schien er nichts dabei zu finden, dass sie ihn ebenfalls beim Vornamen nannte, sondern verbeugte sich leicht und verließ den Raum.

4

Troy wischte seine feuchten Handflächen an der Hose ab. Alle seine Gedanken liefen im Kreis. Wie hatte er das tun können? Wie hatte er seine Schwägerin derart demütigen können, indem er ihr eine Stelle als Köchin anbot?

Weil es das Einzige gewesen war, das ihm einfiel, um zu verhindern, dass Elaine *La Mimosa* verließ. Und der leidenschaftliche Drang, ihr Weggehen zu verhindern, hatte alle anderen rationalen Gedanken verblassen lassen.

Außerdem hatte er nicht gewusst, dass Marie aus ärmlichsten Verhältnissen stammte. Sie besaß das Auftreten einer Grande Dame, auch wenn sie es ihm gegenüber niemals ausgespielt hatte. Für ihn war sie ohnehin immer die unerreichbare Prinzessin seiner Träume gewesen, ganz egal, ob sie in Samt und Seide gehüllt an der Seite seines Bruders eine Gesellschaft gab oder auf dem Weinberg arbeitete.

Dass das Schicksal ihre Schwester hierher zu ihm geschickt hatte, konnte kein Zufall sein. Und jetzt lag Elaine in Maries Bett, und er würde sie täglich sehen. Das alleine rechtfertigte sein Handeln. Natürlich würde er darauf achten, dass sie keine schwere Arbeit verrichten musste.

Als er später selbst in seinem Bett lag, mied ihn der Schlaf und seine Fantasie gaukelte ihm ein Wunschbild nach dem anderen vor. Er sah Elaine in dem grünen Seidenkleid, wie sie neben ihm stand und Gäste begrüßte. Wie sie ihn zu den Besitzungen im Umkreis begleitete oder abends mit ihm speiste. Wie sie neben ihm im Bett lag und ihn zärtlich anlächelte. Er war so in diesen Gedanken verliebt, dass ihm nicht auffiel, dass es nicht Elaines Gesicht war, das er vor sich sah, sondern das von Marie.

Am nächsten Morgen machte sich Elaine auf den Weg in die Küche, um alles zu inspizieren. Die Ausstattung und Gerätschaften waren mehr als vollzählig. Die Speisekammer verfügte dagegen nur über sehr spärliche Vorräte. Ein Besuch auf dem Markt schien ratsam. Sie würde mit Troy darüber sprechen. Vielleicht konnte sie sich auch Stoff kaufen, um ein neues Kleid zu nähen. Sie besaß nur diesen einen, mehrfach gestopften Rock, zwei verschlissene Blusen und ein Unterhemd. Er konnte die Kosten ja von ihrem ersten Lohn abziehen. Natürlich musste sie ihm vorher klarmachen, dass sie nicht in Samt und Seide am Herd stehen konnte.

Sie ging zurück zum Arbeitszimmer ihres Schwagers und sah sich dabei im Haus um. Wie sie schon am Abend festgestellt hatte, war die Einrichtung schlicht und zweckmäßig. Sobald sie die Fensterläden geöffnet hatte, bemerkte sie die dünne Staubschicht auf den Möbeln. In den Zimmerecken hingen Spinnweben von der Decke, und auch die Böden wiesen deutliche Schmutzspuren auf.

Der Salon besaß hohe Flügeltüren, die auf eine Terrasse hinausführten. Elaine blickte sich fröstelnd um und rieb ihre Oberarme, denn die frische Morgenluft war kühler als erwartet. Die ersten Sonnenstrahlen wanderten über die malerische Landschaft. Sanfte Hügel, das schillernde Band eines Flusses und einzelne Zypressen boten sich ihren staunenden Blicken dar. Ein leichter Duft nach Mimosen und Thymian hing in der Luft, der ihre Stimmung hob und ihr das Gefühl gab, an einem ganz besonderen Ort zu sein. Und dieser besondere Ort war ihr neues Zuhause.

Da es von Troy keine Spur gab, ging sie zurück in die

Küche und machte sich daran, Frühstück zuzubereiten. Nachdem sie das Feuer im Herd entfacht hatte, stellte sie eine Pfanne darauf und gab Butter hinein. Dann schnitt sie die harten Weißbrotreste vom Vorabend in kleine Stücke und tränkte sie mit einem Gemisch aus Milch und Eiern. Sobald die Butter geschmolzen war, leerte sie das Ganze in die Pfanne und ließ es langsam bräunen.

Sie hoffte, dass Troy damit zufrieden war, denn da sie kein Mehl gefunden hatte, konnte sie kein Brot backen. Weil sie auch nicht wusste, was er bevorzugen würde, stellte sie sowohl das Salzfässchen als auch eine Porzellandose mit Honig bereit. Als Nächstes überlegte sie, was man hier wohl zum Frühstück trank. In ihrem Elternhaus hatte sie getrocknete Erdbeer- und Himbeerblätter oder zerkleinerte Hagebutten mit heißem Wasser aufgebrüht. Zur Zeit der Ernte gab es morgens für die schwer arbeitenden Männer Knochensuppe. Aber keines von diesen Dingen erschien ihr hier angebracht.

Sie hörte Schritte und drehte sich um. Troy kam ihr entgegen. Er trug dieselbe Hose wie gestern, dazu ein Hemd und eine braune Wolljacke. Er blieb neben ihr stehen und blickte in die Pfanne.

»Guten Morgen, Elaine. Das sieht ja vorzüglich aus und duftet ganz köstlich.« Er öffnete einen der Wandschränke und nahm zwei Teller heraus.

Erleichterung, da er offenbar zufrieden war mit dem, was er sah, breitete sich in ihr aus und sie lächelte. »Guten Morgen, Troy. Was bevorzugt Ihr als Getränk?«, fragte sie, während sie die beiden Teller füllte, die er ihr hinhielt.

»Kaffee, aber ich glaube, ich habe gestern die letzten Bohnen verbraucht. Wir müssen unbedingt auf den Markt fahren.« Er trug die Teller zum Küchentisch und setzte sich. »In dem Fall nehme ich Wasser mit etwas Wein.«

Elaine brachte den Krug und die Gläser, Troy holte die angebrochene Weinflasche aus seinem Arbeitszimmer. Zögernd setzte sie sich ihm gegenüber.

»François und Nicolas sind bereits drüben bei den Tagelöhnern, ich werde nach dem Rechten sehen und ihnen Anweisungen für die zu verrichtenden Arbeiten geben, dann können wir nach Lassieux fahren.« Er aß mit gutem Appetit, während Elaine ihr Essen von einer Tellerseite auf die andere schob. Schließlich fasste sie sich ein Herz. »Wäre es möglich, auf dem Markt auch Stoff für ein Kleid zu kaufen, das ich hier tragen kann?«, fragte sie schüchtern. »Maries Kleider sind wunderschön, aber darin kann ich nicht arbeiten.«

Er furchte die Stirn. »Natürlich. Wie dumm von mir, dass ich daran nicht gedacht habe. Übrigens schmeckt das ganz hervorragend. Das Beste, was ich in der letzten Zeit gegessen habe.«

Seine anerkennenden Worte und sein Lächeln ließen ihre Wangen warm werden. »Danke, es freut mich, wenn es Euch mundet.«

»Das tut es in der Tat, und ich bin schon gespannt, was Ihr alles zaubern werdet, wenn die Speisekammer erst gefüllt ist.« Mit diesen Worten stand er auf. »Ich sage drüben Bescheid, und dann spanne ich den Wagen an, und wir fahren.«

Wenig später saß Elaine neben Troy auf dem Kutschbock des Fuhrwerks. Auf der Ladefläche lagen fünf Kisten mit Weinflaschen, die Troy im *Coq d'Argent* abliefern wollte.

Die Händler hatten ihre Stände rings um den Dorfbrunnen von Lassieux aufgebaut. Die Vielfältigkeit der angebotenen Waren verblüffte Elaine. Troy erklärte ihr geduldig seltene Gewürze, feilschte um Mehl, Eier und Käse, und schließlich lagen auf dem Wagen so viele Lebensmittel, dass man damit ein ganzes Bataillon hätte verköstigen können. Er hatte sie auch gedrängt, drei verschiedene Stoffe für Kleider zu kaufen und zwei kostbare Spitzenkrägen dafür.

Als sie protestieren wollte, hatte er nur gelacht. »Das ist mein Dank für das köstliche Frühstück.«

Am frühen Nachmittag zuckelten sie wieder den Weg zurück über die staubige Landstraße. In Elaines Schoß lagen die Spitzenkragen, und sie konnte nicht aufhören, mit den Fingern darüberzustreichen. »Seid Ihr reich, Troy?«

»Nein«, erwiderte er trocken. »Warum fragt Ihr?«

»Wir haben so viel gekauft, und ich fürchte, ich bin schuld, wenn es zu viel ist.«

»Macht Euch keine Sorgen, ich bin nicht vermögend, aber für die Dinge auf dem Wagen reicht es allemal, da ist kein unnötiger Prunk dabei.«

Seine Worte beruhigten sie, und sie begann sich zu entspannen. In diesen gemeinsam verbrachten Stunden erschien er ihr wesentlich offener und gelöster als am vergangenen Abend. Was sich auf ihren Seelenfrieden nicht unbedingt vorteilhaft auswirkte, denn wenn er lachte und seine Augen vor Heiterkeit funkelten, kam ihr Herzschlag gehörig ins Stolpern. Er war ein attraktiver Mann, und wenn ihn nicht der kalte Hauch der Düsternis umgab, dann fühlte sie sich geradezu magisch zu ihm hingezogen, so unerklärlich das auch für sie war. Himmel, sie kannte ihn ja noch nicht einmal einen Tag lang.

Ihr Blick fiel auf seine kräftigen Hände, die so sicher die Zügel hielten. Die Jacke hatte er ausgezogen, da die Sonne warm von einem wolkenlosen Himmel schien, und die Ärmel des Hemdes aufgekrempelt. Sie beobachtete das Spiel seiner Muskeln unter der gebräunten Haut mit den zarten schwarzen Härchen und unterdrückte den Wunsch, ihn zu berühren.

Elaine krampfte ihre Finger ineinander. Seit Armand hatte

sie sich geschworen, sich niemals wieder mit einem Mann einzulassen, niemals wieder jemandem zu vertrauen. Es konnte nicht sein, dass sie ihren Vorsatz so schnell wieder vergaß.

»Erzählt mir von Maries Leben auf *La Mimosa*. War sie hier glücklich?«, fragte sie, um die Stille zwischen ihnen zu beenden.

Er zuckte zusammen, als wäre er mit den Gedanken anderswo gewesen. »Sie war glücklich hier, zumindest die meiste Zeit.« Nach einer Weile fügte er hinzu. »Als sie mit Tris herkam, hätten sich die beiden am liebsten zerfleischt. Sie waren zwar ganz offensichtlich voneinander fasziniert, aber es gelang ihnen erst nach und nach, ihre Differenzen beizulegen.«

»Wart Ihr auch in Versailles?«, fragte Elaine neugierig. Zu gerne hätte sie etwas von diesem märchenhaften Ort erfahren.

»Nein, und ich habe auch keine Sehnsucht danach. Es ist ein Ort der sinnlosen Zurschaustellung von Macht und Reichtum. Unter all dem schönen Schein ist es nichts weiter als ein Sündenpfuhl der schlimmsten Sorte.«

Elaine unterdrückte ein Lächeln. »Ihr klingt wie ein Pfarrer bei seiner Sonntagspredigt.«

Er kniff die Augen zusammen und starrte auf den Horizont. »Ich wollte Priester werden.«

Diese Mitteilung wollte erst verdaut werden. »Und was ist geschehen, dass Ihr es nicht wurdet?«

»Es war nicht genug Geld da, damit ich in Bordeaux Theologie studieren konnte. Tris heiratete Marie, weil der König ihm dadurch die Steuerschulden erließ und wir auf *La Mimosa* einen neuen Anfang machen konnten. Wenn er nicht gezwungen gewesen wäre, das Land zu verlassen, hätte ich vielleicht doch noch ...« Er brach ab. »Aber ich bin der letzte Träger des Namens Rossac, ich habe ihm versprochen, mich um das Gut zu kümmern, deshalb sind alle meine eigenen Wünsche nicht mehr wichtig.«

Elaine betrachtete sein Profil. »Ihr hasst es. Das Gut, meine ich.«

Er zuckte mit den Schultern. »Meine Gefühle zählen nicht. Ich habe mein Wort gegeben. Das zählt.«

Ihr fiel ein, was er ihr am Vorabend erzählt hatte. »Und warum geht Ihr dann sonntags nicht mehr zur Kirche?«

»Ich habe Gott unzählige Male in meinem Leben um etwas angefleht. Ich habe Ihm meine Seele geöffnet und Er hat sich lachend davon abgewandt. Nicht ein einziges Mal hat Er mich erhört. Deshalb habe ich aufgehört, mit Ihm zu sprechen.«

So viel Verbitterung, dachte Elaine bestürzt. Wie konnte ein junger, gesunder Mann so viel Hass und Verbitterung empfinden? Er besaß ein makelloses Gesicht und einen kräftigen Körper, einen scharfen Verstand, außerdem Grund und Boden, in dem seine Wurzeln steckten, und trotzdem fühlte er sich vom Schicksal benachteiligt.

Um ein Haar hätte sie laut ausgesprochen, wie lächerlich sie das fand. Aber dann fiel ihr ein, dass ihr eigenes Schicksal von seinem Wohlwollen abhing, und so schwer es ihr auch fiel, bezähmte sie den Drang, ihm ihre Meinung zu sagen.

Er schwieg, und auch ihr selbst war die Lust vergangen, für Gesprächsstoff zu sorgen. Sie begnügte sich damit, die liebliche Landschaft in sich aufzunehmen und sich von der Sonne wärmen zu lassen.

Im Hof von *La Mimosa* half ihr François beim Hineintragen der gekauften Waren, während Troy die Pferde ausspannte und in den Stall führte. Es dauerte seine Zeit, bis die Lebensmittel in der Speisekammer verstaut waren, aber als Elaine die wohlsortierten Vorräte betrachtete, überkam sie eine unerklärliche Euphorie. Noch nie zuvor hatte sie über eine derartig gewaltige Anzahl verschiedenster Zutaten verfügt, um Mahlzeiten zuzubereiten. Das hier hatte nichts damit zu tun, Getreide und Schmalz in einen Topf zu werfen, um es mit so viel Wasser wie möglich zu einem ansehnlichen Brei zu kochen, der alle am Tisch Sitzenden satt machen würde. Hier konnte sie sich nach Herzenslust austoben und wohlschmeckende Gerichte zubereiten. Wie sie Troy einschätzte, würde er sich nicht in diese Belange einmischen.

Sie beschloss, fürs Abendessen eine Gemüsesuppe und ein Käseomelett vorzubereiten. Während die Suppe vor sich hin köchelte, bereitete sie einen Teig für Brioche zu, die sie am nächsten Morgen backen wollte. Sie hatte oft in der Küche der Serrants aushelfen dürfen, die die reichste Familie im Umkreis von Trou-sur-Laynne gewesen war. Dabei hatte sie viele Dinge übers Kochen und Backen gelernt, obwohl sie sich damals nicht hatte vorstellen können, dieses Wissen jemals anwenden zu dürfen.

Sie rührte reichlich von der goldgelben Butter in den Teig, bis er sich glatt und geschmeidig vom Löffel löste. Dann deckte sie die Schüssel mit einem Tuch ab und trug sie in die Speisekammer, wo der Teig über Nacht aufgehen sollte.

Nicolas holte am frühen Abend gemeinsam mit François den Suppentopf, um ihn zu den Arbeitern hinüberzutragen. Elaine hatte zwei Portionen in einen kleineren Topf gefüllt und das beim Bäcker erstandene Weißbrot in handliche Portionen geteilt.

Die Zutaten fürs Omelett standen bereit, sie wollte damit allerdings erst anfangen, wenn Troy am Tisch saß. Da sonst nichts mehr zu tun war, begann sie die Küche in Ordnung zu bringen und verschaffte sich dabei zugleich einen Überblick über die vorhandenen Arbeitsgeräte. Ihr erster Eindruck hatte sie nicht getrogen. Daran gab es nichts auszusetzen.

Die Zeit verstrich, es wurde dunkel, François brachte den leeren Suppentopf zurück und bedankte sich im Namen aller für die Mahlzeit.

Elaine nahm seine Worte mit einem Kopfnicken zur Kenntnis, normalerweise hätte sie sich mit ihm freundlich unterhalten, aber im Augenblick war ihr nicht danach zumute. »Monsieur de Rossac ist wohl unterwegs?«, fragte sie ihn, nachdem sie sich überwunden hatte.

»Ja.« Mehr sagte François nicht. Er ging zur Tür, und Elaine biss sich auf die Lippen. Dann überwand sie sich. »Du weißt wohl nicht, wo er ist?«

François zuckte mit den Schultern und murmelte: »Plessis-Fertoc.«

Ehe sie nachfragen konnte, war er verschwunden. Nachdenklich ging sie zum Herd und schob den Suppentopf auf die Platte, nachdem sie die Glut geschürt hatte. Natürlich wusste sie nicht, wer oder was »Plessis-Fertoc« war. Aber ihr Gefühl sagte ihr, dass es ganz eindeutig nichts Gutes sein konnte.

5

Die Stimmung an der erlesen dekorierten Tafel war so angespannt, dass sich Troy einbildete, die Gläser unter dem Druck knirschen zu hören. Er hatte versucht, mit Ghislaine zu reden, aber sie ließ ihn einfach nicht zu Wort kommen, sondern verdammte ihn zu einem gemeinsamen Abendessen mit ihr und Jacques.

Der Comte war bester Laune und plauderte ohne Unterlass, ohne darauf zu achten, dass sich Troys Antworten auf Ja und Nein beschränkten. Ein grobschlächtiger Mann stand hinter seinem Sessel und füllte ihm regelmäßig das Glas mit einer dunkelroten Flüssigkeit nach, die wie Wein aussah, in Wirklichkeit aber Holundersaft war.

Nachdem er sein viertes Schüsselchen Crème Caramel hinuntergeschlungen hatte, gähnte er herzhaft. »Ich bin müde, Ghislaine, ich gehe zu Bett. Du brauchst mir heute keine Geschichte vorzulesen.« Geräuschvoll schob er den Sessel zurück, drückte seiner Frau einen Schmatz auf die Wange und winkte Troy zu. »Bonne nuit, mon ami.«

Sein Leibwächter ging hinter ihm her und schloss nach einer Verbeugung zu Troy und Elaine die Tür von außen.

»Musste das wirklich sein?«, fragte Troy gereizt und warf die Serviette auf die Tafel. »Du weißt, wie zuwider mir diese Situation ist.«

Ghislaine blickte ihn unschuldig an. »Ich weiß gar nicht, was du meinst, mein Lieber.« Sie streckte ihm die Hand entgegen, und zu seinem Leidwesen legte er seine hinein, ehe er nachdachte. »Wollen wir nach nebenan gehen?«

»Deshalb bin ich hier …«

»Wie schön.« Sie schnurrte die beiden Worte, ohne ihn dabei aus den Augen zu lassen.

Er zog seine Hand wieder weg. »Ich muss mit dir reden, Ghislaine, das ist längst überfällig, und du weißt es sehr wohl.«

Sie stand auf, ging zu ihm hinüber und blieb so knapp neben ihm stehen, dass sein Knie in den Falten ihres fliederfarbenen Rocks verschwand. Nervosität machte seinen Mund trocken, und er griff mit einer fahrigen Bewegung nach seinem Weinglas.

»Was möchtest du mir sagen, Troy?« Ghislaines Finger spielten mit seinem im Nacken zusammengebundenen Haar und zogen dünne Strähnen aus dem Zopf. Die federleichte Berührung seiner Haut brachte seine Konzentration erheblich durcheinander.

»Ich werde nicht mehr herkommen, Ghislaine«, sagte er schließlich mit belegter Stimme und hob den Kopf, um sie anzusehen.

Da sie schwieg und fortfuhr, sein Haar um ihre Finger zu wickeln, fügte er hinzu: »Was wir taten, war von Anfang an nicht richtig. Du liebst mich nicht, und ich liebe dich nicht, wir klammern uns aneinander, wir suchen nach etwas, das wir uns nie geben können.«

Sie hielt den Blick auf ihre Finger gerichtet. »Wir lieben uns nicht, aber wenn wir zusammen sind, dann ist es so, als …«

Mit einer heftigen Geste drehte er den Kopf weg und stand auf. »Nein, es ist nicht so. Wenn du das glaubst, dann machst du dir etwas vor. Ich bin nicht Tris, und du bist nicht …« Er brach ab und ballte unbewusst die Hände zu Fäusten. Mit schnellen Schritten trat er zum Fenster und starrte in die Dunkelheit. Es auszusprechen, laut und vor Zeugen, würde seinen wahnwitzigen Traum, sein unbeherrschbares Verlangen nach einer Frau, die ihm niemals gehören konnte, in aller Schande offenbar werden lassen.

Ghislaines Arme glitten unter seine Jacke und schlangen sich um seine Taille, ihr Kopf lehnte sich an seine Schulter. Er spürte ihre Körperwärme und atmete ihren Duft ein. Nur das Ticken der Porzellanuhr auf dem Kaminsims unterbrach die Stille.

»Einmal noch.« Ihr Atem streifte seine Wange. »Lass uns noch einmal so tun als ob. Dann ist es vorbei, und wir sind nichts weiter als Freunde und Nachbarn.«

Er schloss die Augen. Sie musste ihn nicht überreden, und das wusste sie, denn sie wartete nicht auf eine Antwort, sondern zog das Hemd aus seiner Hose und begann die Knöpfe zu öffnen. Ihre Fingerspitzen liebkosten seine Haut, bis er unwillkürlich aufstöhnte. Die körperliche Nähe und die Geborgenheit, die Ghislaine ihm vermittelte, waren ein Teil des Zaubers, der ihn immer wieder zu ihr zog.

Das leise Rascheln ihres Kleides verriet ihm, dass sie jetzt vor ihm stand und sich am Verschluss seiner Hose zu schaffen machte. Ihre Hand packte seine Erektion mit einem sicheren Griff und glitt von der Spitze bis zur Wurzel. Verlangen strömte durch ihn wie süßer Wein. Sein Körper wurde schwer, und mit einiger Mühe öffnete er die Augen.

Die Erregung hatte Ghislaines Wangen gerötet, ihre Brüste in dem großzügigen Dekolleté hoben und senkten sich heftig. Ungestüm zog er sie an sich und presste seine Lippen auf die empfindliche Stelle unter ihrem Ohr. Die harten Brustspitzen bohrten sich durch die Seide in seine Haut.

Ein kleiner erstickter Laut drang über ihre Lippen. »Nicht hier«, murmelte sie. »Lass uns hinübergehen.«

Ohne ein Wort hob er sie hoch und trug sie in ihr Schlafzimmer. Vor dem Bett stellte er sie auf den Boden. Aus ihrem hochgesteckten Haar hatten sich einige Strähnen gelöst, die auf ihre nackten Schultern fielen. Ihre bernsteinfarbenen Augen leuchteten vor Verlangen. Sie streckte die Hände nach ihm aus, aber er schüttelte den Kopf. »Heute soll etwas Besonderes sein.«

Achtlos streifte er seine Jacke ab. Sein offenes Hemd hing lose herunter und entblößte seine Brust, die Ghislaine verlangend betrachtete. Der Anblick ihrer rosigen Zungenspitze, die über ihre Oberlippe strich, brachte die Muskeln in seinem Unterleib dazu, sich zusammenzuziehen. Er trat hinter sie und nahm ihr das Halsband mit den funkelnden Edelsteinen ab. Ebenso vorsichtig löste er die Ohrgehänge und die Haarspangen.

Sie half ihm bei den Verschnürungen des Mieders und der Häkchen, mit denen das Oberteil des Kleides geschlossen wurde. Er vermied alle Hast, stattdessen nahm er sich die Zeit, jedes Stück Haut, das von den Kleidungsstücken befreit wurde, zu küssen.

Als sie nur mehr ein Batisthemdchen und Seidenstrümpfe trug, kniete er sich nieder, um die Bänder zu lösen. Langsam rollte er die Strümpfe nach unten und ließ seine Lippen dem zarten Stoff folgen, bis er ihren zierlichen Fuß in seinen Händen hielt.

Sein Blick wanderte an ihrem Bein hinauf, zu dem weißen Schenkel und dem darüberliegenden geheimnisvollen dunklen Dreieck. Alles, was er über die körperliche Liebe wusste, hatte ihm Ghislaine beigebracht, und in dieser Nacht wollte er ihr beweisen, dass er keine der Lektionen vergessen hatte.

Er gab ihr einen leichten Stoß, und sie fiel auf das Bett. Ihre Schenkel öffneten sich einladend. Seine Hände spreizten sie noch weiter, und er versank in den Anblick ihres auseinanderklaffenden Geschlechts. Ihr Fleisch glänzte feucht und rot wie eine reife Frucht. Er beugte sich vor, um den Duft ihrer

Erregung einzuatmen, ehe er begann, sie langsam und genussvoll zu lecken. Sie wand sich unter seiner streichelnden, fordernden Zunge, aber er hielt sie fest und hörte nicht auf, die geschwollenen Falten zu durchpflügen.

Nicht einmal in seinen kühnsten Träumen hätte er geglaubt, dass es zwischen Mann und Frau solche intimen Zärtlichkeiten geben konnte, noch, dass es ihm so viel Vergnügen bereiten würde, einer Frau auf diese Weise Lust zu verschaffen.

Als ihre Erregung immer höherstieg, zerrten ihre Finger an seinem Haar, aber er ließ sich nicht beirren und zögerte ihren Höhepunkt geschickt hinaus, trieb sie an den Rand ihres Bewusstseins, um ihr schließlich doch die ersehnte Befriedigung zu gewähren.

Sanft leckte er sie während der letzten Kontraktionen und richtete sich dann auf. Ghislaine sah ihn aus halbgeschlossenen Augen an. Ihre Lippen formten lautlos das Wort »komm«, und er gehorchte.

Sein Hemd fiel zu Boden, seine Hose folgte, dann kniete er wieder zwischen ihren Schenkeln und brachte sich in Position. Während er langsam in sie eindrang, schloss Ghislaine die Augen. Das tat sie immer, und Troy wusste, dass sie in diesem Moment nicht bei ihm war, sondern bei seinem Bruder.

Er bewegte sich vorsichtig, bis sie sich ihm ganz angepasst hatte, dann stieß er schneller zu. Auf diese Weise brachte er sie zu einem zweiten Höhepunkt und heute sogar zu einem dritten. Wie immer strömte ihm der Schweiß über Rücken und Brust, als er sein eigenes Verlangen zu befriedigen suchte. Und wie immer scheiterte er daran. Keuchend und mit einem flimmernden Nebel vor den Augen zog er sich schließlich zurück und fiel neben Ghislaine aufs Bett.

Sein Körper schmerzte, und das Blut pulsierte in seiner

gepeinigten Rute. Nicht einmal heute hatte er es geschafft, sich zu verströmen. Er biss die Zähne zusammen und legte den Arm über die Augen, um zu verhindern, dass Ghislaine seiner Verzweiflung gewahr wurde. Die Zeiten, in denen sie ebenso eifrig wie vergeblich versucht hatte, ihm auf andere Weise Erleichterung zu verschaffen, waren vorbei. Sie hatte gelernt, sich damit abzufinden.

Die Matratze bewegte sich, als sie sich erhob. Wie üblich standen Champagner und Gläser auf einem Erkertischchen bereit. Die Geräusche verrieten, dass sie die Flasche öffnete und die Gläser füllte.

»Hier.«

Widerstrebend nahm er den Arm von seinem Gesicht und griff nach dem Glas. »Danke.«

Sie setzte sich neben ihn und blickte auf seine Erektion, die langsam zu schmerzen aufhörte. »Ist das der Grund, warum du unser Verhältnis beenden willst? Weil ich dich nicht befriedigen kann?« Sie nippte an dem Kristallkelch.

Troy seufzte. »Nein, das ist es nicht. Ich kann einfach nicht kommen, ich weiß auch nicht, warum.«

»Weil ich nicht die Frau bin, die du willst«, sagte Ghislaine trocken und blickte ihn durch ihre Wimpern hindurch an.

»Wenn du damit recht hast, dann werde ich nie einen Höhepunkt haben«, entgegnete Troy im selben nebensächlichen Tonfall. »Außerdem wäre die Menschheit schon längst ausgestorben, wenn Männer nur bei einer einzigen Frau ihren Samen vergießen könnten.«

»Du bist nicht wie alle Männer, Troy.« Sie betrachtete ihn aufmerksam, und die Zuneigung in ihrem Blick ließ ihn einen Augenblick lang vergessen, wie verfahren die ganze Situation war. »Ich werde dich vermissen.« Sie trank das Glas leer und stand auf, um in einen rotseidenen Morgenmantel zu schlüpfen. Die Geste, mit der sie den Gürtel zuband, hatte etwas Endgültiges.

Troy stellte sein Glas auf das Nachtkästchen. Sie fragte nicht, ob er die Nacht über bleiben wollte, wie sie es sonst tat. Ein weiteres Zeichen, dass ihre Beziehung tatsächlich vorbei war. Mit einem seltsamen Gefühl in der Magengrube stand er auf und suchte seine Kleider zusammen.

Ghislaine lehnte am Kamin und beobachtete ihn. Als er fertig war, trat sie auf ihn zu. »Dann wünsche ich dir Glück, Troy. Leb wohl.«

Er beugte sich vor und küsste sie auf die Wange. »Leb wohl Ghislaine, wir sehen uns. Irgendwann, irgendwo.«

Sie neigte den Kopf. In ihrer Stimme schwang mehr als nur ein Hauch von Melancholie mit. »Das fürchte ich auch.«

6

Als Troy am nächsten Morgen die Küche betrat, stieg ihm der Duft von frischem Gebäck in die Nase. Elaine stand mit François und einem der Tagelöhner neben dem Herd. Auf einem Backblech lagen mehrere appetitlich aussehende Brioches nebeneinander, und Elaine war offenbar damit beschäftigt, sie vor François' Zugriff zu verteidigen.

»Ich habe Milchsuppe für euch gekocht, François, die Brioches sind für Monsieur de Rossac.«

»Monsieur de Rossac kann ganz bestimmt keine zehn Brioches essen«, gab François zurück und streckte die Hand aus.

Elaine schlug ihm auf die Finger. »Nehmt den Topf und geht zu den anderen, ehe es kalt wird.«

»Eine für mich und eine für Louis, wir sagen es auch ganz bestimmt nicht weiter«, bettelte François mit einem treuherzigen Augenaufschlag.

Elaine stemmte die Hände in die Hüften und blies eine Haarsträhne aus dem Gesicht. »Gut, eine für jeden von euch, aber damit ist es wirklich genug.«

Blitzschnell griffen die zwei Männer zu und ließen die kleinen Gebäckstücke in ihren Jacken verschwinden. Dann nahmen sie den Topf und verließen die Küche, nicht ohne Troy einen guten Morgen zu wünschen.

»Ich weiß nicht, ob ich die richtige Menge Bohnen gemahlen und aufgebrüht habe«, sagte Elaine, während sie die restlichen Brioches auf eine Porzellanplatte legte und zum Tisch trug. »Bei den Serrants durfte ich nur zusehen, wie die Köchin

..ee zubereitete, und ich weiß nicht, ob ich mir alles ..ig gemerkt habe.« Sie rückte das Milchkännchen zu-echt.

Troy nahm den Topf vom Herd und schnupperte daran. Das Aroma war ebenso vielversprechend wie die dunkle Farbe. Er goss den Kaffee in die Schale und setzte sich an den Tisch.

Erst als er nach einer der warmen Brioches griff, merkte er, dass Elaine noch immer neben dem Herd stand. »Ihr werdet mir doch hoffentlich Gesellschaft leisten?«, fragte er verwundert.

»Ich weiß nicht, ob das angebracht ist, Troy«, entgegnete Elaine langsam. »Gestern war alles neu und verwirrend für mich, aber heute ...«

»Schwachsinn«, schnitt er ihr das Wort ab. »Setzt Euch und bedient Euch.«

Sie wählte ihren Platz so, dass sie ihm die heile Seite ihres Gesichts zuwandte. »Danke.«

»Wie habt Ihr die erste Nacht auf *La Mimosa* verbracht?«, erkundigte er sich, während er Kaffee und Milch in ihre Schale goss.

»Gut, ich habe ausgezeichnet geschlafen.« Sie starrte die Schale an, als wäre sie der Heilige Gral. »Für mich?«, murmelte sie ungläubig.

Er seufzte. »Ich weiß nicht, wo und wie Ihr bisher gelebt habt. Wir arbeiten alle zusammen, und wir haben alle die gleichen Rechte und Pflichten. Niemand ist hier mehr oder weniger wert als ein anderer. Ich würde es begrüßen, wenn Ihr diese Tatsache akzeptieren könnt.«

Elaine hob die Schale mit beiden Händen an den Mund. »Das sollte mir nicht besonders schwerfallen«, sagte sie nach dem ersten Schluck.

Troys Augen funkelten amüsiert. »Gut. Marie bevorzugte

übrigens Schokolade. Habt Ihr davon auch schon einmal probiert?«

»Nein. Madame Serrant hatte einen kleinen Vorrat, den sie an Festtagen ihren Gästen anbot.« Und ansonsten hinter Schloss und Riegel verwahrte.

»Ich weiß nicht, ob in der Speisekammer noch etwas davon ist, persönlich mache ich mir nicht viel daraus. Erinnert mich daran, bei unserem nächsten Marktbesuch etwas davon zu kaufen.«

Elaine nickte. »Heute werde ich mich daranmachen, die Böden zu schrubben und die Teppiche auszuklopfen.«

Troy nahm sich noch eine Brioche und bestrich sie mit Butter. »Ich bin mit den Arbeitern bei den Pfirsichbäumen. Jetzt im Frühjahr ist dort viel zu tun.«

.«Speist Ihr heute Abend hier, oder seid Ihr wieder außerhalb?«

»Ich werde hier sein, es ...« Er brach ab. »Habt Ihr gestern auf mich gewartet?« Daran hatte er nicht gedacht.

»Es ist nicht wichtig, ich hätte fragen können, aber ich bin davon ausgegangen, dass Ihr hier zu Abend essen würdet.« Sie blickte angelegentlich in ihre Schale, und er fluchte unhörbar. Ohne es zu wollen, hatte er sie bereits zum ersten Mal enttäuscht.

»Heute Abend bin ich hier, Elaine.« Nach kurzem Überlegen fügte er hinzu: »In Zukunft gebe ich Euch Bescheid, wenn ich nicht da sein kann.«

Sie zuckte mit den Schultern. »Ihr seid mir keine Rechenschaft schuldig.«

»Das bin ich in der Tat nicht, aber wollt Ihr Eure Kochkünste wirklich verschwenden?«

»Ach, François und Nicolas werden sie schnell zu schätzen lernen.« Ein Funke von Humor blitzte in ihren Augen auf, und Troy lachte.

»Das ist natürlich eine Herausforderung, der ich nicht widerstehen kann.« Er erhob sich. »Danke für das Frühstück, Elaine, es war ganz vorzüglich.«

Sie neigte den Kopf, erwiderte aber nichts. Unentschlossen betrachtete er sie, öffnete den Mund, aber da ihm keine weiteren Worte einfallen wollten, verließ er unverrichteter Dinge die Küche, um sich auf den Weg zu den Arbeitern zu machen.

Elaine blickte ihm nach. Noch immer kam ihr alles so unwirklich vor. Sie saß am Tisch mit ihrem Schwager, der sie zwar als Haushälterin eingestellt hatte, sie aber wie seinesgleichen behandelte. Damit nicht genug, zog er sie an wie eine brennende Kerze die Nachtfalter in einer warmen Sommernacht. Sie hatte keinen Grund und schon gar kein Recht, so zu empfinden. Und sie wollte sich auch nicht die Folgen ausmalen. Immerhin war ihm daran gelegen gewesen, ihr unverzüglich mitzuteilen, dass er eine Geliebte hatte. Eine bessere Warnung hätte er ihr nicht geben können. Aber trotz dieser Warnung schlug ihr törichtes Herz schneller, sobald sie ihn nur sah.

Genug. Elaine stand auf, verstaute die Reste der Mahlzeit und stellte das schmutzige Geschirr in einen Holzeimer. Dann begann sie, die Räume zu lüften und Wasser heiß zu machen, um die Fenster und Böden zu schrubben.

Am Nachmittag hatte sie den Salon auf Hochglanz gebracht und beschloss, sich der Zubereitung des Abendessens zu widmen. Ein Raum pro Tag erschien ihr ein annehmbares Ziel für ihre Bemühungen, dem Haus zu Sauberkeit und Behaglichkeit zu verhelfen.

Die Arbeit ging ihr leicht von der Hand, und sie erwiderte François' Scherzworte gutgelaunt, als er mit Nicolas den Topf für die Tagelöhner holen kam. Im Ofen brutzelte ein Huhn vom Hof vor sich hin, und zum Nachtisch hatte sie eine Apfeltarte zubereitet. Zufrieden legte sie Holz nach und wusch sich die Hände. Sie blickte durch das Fenster hinaus in den Hof und sah Troy mit zwei anderen Männern am Brunnen stehen. Als sie anfingen, ihre Hemden auszuziehen, hielt Elaine unwillkürlich den Atem an. Sie sollte sich abwenden, aber sie konnte nicht. Wassertropfen glitzerten auf Troys breitem Rücken, und als er sich umdrehte, sah sie die dunklen Haare auf seiner Brust, die sich zu einem schmalen Streifen verjüngten und den Blick unweigerlich auf die Vorderseite seiner Hose zogen. Seine gebräunte Haut hob sich nicht sonderlich von dem braunen Leder der engsitzenden Beinkleider ab, und als er sich nach dem Hemd bückte, schien es für den Bruchteil eines Augenblicks, als wäre er nackt.

Elaines Wangen glühten, und zwischen ihren Schenkeln pulsierte ihr Herzschlag überdeutlich. Sie begehrte diesen Mann mit einer Intensität, die sie schwindelig machte, und ihre Finger krampften sich um die Arbeitsfläche. Großer Gott, wohin sollte das noch führen?

Sie hörte ihn an der Küche vorbeigehen und atmete erleichtert auf, dass sie ihm nicht sofort gegenübertreten musste, sondern noch eine Galgenfrist bekam, um sich zu beruhigen. Als er dann die Küche betrat, trug er ein frisches Hemd und eine mit aufwendiger Stickerei verzierte blaue Jacke. Außerdem hatte er auch die Hose gewechselt und trug dazu Seidenstrümpfe samt Schnallenschuhen. Er sah völlig verändert aus, und zum ersten Mal entsprach er dem Bild, das sie sich von einem Chevalier de Rossac, dem Herrn über *La Mimosa,* gemacht hatte.

»Ich habe den Tisch im Salon gedeckt«, sagte sie hastig und ging an ihm vorbei, um die Apfeltarte hinüberzutragen. Sie merkte, dass er ihr folgte, und prompt beschleunigte sich ihr Herzschlag.

Sie hatte das kostbare Tafelgeschirr samt dem schweren

Silberbesteck während des Aufräumens gefunden und hatte der Versuchung nicht widerstehen können, den Tisch so herzurichten, als erwarte man den König höchstpersönlich. Jetzt kam ihr diese Idee lächerlich vor, und sie wartete darauf, dass Troy seinen Tadel laut aussprechen würde.

Doch er ging nur um den Tisch herum und betrachtete alles. Als er sich an sie wandte, lag ein Lächeln auf seinem Gesicht. »Es ist lange her, dass ich an einer derart eleganten Tafel gespeist habe, die Überraschung ist Euch wirklich gelungen, Elaine.«

»Danke.« Die Erleichterung verhinderte, dass sie mehr sagte.

»Aber diese Tafel verlangt auch, dass Ihr Euch angemessen kleidet, ehe Ihr Euch daran niederlasst.« Seine sanfte Stimme ließ einen Schauer über ihren Rücken rieseln, und sie gehorchte, ohne nachzudenken.

»Natürlich, ich werde mich umziehen. Es dauert nicht lange, ich bin gleich zurück.« Sie eilte zu ihrem Zimmer und riss das erste von Maries Kleidern aus der Truhe, das ihr in die Finger kam. Es war aus dunkelblauem Satin mit einem Einsatz aus golddurchwirktem Brokat.

Sie streifte ihre Bluse, das Mieder und den Rock ab und schlüpfte in das Satingewand. Das Oberteil war so geschnitten, dass es durch die Schnürung ein Mieder unnötig machte. Aber gleichzeitig bedeutete das auch, dass sie es nicht alleine anziehen konnte. So sehr sie sich abmühte, sie bekam die Kordeln nicht richtig zu fassen, um sie eng genug zuzuziehen.

Mit der linken Hand hielt sie das Kleid fest, damit es nicht zu Boden rutschte, und mit der rechten wühlte sie in der Truhe. Doch keines der Kleider schien dafür gemacht zu sein, ohne Hilfe einer Zofe angelegt zu werden.

Sie biss die Zähne zusammen und fühlte gleichzeitig, wie

ihr die Tränen in die Augen stiegen. Was sollte sie tun? Unten wartete Troy, das Huhn musste aufgetragen werden, sollte es nicht zäh und trocken sein. Und sie besaß nur diese schäbigen Lumpen, in denen sie Troy nicht unter die Augen treten konnte.

Ein Klopfen an der Zimmertür ließ sie herumfahren. »Braucht Ihr Hilfe?«

Elaine presste das Kleid an die Brust. Ihr Rücken war entblößt, ihr Haar stand nach allen Seiten ab, und sie wünschte, der Boden würde sich auftun und sie verschlingen.

Dann schluckte sie ihre Scham hinunter und ging zur Tür. »Ich kann das Kleid nicht selbst schnüren«, sagte sie leise, als Troy vor ihr stand. »Ich habe so etwas noch nie getragen.«

Er hob die Brauen, und sie atmete tief ein, ehe sie sich umdrehte und ihm ihren nackten Rücken zuwandte. Das Schweigen brachte die Härchen in ihrem Nacken dazu, sich aufzurichten.

»Ich werde versuchen, mich als Kammerzofe zu betätigen«, erwiderte er schließlich, aber seine Worte klangen lange nicht so unbeschwert, wie sie in ihren Ohren klingen sollten.

Er schob sie zum Kerzenleuchter und begann, mit den dünnen, gedrehten Kordeln zu hantieren. Das Oberteil begann sich um ihren Körper zu schmiegen. »Fester?«, fragte er, und das Wort hallte im Raum, bekam mehr als eine Bedeutung.

Sie nickte und zog die Ärmel nach oben über die Schulter. Natürlich kam ihre Bewegung zu spät, denn er musste die zerstörte Haut, die sich von ihrem Hals bis zu ihrem Oberarm zog, längst bemerkt haben. Ihr Gesicht glühte, und die widersprüchlichen Empfindungen ließen keinen Platz für klare Überlegungen.

»Fertig«, sagte er schließlich, und Elaine drehte sich um.

Die Dankesworte erstarben auf ihren Lippen, als sie sein Gesicht sah. Seine hellen Augen leuchteten, und der harte Zug um seinen Mund verriet seine Anspannung.

Er begehrte sie. Der Gedanke schoss wie ein Blitz durch ihr Gehirn und nahm ihr den Atem. So unvorstellbar es für sie war, dieser Mann begehrte sie. Sie starrte ihn an, unfähig zu reagieren, unfähig an etwas anderes zu denken, als an die Gefühle, die heftig und unerwartet zwischen ihnen brodelten.

Seine Hände glitten über ihre Arme, so langsam, dass sie sich jederzeit hätte befreien können. Aber sie tat es nicht. Er beugte sich vor, und sie kam ihm entgegen. Im ersten Augenblick lähmte sie sein Kuss, dann schlang sie die Arme um seinen Hals und presste sich an ihn.

Er küsste sie mit grenzenloser Zärtlichkeit, als wäre sie etwas unvorstellbar Kostbares. Ein wertvolles, zerbrechliches Geschenk, nach dem er sich ein Leben lang verzehrt hatte. Die Intensität seines Verlangens ließ Elaine erzittern. Ihre Hände wühlten in seinem Haar, und sie rieb ihren Unterleib ebenso sehnsüchtig wie schamlos an seiner Erektion, während sie ihn weiter heiß und tief küsste.

Unvermittelt fand sie sich auf dem Bett wieder. Troy lag auf ihr und schob die Röcke ihres Kleides nach oben. Seine Finger strichen über ihre Schenkel und fanden mit schlafwandlerischer Sicherheit die intimste Stelle ihres Körpers. Elaine stöhnte auf. Ihre Muskeln spannten sich an, und er hob den Kopf. »Soll ich aufhören?«, flüsterte er heiser.

Sie sah in sein von Leidenschaft gezeichnetes Gesicht. Ihr Herz schlug ihr bis zum Hals, und sie registrierte nur am Rande, dass seine Finger unablässig ihre heiße Spalte liebkosten. »Nein, hör nicht auf«, sagte sie mit erstaunlich fester Stimme. »Ich will es, seit ich dich das erste Mal gesehen habe. Ich will dich, seit ich dich das erste Mal gesehen habe«, korrigierte sie und spreizte die Beine weiter.

Er ließ seinen Mund über ihren Hals wandern und leckte über den Puls in ihrer Halsgrube. Instinktiv drehte sich Elaine so, dass er nur mit ihrer unversehrten Haut in Berührung kam. Als sich seine Lippen um ihre harte Brustspitze schlossen, keuchte sie auf und wölbte sich ihm entgegen. Ihr Verlangen schraubte sich höher und höher. Sie wünschte, er würde seine geschickten Finger endlich durch seine Rute ersetzen.

Als hätte er ihre Gedanken gelesen, öffnete er seine Hose und versenkte sich mit einem Stoß bis zum Anschlag in ihr. Er hörte auf, ihre Brustwarzen mit seiner Zunge zu reizen, und fing an, im selben Rhythmus, mit dem er in sie stieß, an der kieselharten Knospe zu saugen.

Elaine kämpfte darum, nicht das Bewusstsein zu verlieren, zu gewaltig war der Ansturm der Lust auf ihren Körper, und erst jetzt begriff sie, wie nachlässig und stümperhaft Armand sie behandelt hatte. Jeder Nerv in ihr vibrierte und schrie nach Erfüllung, bereitete sich darauf vor, in einem unwiderstehlichen Höhepunkt zu verglühen.

Doch Troy ließ sich Zeit, verlangsamte seine Stöße, küsste ihre andere Brust und lachte leise, als sie unwillig aufstöhnte. Erst nach einer quälenden Pause machte er mit unverminderter Kraft weiter und gab ihr, was sie wollte.

Elaine grub ihre Fingernägel in seinen Rücken, ein Schrei drängte sich aus ihrer Kehle, und sie klammerte ihre Schenkel um Troys Hüften. Ihre Kontraktionen waren so heftig und dauerten so lange wie noch niemals zuvor.

Als sie schwer atmend die Augen öffnete, sah sie in sein Gesicht. Schweiß perlte auf seiner Stirn, und die zusammengezogenen Brauen verrieten seine Anspannung. Er war noch immer in ihr. Sie legte ihre Hände an seine Wangen und strich mit den Daumen über seine Unterlippe, während sie wartete, dass er fortfuhr und sich seine eigene Befriedigung verschaffte.

Er schloss die Augen. »Ich kann nicht«, murmelte er. »Ich kann mich nicht in dir verströmen.«

Sie hörte die Worte, aber sie verstand sie nicht. Ratlos streichelte sie sein Gesicht. Aber erst als er sich aus ihr zurückzog und sich aus ihren Armen wand, begriff sie, dass er tatsächlich keine Erfüllung gefunden hatte.

Sie kam sich dumm und ungeschickt vor und wusste nicht, was sie tun sollte. Oder was sie sagen konnte. Ihre Blicke huschten zu seiner harten Rute, die noch von ihren Säften glänzte. Die Situation kam ihr unwirklich und unbeschreiblich peinlich vor. »Es tut mir leid«, brachte sie schließlich stockend heraus.

»Du kannst nichts dafür«, sagte er leise. »Es liegt an mir, nicht an dir.«

Mit einem Taschentuch säuberte er sich, und Elaine wandte den Blick ab. Sie konnte sich nicht vorstellen, Leidenschaft in einem Ausmaß zu empfinden, wie es eben geschehen war, und dieses Gefühl nicht zur Erfüllung zu bringen. Es musste ihre Schuld sein, vielleicht hatte ihn ihre Bereitwilligkeit abgestoßen. Er war bestimmt gewohnt, mit vornehmen Damen zu verkehren, die sich ihm nicht zügellos an den Hals warfen. Ungebetenerweise tauchte der Gedanke an die Frau auf, von der er gesprochen hatte. Sie verstand sich bestimmt darauf, ihn zu befriedigen.

Elaine setzte sich auf und schwang die Beine aus dem Bett. Ihre Brüste waren aus dem Ausschnitt gerutscht, und sie stopfte sie gedankenlos zurück. Ihre Augen brannten, ohne dass es einen Grund dafür gab.

»Ich wollte dich nicht überrumpeln«, sagte er hinter ihr. »Aber ich konnte mich nicht mehr beherrschen. Verzeih mir.«

Sie blickte ihn über ihre Schulter hinweg an. Seine Worte machten ihr Unglück perfekt. Eben war sie noch auf einer rosigen Wolke geschwebt, und einen Augenblick später prallte sie auf den harten Boden der Realität. Sie hatte ihm nicht nur keine Befriedigung verschafft, sondern er bedauerte das Ganze bereits. Trotzdem nickte sie. »Es gibt nichts zu verzeihen. Schließlich bin ich kein unberührtes Mädchen von Stand, ich wusste, worum es ging, und ich wollte es ebenso.« Wenn nicht noch viel mehr, ergänzte sie in Gedanken und strich das Haar vor ihre entstellte Gesichtshälfte. »Ich werde in der Küche nachsehen, ob das Huhn noch genießbar ist.«

Sie erhob sich, zupfte den Ausschnitt zurecht und verließ das Zimmer, ohne sich noch einmal umzudrehen.

7

Troy brachte seine Kleider in Ordnung. Wie hatte er sich so vergessen können? Elaine einfach in das nächste Bett zu zerren, um seinem Verlangen nachzugeben, bewies ihm erneut, wie tief er gesunken war.

Doch der weiße Rücken, von einem Kleid umrahmt, das Marie oft und gerne getragen hatte, ließ jede Vernunft in ihm ersterben. Der Drang, sie in den Armen zu halten, zu küssen und sich in ihr zu vergraben, überschattete alles andere. Elaine war gar nichts übrig geblieben, als seine Annäherungsversuche zu ertragen. Alles war neu und ungewohnt für sie, womöglich hatte sie Angst, dass er sie auf die Straße setzte, wenn sie seine Annäherungsversuche abwies.

Was er natürlich nicht getan hätte. Niemals. Aber das wusste sie ja nicht. Er stand auf und schloss die Knöpfe seiner Jacke. Sein hirnloses Handeln würde eine Spannung in ihr Zusammenleben bringen, auf die er gerne verzichtet hätte. Aber für derartiges Bedauern war es eindeutig zu spät.

Im Salon öffnete er die bereitstehende Weinflasche und goss ein Glas voll, das er in einem Zug austrank. Als er Elaines Schritte hörte, füllte er auch ihr Glas und blickte ihr entgegen.

Sie trug die Platte mit dem in einem Gemüsebett liegenden Huhn und stellte sie auf den Tisch. »Das Feuer im Herd ist ausgegangen, deshalb ist der Braten nicht völlig verschmort.« Ihre Wangen röteten sich, und sie schaffte es nicht, ihm ins Gesicht zu sehen. Mit einer fahrigen Handbewegung reichte sie ihm das Tranchiermesser.

»Gut, dann wollen wir essen«, antwortete er und begann, das Huhn zu zerteilen, während Elaine die Teller mit dem Gemüse füllte.

Um das Schweigen zu brechen, das während des Essens über ihnen lastete, erzählte Troy von der Arbeit bei den Obstbäumen. Elaine nahm den Faden sichtlich dankbar auf und stellte interessierte Fragen. Die Stimmung besserte sich, und als sie bei der Apfeltarte anlangten, herrschte eine gelöste Atmosphäre. Troy half Elaine dabei, das Geschirr in die Küche zu tragen und holte einen Eimer Wasser vom Brunnen.

Mit einem Glas Wein in der Hand sah er ihr zu, wie sie das Geschirr spülte. Sie hatte eine weiße Schürze über das elegante Kleid gebunden und die Ärmel aufgerollt. Sein schlechtes Gewissen meldete sich wieder. »Du sollst diese schwere Arbeit nicht alleine verrichten, Elaine. Ich habe nicht daran gedacht, was es bedeutet.« Er hatte nur daran gedacht, wie er sie bei sich behalten könnte. »Suzanne hat oft ihre Töchter mitgebracht. Vielleicht solltest du im Dorf fragen, ob jemand dir zur Hand gehen will.«

Ohne ihre Arbeit zu unterbrechen, erwiderte Elaine. »Ich bin daran gewöhnt, zu arbeiten, Troy, und zwar wesentlich härter als ich es hier tue. Solange es nur darum geht, das Haus in Ordnung zu halten, für die paar Tagelöhner und uns beide zu kochen, werde ich zurechtkommen. Wenn die Zeit der Ernte da ist und mehr Arbeiter hier sind oder wenn du große Gesellschaften geben willst, dann werde ich mich nach Hilfe umsehen, aber im Augenblick ist das nicht nötig.«

In ihren Worten lag ein unausgesprochener Tadel, den er nicht verstand. Aber wenn sie es so haben wollte, dann sollte es so sein. »Ich bin in meinem Arbeitszimmer und erledige einige Schreibarbeiten.«

»Wenn ich hier fertig bin, bringe ich den Salon in Ordnung, und dann werde ich beginnen, meine neuen Kleider zuzuschneiden.« Sie sah ihn nicht an, sondern beugte sich über eine Pfanne, um sie kräftig zu schrubben.

Troy holte die angebrochene Weinflasche und begab sich in sein Arbeitszimmer. Am nächsten Morgen war Zahltag für die Arbeiter, das bedeutete, er musste die Münzen abzählen und bereitlegen. Außerdem gab es noch einige Weinbestellungen, die in den nächsten Tagen auszuliefern waren. Vielleicht sollte er Elaine mitnehmen, damit sie die Nachbarn kennenlernen konnte. Das würde Abwechslung in ihren Alltag bringen.

In der nächsten Woche musste er damit beginnen, die Weinstöcke zu schneiden und auf Schäden zu kontrollieren. Er seufzte. Davon verstand er noch weniger als von den Obstbäumen. Tris hatte sich immer um alles gekümmert, was mit der Plantage und dem Weinberg zusammenhing. Er selbst hatte hauptsächlich die Auslieferungen und die anfallenden Schreibarbeiten übernommen. François und Nicolas kannten sich zwar in allen landwirtschaftlichen Belangen aus, aber sie blieben wortkarg und erweckten nicht den Eindruck, ihr Wissen teilen zu wollen. Nach längerem Überlegen hatte Troy darauf verzichtet, die beiden deshalb in die Zange zu nehmen, und versuchte stattdessen, sich deren Arbeitsweise so gut es ging abzuschauen. Ob er damit Erfolg hatte, würde die Zukunft weisen.

Um die trüben Gedanken zu verscheuchen, trank er sein Glas leer und füllte es aufs Neue. Seine Gedanken wanderten wieder zurück zu Marie. Zu den langen Abenden, an denen sie hier bei ihm gesessen hatte, weil er ihr Lesen und Schreiben beibrachte. In diesen Stunden hatte sie nur ihm gehört, und er hatte sich mit jeder Faser seines Herzens in sie verliebt. Er war überzeugt gewesen, dass seine selbstgewählte Maske ausreichte, damit niemand etwas von seinen Gefühlen merkte. Bei seinem Bruder hatte die Verstellung allerdings versagt, und Tris hatte ihn eindrücklich darauf hingewiesen, dass er nicht tatenlos zusehen würde, falls Troy unter seinen Augen ein Verhältnis mit Marie anfing. Was er natürlich niemals getan hätte. Seine Träume und Fantastereien reichten ihm völlig.

Aber jetzt hatte ihm das Schicksal eine neue Chance gewährt, mit der alle seine Träume wahr werden konnten. Marie war ihm wiedergegeben worden, und diesmal gehörte sie niemandem, sondern war frei, ihr Herz und ihren Körper zu verschenken. Und er würde alles tun, damit er sich dieses Geschenks als würdig erwies. In Zukunft würde er sie nicht mehr überrumpeln, sondern ihr Zeit lassen, sich an ihn zu gewöhnen.

Angespornt durch all diese verlockenden Perspektiven machte er sich daran, die Rechnungen für die Weinbestellungen zu schreiben. Die Zeit verging wie im Flug, und er zuckte zusammen, als er Elaines Stimme hörte.

»Gute Nacht, Troy.« Sie lehnte am Türrahmen und blickte ihn an. Er warf die Feder auf den Tisch und sprang auf. Im schwachen Kerzenschein leuchtete ihr helles Haar wie eine Aureole – zumindest erschien es ihm so. Der genossene Wein vergrößerte Elaines Ähnlichkeit mit ihrer Schwester, und er hatte das Gefühl, dass Marie vor ihm stand und ihn durch ihre dichten Wimpern hindurch ansah.

Er griff nach ihrer Hand und hob sie an seine Lippen. Ihre Haut fühlte sich weich und kühl an, als er seinen Mund darauf presste. Sie zog die Hand nicht weg, sondern sah ihn nur schweigend an. Mehr Aufforderung brauchte er nicht.

Als er sie küsste, öffnete sie bereitwillig ihre Lippen, um seiner Zunge Einlass zu gewähren, und schmiegte sich eng an ihn. Er schloss die Augen, niemals hatte er sich Marie näher gefühlt. Die Intensität des Kusses brannte sich durch ihn hindurch. Er wollte nicht aufhören, er wollte niemals mehr aufhören, diesen süßen, samtigen Mund zu plündern, das leise Stöhnen zu trinken, als wäre es göttlicher Nektar.

Atemlos hob er schließlich den Kopf und öffnete die Augen. Ihr Blick klärte sich langsam und verlor zu seinem Bedauern den träumerischen Ausdruck. »Die Frau, von der du mir erzählt hast …« Ihre Stimme klang belegt, und er überlegte, was sie meinte. »Die verheiratete Frau, mit der du ein Verhältnis hast …«, begann sie erneut, und er begriff, dass sie von Ghislaine sprach. »Wenn sie davon erfährt, dass wir …«

Er ließ Elaine los und trat einen Schritt zurück. »Ich habe diese Beziehung gestern beendet«, unterbrach er sie. »Es gibt niemanden, dem ich Rechenschaft schuldig bin oder der Ansprüche auf mich erheben könnte.«

Freude und Erleichterung breiteten sich auf ihrem Gesicht aus, ehe sie die Maske kühler Gelassenheit darüberstülpen konnte. »Und wie ist es bei dir?«, fragte er. Sie war nicht unberührt gewesen, also musste es einen Mann in ihrem Leben gegeben haben.

»Niemand kann auf mich Anspruch erheben, ich bin nicht verlobt oder verheiratet«, sagte sie ruhig. »Der Mann, der meine Unschuld genommen hat, hat keine weiteren Rechte auf mich.«

Er griff nach ihren Händen. »Also gibt es nur uns beide?«

Elaine nickte.

Troy hielt ihre Hände fest. Am liebsten hätte er sie wieder in seine Arme gezogen und in sein Schlafzimmer getragen. Aber er wollte die Dinge nicht überstürzen. Es war viel geschehen innerhalb der letzten Stunden, Elaine brauchte Schlaf, und sie brauchte Zeit für sich. Er wollte sie nicht in die Enge treiben, sondern ihr Verständnis entgegenbringen.

»Ich bin froh, dass es so ist, Elaine. Der Tag war lang und anstrengend, du bist bestimmt müde. Geh zu Bett, wir sehen uns morgen.«

Sie sah ihn unverwandt an und entzog ihm dann ihre Hände. »Du hast recht, Troy. Morgen ist ein neuer Tag. Ich wünsche dir eine gute Nacht.«

Elaine wälzte sich zum hundertsten Mal im Bett herum. Einerseits war sie müde, andererseits zu durcheinander, um schlafen zu können. Sie verstand die widersprüchlichen Signale nicht, die Troy aussandte. Zwar hatte er sein Verhältnis zu dieser anderen Frau abgebrochen, dennoch lag sie alleine in ihrem Bett, obwohl er sie leidenschaftlich geküsst hatte – ehe er sie wegschickte. Sie fragte sich, wie das alles weitergehen sollte. Armand hatte ihre verzweifelte Suche nach jemandem, der für sie da war, ausgenutzt, und sie hatte sich nur allzu gerne von seinen schönen Worten einlullen lassen. Niemals aber hatte sie bei ihm jene Anziehungskraft gespürt, die sie zu Troy trieb und die alle Vernunft erstickte. Sein Lächeln, sein Körper, seine Kraft und seine Zärtlichkeit wirkten sich auf ihre Grundsätze verheerend aus. Damit nicht genug, machte er sich auch noch Gedanken, wie sie mit allem zurechtkam. Zum ersten Mal in ihrem Leben kümmerte sich jemand um sie und gab ihr nicht das Gefühl, eine Last zu sein, eine Bürde, die niemand tragen wollte.

Ihre Entstellung schien er gar nicht zu sehen. Er liebkoste sie, ohne dabei eine Berührung ihrer zerstörten Haut zu vermeiden. Alles schien plötzlich so leicht und so natürlich, als wäre sie eine ganz normale Frau.

Was ihn wohl ausgerechnet zu ihr zog? Sie fand keine Antwort darauf, so sehr sie sich auch den Kopf zermarterte. Daran zu glauben, dass er sie einfach um ihrer selbst willen begehrte, wagte sie nicht. Aber sie hatte auch nicht die Absicht, sich die Gegenwart, diese unbeschreiblich schöne Gegenwart durch Schwarzmalerei zu verderben. Nie in ihrem Leben war es ihr besser ergangen, und an diesem Gedanken wollte sie vorläufig festhalten.

Das fiel ihr auch nicht weiter schwer. Der nächste Tag ähnelte dem vergangenen. Sie brachte ein weiteres Zimmer in Ordnung, bereitete die Mahlzeiten vor und nähte an ihrem Kleid. Fürs Abendessen deckte sie wieder das vornehme Porzellan auf. In Maries Truhe hatte sie ein Kleid gefunden, das sie mit einigen Verrenkungen selbst anziehen und schließen konnte, und so blickte sie Troy mit einem strahlenden Lächeln entgegen, als er den Salon betrat. Sie legte die Näharbeit beiseite und erhob sich.

Troy lachte. »Und ich habe mich den ganzen Tag darauf gefreut, dir beim Ankleiden behilflich zu sein. Welche Enttäuschung.«

Er selbst trug wieder elegante Abendkleidung und verbeugte sich vor Elaine, ehe er ihre Hand an die Lippen zog.

»Wenn ich das geahnt hätte ...«, gab sie zurück und seufzte theatralisch. Seine hellen Augen blitzen auf, und Elaine entzog ihm ihre Hand, um die Speisen aufzutragen.

Das Abendessen verlief in entspannter Stimmung. »Morgen liefere ich Bestellungen in der Umgebung aus. Möchtest du mitkommen?«, fragte Troy, während er den leeren Teller beiseiteschob.

»Natürlich, gerne.« Die Aussicht auf eine Ausfahrt mit Troy brachte ihr Gesicht zum Strahlen. »Bei Maries Kleidern habe ich auch ein zweiteiliges Kostüm und einen Umhang gefunden«, erklärte sie eifrig. »Bis ich meine eigenen Sachen fertig habe, wird es noch etwas dauern.«

»Lass dir nur Zeit, Elaine«, sagte Troy. »Du siehst in Maries Kleidern sehr hübsch aus.«

»Danke.« Elaine fühlte, wie ihre Wangen heiß wurden. Noch nie hatte jemand sie hübsch genannt. Sie stand auf, um das Geschirr in die Küche zu tragen. Troy folgte ihr.

»Holst du mir wieder Wasser vom Brunnen?«, fragte sie und griff nach der bereitliegenden Schürze, aber Troy hielt ihren Arm fest. »Später«, murmelte er und zog sie an sich. »Wenn ich dir schon nicht beim Anziehen helfen durfte, dann vielleicht beim Ausziehen.«

Elaine stockte der Atem, als seine Hände über ihre Oberarme strichen. Ihre Brüste pressten sich an seinen harten Körper, und sie seufzte unwillkürlich auf, als sein Mund zärtlich den ihren berührte. Sie hielt sich an den Aufschlägen seiner Jacke fest und gab sich ganz dem Rausch hin, den seine suchende Zunge auslöste. Zwischen ihren Schenkeln breitete sich ein Feuer aus, das ihre Wirbelsäule hinauflief und ihre Brustwarzen sehnsüchtig anschwellen ließ.

Ihr Bewusstsein zerfloss wie Tinte auf einem feuchten Blatt Papier. Sie klammerte sich an Troy fest und merkte nur am Rande, dass er sie hochhob, ohne den Kuss dabei zu unterbrechen. Schwer atmend legte sie den Kopf an seine Schulter und schloss die Augen. Erst als sie spürte, dass er sie auf weiche Kissen bettete, wagte sie es, ihn anzusehen. Die unverhüllte Leidenschaft in seinem Blick ließ sie erbeben. Er saß neben ihr und hielt ihre Hand in seiner. Quälend langsam hob er sie an seinen Mund und küsste jeden einzelnen ihrer zitternden Finger. Sein Blick war dabei auf ihr Gesicht gerichtet, als wollte er keine Regung versäumen. Als er den Mund öffnete und mit der Zungenspitze ihren Zeigefinger umkreiste, fühlte sie, wie sich die Muskeln in ihrem Unterleib zusammenzogen. Dann schloss er seine Lippen um ihre Fingerkuppe und begann zu saugen. Die samtige Hitze seines Mundes erregte sie in einem Ausmaß, das sie an Hölle und ewige Verdammnis denken ließ. Sie stöhnte hilflos auf und hob ihre freie Hand, um sie in sein Haar zu schieben.

Nach einer kleinen Ewigkeit ließ er ihren feuchten Finger aus seinem Mund schlüpfen. »So fühlt es sich für mich an, wenn ich in dir bin«, sagte er heiser, und Elaine fühlte Nässe, die an ihren Schenkeln entlangsickerte. Niemals hätte sie gedacht, dass Worte eine solche Macht haben konnten. Sie wollte ihn spüren, auf jedem Zentimeter ihrer Haut und darunter.

»Zieh mich aus«, befahl sie mit rauer Stimme. »Zieh mich schnell aus, ehe der Stoff auf meiner Haut verbrennt.«

Ohne ein weiteres Wort drehte er sie auf die Seite und fing an, die Verschlüsse zu öffnen. Das Kleid fiel auseinander, und da sie keine passende Unterwäsche besaß, war sie sofort nackt. Troy streifte den Stoff über ihre Beine nach unten und warf ihn achtlos neben das Bett. Er sah sie einen Moment lang schweigend an, dann stand er auf und holte zwei Kerzenleuchter, die er auf das Nachtkästchen stellte und entzündete.

Erst jetzt merkte Elaine, dass er sie in sein Schlafzimmer gebracht hatte. Aber es blieb ihr keine Zeit, sich umzusehen, denn er strich liebkosend über ihren Körper. Seine Handfläche fühlte sich rau an und erhöhte den Reiz seiner Zärtlichkeit. Vor lauter Wohlbehagen hätte Elaine am liebsten geschnurrt.

»Du bist so schön«, flüsterte er und umfasste ihre rechte Brust. »Ich sehne mich so sehr nach dir. Ich sehne mich danach, deine Haut mit Küssen zu bedecken, bis du meinen Namen schreist.« Er beugte sich vor und berührte ihre harte Knospe mit seinen Lippen, folgte der Schwellung ihrer Brust mit seiner Zunge und hauchte eine Reihe von Küssen auf ihren Leib.

Sie merkte, dass er sich dabei immer weiter in Richtung ihres heißen Geschlechts vorarbeitete, aber der Gedanke, dass er sie dort mit seinem Mund berühren könnte, erschien ihr dermaßen verwegen, dass sie nicht wagte, ihn zu Ende zu denken.

Als er ihre Schenkel teilte und sie seinen Atem auf den zarten Innenseiten spürte, wollte sie im ersten Impuls ihre Beine zusammenpressen.

»Entspann dich und genieße es einfach.« Troys leise, verführerische Stimme und die Tatsache, dass er ihre Schenkel nicht gegen ihren Willen auseinanderdrückte, brachte sie dazu, die Scham zu überwinden und ihre Beine zu öffnen.

»So ist es gut.« Jetzt strich sein Atem über ihre feuchte Spalte. Elaine schloss zitternd die Augen und riss sie wieder auf, als sie seine Zunge träge über ihr heißes Fleisch streichen spürte. Nichts, was sie jemals zuvor empfunden hatte, ließ sich damit vergleichen. Ihre Brustwarzen verhärteten sich noch stärker, jedes Nervenende in ihrem Körper schien in einem Feuerwerk zu explodieren. Sie stöhnte und warf den Kopf von einer Seite auf die andere. Er fuhr fort, sie zu lecken, langsam und gründlich, und während er das tat, schob er einen Finger in sie. Er streichelte sie von innen, dehnte sie leicht und durchpflügte weiter ihre geschwollenen Falten mit seiner Zunge.

Sie kam so schnell und unvermittelt, dass sogar der Schrei in ihrer Kehle erstarb. Benommen schluckte sie und richtete sich ungeschickt auf.

Troys Kopf lag auf ihrem Schenkel, und er sah sie aus halbgeschlossenen Augen an. Seine geschwollenen Lippen glänzten feucht und peitschten ihre Erregung sofort wieder hoch. Erst jetzt merkte sie, dass er noch immer seine Finger in ihr spielen ließ.

»Genug?« Kein Wort, nur ein rauer Hauch.

Sie stützte sich auf ihre Unterarme und blickte ihn an. »Noch lange nicht.«

Er lachte ein dunkles, sehr männliches Lachen. »Ich habe nichts anderes erwartet.«

Seine Zunge kehrte zurück an den Ort und begann ihr verführerisches Werk von Neuem. Elaine öffnete ihre Beine weiter, um ihn noch besser spüren zu können, und seufzte auf, als die flirrende Erregung ihr Blut schneller durch die Adern fließen ließ.

Mit geschlossenen Augen genoss sie seine kundigen Zärtlichkeiten, die sie einem weiteren Höhepunkt entgegentrieben. Sie wehrte sich nicht, als er sie sanft umdrehte und anfing ihre Wirbelsäule zu küssen, während seine Finger ihre heiße Spalte bearbeiteten.

Ungeduldig wackelte sie mit ihrem Hinterteil, aber noch ehe sie etwas sagen konnte, ersetzte er seine Finger durch seine heiße Rute. Seine langen, kraftvollen Stöße verlagerten den Reiz tief in ihren Unterleib, ließen die Muskeln ihrer Scheide hungrig zucken und sie alles andere vergessen. »Schneller, tiefer, stoß mich schneller«, stöhnte sie am Rande der Besinnungslosigkeit, und er gehorchte.

Seine Stöße rammten sie in die Matratze, und das Kissen erstickte die atemlosen Schreie, die ihren Höhepunkt begleiteten. Der Herzschlag dröhnte in ihren Ohren, als sie langsam wieder in die Gegenwart zurückkehrte. Seine Finger strichen sanft über ihren Rücken, und er glitt leicht in ihr hin und her. Die Erkenntnis, dass er wieder keinen Höhepunkt gehabt hatte, ernüchterte sie. Sie drehte sich um, und er zog sich vollständig aus ihr zurück.

Mit einem undefinierbaren Gefühl betrachtete sie sein hartes, feucht glänzendes Glied. Die purpurfarbene Eichel schien so bereit, mehr als nur eine Lustträne zu weinen.

Elaine zog ihre Unterlippe zwischen die Zähne. Dann streckte sie die Hand aus und schloss sie um den dicken Schaft. Sie fing an, ihre Faust zu bewegen, verstärkte den Druck, wenn sie nach oben glitt und streifte seine Hoden, wenn sie die Wurzel erreichte. Im Raum war es still, nur das leise, schmatzende Geräusch, das ihre Bewegung verursachte, war zu hören. Sie wusste nicht, wie lange sie so zugange war, ihr Unterarm und das Handgelenk schmerzten, aber nicht deshalb traten Tränen in ihre Augen.

»Hör auf«, sagte er leise. »Es ist nutzlos. Ich kann nicht.«

Sie schüttelte den Kopf und fuhr verbissen fort, seinen Schwanz zu malträtieren.

»Hör auf«, wiederholte er, und als sie nicht reagierte, entzog er sich ihr und stand auf.

Als sie ihn ansah, verschwamm sein Gesicht vor ihren Augen. Mit einer zitternden Hand wischte sie die Tränen weg. »Ich will doch nur, dass es für dich auch so schön ist«, flüsterte sie verzweifelt. »Du kannst doch nicht immer ohne ... ohne ... Befriedigung bleiben.«

»Es ist nun einmal so.« Er klang abweisend, und sie spürte, wie sich eine Mauer zwischen ihnen aufbaute.

»War es bei den anderen Frauen auch so, oder nur bei mir?«, fragte sie mit allem Mut, den sie zusammenraffen konnte. Sie wusste zwar nicht, was sie mit seiner Antwort anfangen sollte, ganz egal, wie sie ausfallen würde, aber sie wollte es wissen.

»Ich habe dir schon gesagt, dass es nicht an dir liegt«, erwiderte er brüsk in einem Tonfall, der keine weiteren Fragen duldete.

Sie fühlte die Zurückweisung und schluckte. Instinktiv strich sie ihr Haar vors Gesicht und bückte sich nach ihrem Kleid. Mit einer eckigen Bewegung stieg sie hinein und zog es nach oben über ihre Brüste. Mit der freien Hand nahm sie die Schuhe. Dann ging sie zur Tür. Noch immer wartete sie darauf, dass er sie zurückhalten würde, aber er tat nichts dergleichen, und er sagte auch nichts mehr.

8

Die Fahrt, auf die sich Elaine so gefreut hatte, begann am nächsten Morgen in unterkühlter Stimmung. Sie trug eine olivgrüne Jacke in einem der Männermode nachempfundenen Stil samt einem gleichfarbigen, weit geschnittenen Rock und einer verspielten gelben Bluse mit einem dunklen Mieder. Den Umhang hatte sie über ihre Knie gelegt, weil es schon am Vormittag angenehm warm war.

Da Troy beharrlich schwieg, konzentrierte sie sich einmal mehr auf die bezaubernde Landschaft um sich herum. Das erste Grün überhauchte die Ebenen, die Obstbäume schmückten sich mit unzähligen Blüten, und zarte Vogelstimmen untermalten die Idylle mit ihrem Gesang.

Den ersten Halt legten sie bei einem großzügig angelegten Gutshaus ein. Troy lenkte den Wagen durch das Tor in den Hof und warf einem herbeieilenden Stallknecht die Zügel zu, ehe er vom Kutschbock sprang. Er half Elaine beim Absteigen, vermied aber den direkten Augenkontakt und ließ sie sofort los, sobald sie auf dem Boden stand.

Ein Mann kam ihnen über dem Hof entgegen und hob grüßend die Hand. »Troy, wie schön, Euch zu sehen«, rief er schon von Ferne. Er trug Stiefel, dunkle Kniehosen und ein helles Hemd mit aufgerollten Ärmeln, also die gleiche Art Kleidung, die auch Troy auf *La Mimosa* bevorzugte.

»Diese Worte kann ich nur zurückgeben, Richard«, erwiderte Troy und schüttelte die Hand des Mannes.

Die braunen Augen unter den buschigen Brauen richteten sich auf Elaine. »Und wen habt Ihr mir mitgebracht?«

»Das ist Elaine Callière, die Schwester von Marie, meiner Schwägerin«, erwiderte Troy, ohne mehr an Erklärung zu geben.

Elaine lächelte. Sie hatte sich schon gefragt, wie Troy sie wohl vorstellen würde, aber auf diese knappen, unverfänglichen Worte wäre sie nicht gekommen. Sie reichte dem Mann die Hand, die er andeutungsweise an die Lippen hob. »Richard de Varellac, ein alter Freund«, sagte Troy neben ihr.

»Erfreut, Eure Bekanntschaft zu machen, Mademoiselle Callière.«

»Ganz meinerseits, Monsieur de Varellac«, gab Elaine freundlich zurück.

Der Mann nickte und wandte sich dann wieder an Troy. »Ihr habt meine Weinflaschen dabei?«

»Deshalb bin ich hier, Richard.« Troy machte dem wartenden Stalljungen ein Zeichen und trat zur Ladefläche des Wagens. »Diese drei Kisten sind für Euch.«

Varellac nahm zwei Flaschen aus den Kisten. »Antoine, trag sie hinunter in den Keller«, befahl er und wandte sich wieder an Troy. »Nehmt Ihr ein Glas mit Sabine und mir? Sie würde es mir nicht verzeihen, wenn ich Euch nicht hereinbäte.«

»Natürlich, gerne.«

Gemeinsam gingen sie ins Haus. Der Duft von frischem Brot wehte ihnen entgegen. Varellac durchquerte die Räume mit langen Schritten. »Sabine«, rief er mehrmals laut, und schließlich erschien eine junge Frau mit einem Säugling auf dem Arm.

»Ist ja gut, Richard, sei leise, du weißt, er beginnt zu weinen, wenn du herumschreist«, tadelte sie. »Guten Tag, Troy. Ich habe Euch lange nicht gesehen. Kein Wunder, da Ihr keine meiner Einladungen angenommen habt«, fügte sie unverblümt hinzu.

Troy räusperte sich. »Dringende Angelegenheiten verhinderten mein Erscheinen, liebe Sabine. In Zukunft werde ich versuchen, mehr Zeit für das gesellschaftliche Leben zu erübrigen.«

Der Blick der Frau bewies, dass sie ihm kein Wort glaubte. Troy griff nach Elaines Arm und sagte schnell: »Ich möchte Euch die Schwester meiner Schwägerin Marie vorstellen, Elaine Callière. Elaine, Sabine de Varellac.«

»Willkommen, Mademoiselle Callière. Das kleine Ungeheuer hier hört auf den Namen Frederick und ist mein Erstgeborener.«

Elaine knickste und betrachtete das verschrumpelte Gesicht des Säuglings. »Er wird schon in den Namen hineinwachsen, Madame Varellac, keine Sorge.«

Einen Augenblick lang sah die Frau sie mit großen Augen an, dann lachte sie. »Wie wahr, Elaine. Ich darf doch Elaine sagen? Ihr müsst mich Sabine nennen. Kommt, setzen wir uns.« Sie zeigte auf eine Chaiselongue und mehrere Fauteuils. »Richard, sag der Köchin Bescheid, dass sie einen Imbiss richtet. Und für mich Himbeerlimonade, ich trinke jetzt keinen Wein, das weißt du doch.« Sie schüttelte den Kopf und warf Elaine einen vielsagenden Blick zu. »Männer. Ich kann doch keinen Wein trinken, wenn ich dem Kleinen die Brust gebe.«

Elaine versuchte, zustimmend zu lächeln. Ihre Mutter hatte eine Menge Kinder großgezogen, aber natürlich war auf dem wackeligen Holztisch in der Callière'schen Hütte nur ein Krug mit Wasser gestanden, keine Karaffe mit Wein.

»Habt Ihr Nachricht von Eurem Bruder, Troy?«, wandte sich Sabine jetzt an ihren Schwager.

»Nein, leider gibt es keine Neuigkeiten.« Troys Stimme blieb neutral und verriet nicht, ob ihn diese Tatsache wirklich bekümmerte, was Elaine seltsam fand.

»Das ist schade, wir alle vermissen ihn und natürlich auch Marie. Es wäre eine große Erleichterung zu wissen, dass sie wohlauf sind.«

Da Troy nichts erwiderte, wandte sie sich an Elaine. »Eure Schwester hat uns in den wenigen Wochen ihres Hierseins allesamt bezaubert. Ihre Erzählungen von Versailles ließen die ganze höfische Gesellschaft samt dem König vor meinen Augen auferstehen. Sie war wirklich ein Gewinn für uns alle.« Sie blickte Elaine sichtlich betrübt an. »Wart Ihr auch in Versailles?«

»Nein, dieses Vergnügen hatte ich leider nicht«, sagte Elaine ruhig. Natürlich war sie auch keine charmante Plauderin wie ihre Schwester, die schon immer den lieben langen Tag schwatzen konnte – vorzugsweise von schönen Kleidern und funkelnden Juwelen, die sie eines Tages zu besitzen gedachte. Und allen Anzeichen nach hatte sie dieses Ziel auch erreicht.

Sabine betrachtete sie eine Weile schweigend. »Ist es wegen Eures Gesichts? Verzeiht meine Direktheit, ich will Euch nicht zu nahe treten.«

»Nein, es ist nicht wegen meines Gesichts«, erwiderte Elaine. Der Gedanke erstaunte sie, und sie konnte ihn nicht nachvollziehen. Hilfesuchend sah sie zu Troy.

»Elaines Eltern konnten es sich nicht leisten, eine zweite Tochter nach Versailles zu schicken«, sagte er ruhig und schien Sabines Neugier damit befriedigt zu haben. Kein Geld zu haben schien keine Schande zu sein, solange man nicht wirklich arm war.

»Mein Gesicht wurde durch kochendes Wasser verbrüht, als ich noch ein Kind war.« Sie wusste nicht, warum sie diese Tatsache so einfach einer wildfremden Frau gegenüber aussprach. Aber sie fühlte sich plötzlich viel leichter.

»Mein Gott, was müsst Ihr für Schmerzen ausgestanden

haben. Und wie gut, dass alles so schön verheilt ist und Ihr nicht das Augenlicht verloren habt.«

Elaine starrte die Frau an. Schön verheilt? Das konnte sie nicht ernst meinen, das war sicher eine bloße Schmeichelei. Ehe sie antworten konnte, kam Richard de Varellac mit einer jungen Frau zurück, die eine große Platte mit Wurst und Käse auf den Tisch stellte. Ein zweites Mädchen brachte Brot und Teller, während der Hausherr die Flasche entkorkte.

Der Höflichkeit gehorchend, bediente sich Elaine und nippte auch am Wein. Man plauderte noch ein Weilchen über das Wetter und die Pferde. Als Troy schließlich zum Aufbruch mahnte, begleitete ihn Varellac zum Fuhrwerk, während seine Frau neben Elaine ging. Der Säugling schlief an ihre Schulter gelehnt.

»Troy tendiert ebenso dazu, sich auf *La Mimosa* zu vergraben, wie Tris es immer getan hat. Die Rossac-Männer sind nicht gerade für ihre gesellschaftlichen Qualitäten bekannt. Es war Marie, die sie ein bisschen aufgescheucht hat. Ich würde mich freuen, Euch und Euren Schwager häufiger zu sehen.« Sie blieb neben dem Wagen stehen und streichelte den Rücken ihres Sohnes. »Unsere Soireen sind recht zwanglos, keine Bange, in der Regel unterhält man sich dabei sogar ganz passabel.«

»Ich werde daran denken«, erwiderte Elaine und griff zum Abschied nach Sabines ausgestreckter Hand. Sie winkte ihr noch, als Troy das Gefährt wendete und sie das Anwesen verließen.

Da er weiterhin in seinem starrsinnigen Schweigen verharrte, hatte Elaine Muse, die erhaltenen Informationen zu verarbeiten. Dass Marie beliebt gewesen war, erstaunte sie nicht. Schon in Trou-sur-Laynne hatte sie es verstanden, im Mittelpunkt des allgemeinen Interesses zu stehen. Elaine machte sich darüber keine großen Gedanken.

Erst, als sich die Lobgesänge auch bei den anderen Familien wiederholten, begann sie die Konsequenzen für sich selbst wirklich zu begreifen. Jeder erwartete von ihr, Troy zur Teilnahme am gesellschaftlichen Leben der Region zu bewegen und darüber hinaus imstande zu sein, perlende Konversation aus den unwichtigsten Nebensächlichkeiten zu machen. Sie wurde an einem strahlenden Stern gemessen, neben dem ihre armselige Durchschnittlichkeit nur noch deutlicher wurde. Im Vergleich mit Marie konnte sie nur verlieren.

Ohne Unterlass die begeisterten Kommentare über ihre Schwester hören zu müssen machte sie müde und kraftlos. Sie bemühte sich, das Lächeln auf ihren Lippen einfrieren zu lassen, um niemanden vor den Kopf zu stoßen. Allerdings fühlte sie sich von einem schweren Gewicht befreit, als auch die letzte Weinflasche ausgeliefert war und Troy das Fuhrwerk wieder den Weg zurück nach *La Mimosa* lenkte.

Da er noch immer schweigsam blieb, überraschte sie der plötzliche Halt des Wagens so sehr, dass sie sich an der Armstütze festhalten musste.

»Lass uns eine kleine Pause machen, von hier hat man einen schönen Ausblick.« Ohne weitere Erklärung sprang er vom Kutschbock und half Elaine beim Absteigen. Nachdem er das Pferd samt Wagen an den Wegrand geführt hatte, nahm er ihren Umhang und breitete ihn unter der schattigen Krone einer Pinie aus.

Zögernd setzte sich Elaine und schlang die Arme um ihre Knie. Sie wusste nicht, worauf das Ganze hinauslaufen sollte. Troy ließ sich neben ihr nieder, ohne sie zu berühren und blickte angestrengt zum Horizont.

Elaine beschloss zu warten. Was sich als langwierig erwies, denn sie hatte keine Ahnung, worauf sie wartete. Also legte sie das Kinn auf die Knie und schloss die Augen. Sie atmete den würzigen Duft von Pinienharz ein und ließ ihren Gedanken freien Lauf.

»Es tut mir leid wegen gestern Abend.«

Elaine öffnete die Augen und wandte ihm den Kopf zu. Ehe sie etwas sagen konnte, fuhr er schon fort. »Ich war ungerecht und unleidlich. Du hast natürlich ein Recht darauf, eine Antwort auf deine Frage zu bekommen.«

Elaine überlegte, welche Frage er meinte.

Ohne den Blick vom Horizont zu nehmen, sprach er mit leiser Stimme weiter. »Ich bin noch nie in einer Frau gekommen. Oder mit ihr.«

»Und alleine?« Zweifellos überschritt sie damit eine unsichtbare Grenze, aber sie wollte es einfach wissen.

»Nicht in ... letzter Zeit.« Er atmete tief durch und sah sie endlich an. »Ich will, dass du weißt, dass es ganz alleine mein Problem ist, dass du nichts damit zu tun hast.«

Ganz egal, wie oft er diese Worte wiederholte, sie wurden dadurch nicht richtiger.

»Was schlägst du also vor?« Ihre Stimme klang kühl und beherrscht.

»Kannst du es nicht einfach vergessen? Für dich hat es doch keine Bedeutung, solange du selbst Genuss und Erfüllung findest.«

Fast hätte sie gelacht, so absurd erschienen ihr seine Worte. »Du schlägst also vor, ich soll einfach darüber hinwegsehen?«

Er nickte, und Elaine wandte sich ab, damit er nicht sah, wie zornig sie war. Dachte er denn gar nicht daran, dass er sie auf diese Weise von allen seinen Empfindungen ausschloss? Dass er sie an den Rand seines Lebens schob?

»Warum sagst du mir das alles?«, fragte sie knapp.

»Weil ich die eisige Kälte nicht ertrage, die heute den ganzen Tag zwischen uns gestanden ist. In dieser Art kann ich nicht mit dir zusammenleben. Ich bin so froh, dass du bei mir bist. Ich war gestern so glücklich, bis ...«

»... bis ich es verdorben habe. Bis ich unbedingt wollte, dass dein Verlangen auch Erfüllung findet.« Ein Hauch von Sarkasmus lag in ihren Worten. Aber auf der anderen Seite musste sie auch zugeben, dass ihre weibliche Eitelkeit sie dazu angestiftet hatte, ihn unbedingt dazu bringen zu wollen, dass er sich ergoss. Sie betrachtete ihn nachdenklich.

Auf seinem Gesicht lag die Bitte um Verständnis, die Bitte, ihn so anzunehmen, wie er war. Etwas, das sich Elaine selbst ihr ganzes Leben lang gewünscht hatte. Ihre Wut verrauchte. Er konnte nicht anders, ebenso wie sie auf ihrer rechten Gesichtshälfte nie samtige Pfirsichhaut haben würde.

»Du willst also, dass ich dich einfach in Ruhe lasse, wenn es vorbei ist? Wenn meine Lust befriedigt ist?«

Er nickte.

»Und das reicht dir?«, fragte sie ungläubig.

»Für den Moment, ja.«

Sie betrachtete ihn schweigend. Die Aufrichtigkeit in seinem Blick war unübersehbar. Dennoch blieb das, was er verlangte, außerhalb ihres Begreifens. Während sie noch überlegte, griff er nach ihrer Hand, drehte sie um und küsste die von der täglichen Arbeit raue Innenfläche.

Ihr Herz schmolz ebenso wie ihre instinktive Ablehnung, was seinen Vorschlag betraf. Sie wollte, dass er glücklich war, und auch sie hatte das Schweigen zwischen ihnen als verstörend empfunden. Diese Erkenntnis brachte ihr aber eine andere Tatsache ins Bewusstsein – sie war auf dem besten Weg, sich in Troy zu verlieben. Wenn sie sich nicht überhaupt schon in ihn verliebt hatte.

Ohne ihre Hand loszulassen, beugte er sich zu ihr und küsste sie. Elaine schloss die Augen und gab sich ganz dem

Verlangen hin, das seine suchende Zunge in ihr auslöste. Wie immer, wenn sie seine Lippen auf den ihren spürte, liefen Spiralen sengender Erregung durch ihren Körper. Ihre Hände glitten über seine Schultern und streichelten seinen Nacken. Sie wollte ihm näher sein, viel näher, und sie wollte viel mehr von seiner Haut berühren.

Während sie ihn weiterküsste, schob sie seine Jacke von den Schultern und fing an, sein Hemd aufzuknöpfen. Er wand sich unter ihren Berührungen und stöhnte in ihren Mund, als sie ihre Finger in den Bund seiner Hose schob.

»Ich will dich, Troy«, flüsterte sie und fühlte sich in diesem Augenblick unglaublich verrucht. Nicht nur, dass sie ihren vordringlichsten Wunsch laut ausgesprochen hatte. Sie hatte ihn am helllichten Tag und unter freiem Himmel ausgesprochen. Die Aufregung darüber beschleunigte ihren ohnehin schon rasenden Herzschlag noch weiter. Zitternd wartete sie auf seine Reaktion.

Zu ihrer Erleichterung glitt seine Hand unter ihre Röcke und schob sie nach oben. »Ich will dich auch«, erwiderte er heiser und legte sich zwischen ihre gespreizten Schenkel.

Während er sich auf seine Unterarme stützte, blickte er ihr in die Augen. »Es gibt nichts, was ich mehr will.«

Elaine erwiderte seinen Blick, während er ohne Eile in sie eindrang. Wieder beugte er sich vor, nahm ihre Lippen ebenso nachdrücklich in Besitz und imitierte mit der Zunge seine Stöße in die Tiefen ihres Körpers. Sie flocht die Finger um seinen Nacken, strich über seinen Hals zu seiner Brust und genoss die glatte Haut über den straffen Muskeln. Die Zärtlichkeit seiner Berührungen und die atemlos geflüsterten Liebesworte beseitigten Elaines letzten Zweifel daran, dass sie sich mit Haut und Haaren in diesen Mann verliebt hatte.

Als sie Lassieux erreichten, war es bereits dunkel geworden. Sie kehrten im *Coq d'Argent* ein, um das Abendmahl einzunehmen, ehe sie nach *La Mimosa* zurückkehrten. Der Wirt trug eine Platte mit kaltem Braten und geräucherten Würsten auf. Dazu brachte er knuspriges Brot und frische Butter.

Am Nebentisch saß ein vornehm gekleideter Mann, der eine weiße Gänsefeder in der Hand hielt, mit der er Zeile um Zeile eines vor sich liegenden Blattes füllte.

Elaine bestrich ein Stück Brot mit Butter und wollte gerade hineinbeißen, als sie Troys Stimme vernahm. »Was hältst du davon, wenn ich dir Lesen und Schreiben beibringe?«

9

Der Tagesablauf auf *La Mimosa* wurde schnell zur Routine. Elaine hatte die bewohnten Räume des Hauses gründlich in Schuss gebracht, die Speisekammer aufgefüllt und ein paar Kleider für sich genäht.

Die Zubereitung der Mahlzeiten ging ihr immer besser von der Hand, und sowohl Troy als auch die Arbeiter zeigten sich dankbar und zufrieden.

Abends saß sie mit Troy zusammen. Geduldig lehrte er sie, Buchstaben für Buchstaben zuerst auf Schiefertafeln zu schreiben, dann, als sie sicherer war, mit Tinte auf weißes Papier. Elaine mochte diese Stunden. Sie genoss es, Troy so nahe zu sein. Sie mochte es, wenn er ihre Hand nahm und über das Papier führte. Sie lachte mit ihm, wenn sie ein Wort falsch las oder den Sinn eines Satzes verdrehte.

Die vertraute Stimmung führte dazu, dass nahezu jeder Unterrichtsstunde im Salon eine Liebesstunde in Troys Schlafzimmer folgte.

Elaine blühte vor lauter Glück auf. Sie merkte es an sich selbst, so oft sie in den Spiegel sah. Nicht die Narben drängten sich in ihr Blickfeld, sondern die strahlenden Augen, die vollen, immer häufiger nach oben geschwungenen Lippen und die makellose linke Wange, die sich im Lauf der letzten Wochen dank der regelmäßigen Mahlzeiten sanft gerundet hatte. Ihr Leben erschien ihr als ein wahr gewordener Traum.

Wenn es etwas gab, das einen Schatten auf ihr Glück warf, dann war es die Tatsache, dass Troy jeden Abend trank, und ihrer Ansicht nach mehr, als ihm guttat. Sobald er sich zu ihr setzte, stand die Flasche mit dem Glas neben ihm, und oft blieb es nicht bei dieser einen Flasche.

Außerdem weigerte er sich nach wie vor, die Einladungen auf die umliegenden Güter anzunehmen. Egal, welche Argumente sie auch vorbrachte, er vergrub sich lieber daheim. Auch ihre vorgeschobene Sehnsucht, sonntags den Gottesdienst besuchen zu wollen, lehnte er rundweg ab.

»Warum wolltest du eigentlich Priester werden?«, fragte sie ihn eines Abends während sie ein »D« neben dem anderen auf die Schiefertafel malte.

»Warum willst du das wissen?«, gab er zurück und füllte sein Glas nach.

»Um es zu verstehen. Ich kenne niemanden, der sich weniger zum Priester eignen würde als du.« Sie betrachtete ihr Werk mit schief gelegtem Kopf. »Gute Priester lieben die Menschen. Dir, Troy, sind Menschen und ihre Probleme bestenfalls gleichgültig. Ich würde sogar sagen, du hasst schon den Gedanken, dich damit beschäftigen zu müssen.«

Er schwieg eine Weile und drehte das Glas zwischen seinen Fingern. »Es waren in der Tat nicht die Menschen und ihr Seelenheil, das mich am Priestertum faszinierte. Das alte Wissen hat mich angezogen. Die Bücher, die Schriften, der Glaube an eine göttliche Gewalt, die die Dinge ordnet. Der Gedanke, dass mit dem Tod nicht alles verloren ist, dass danach noch etwas kommt und unsere Existenz nicht völlig sinnlos ist.«

Elaine wischte die Tafel ab und begann eine Reihe von »*La Mimosa*« zu schreiben. »Du glaubst tatsächlich, dass es nach unserem Tod noch etwas gibt?«

Er nahm einen Schluck Wein. »Wenn du nicht daran glaubst, solltest du deinen Zweifel für dich behalten. Derart ketzerische Ansichten sind in diesem Landstrich nicht gerne gesehen.«

»Das ist keine Antwort auf meine Frage.«

Troy seufzte. »Mir gefällt der Gedanke, dass es nach einem mühseligen Leben, das in kalter Erde endet, noch etwas geben könnte, das all die Mühen lohnt.«

»Ich hätte lieber ein gutes Leben im Hier und Jetzt, dann würde mir die kalte Erde nichts ausmachen.«

Er schenkte sein Glas wieder voll. »Und was verstehst du unter einem guten Leben?«

Elaine schob die Tafel weg, stützte die Ellbogen auf den Tisch und legte ihr Gesicht in die Hände. »Ein Dach über dem Kopf, genug zu essen, die Muse, jeden Tag die Sonne untergehen zu sehen.« Sie wandte sich ihm zu und blickte ihn bei ihren nächsten Worten unverwandt an. »Jemanden, der mit mir die Sonne untergehen sieht und auch alles andere teilt. Die Sicherheit, zu wissen, dass das Dach und der gedeckte Tisch und derjenige, der das alles mit mir teilt, auch noch morgen und übermorgen da sein werden.«

Sie wartete auf eine Reaktion, bekam aber keine. Seine Miene verriet nicht, was er dachte. Und schon gar nicht, ob er ihre Gefühle erwiderte. Also fuhr sie fort: »Zu einem guten Leben gehören Kinder und der Luxus, sie aufwachsen zu sehen, statt sie wegen Hunger und Krankheit ins Grab legen zu müssen, noch ehe sie Schuhe tragen.« Wieder wartete sie vergebens auf einen Kommentar von Troy. »Wenn ich das hätte, dann würde ich am Ende meines Lebens zufrieden die Augen schließen, denn mein Leben war nicht sinnlos. Und ich brauche kein Paradies, weil ich schon eines gehabt habe. Aber vermutlich ist das weder das, was in den Büchern der Gelehrten steht, noch was sie hören wollen.«

Troy sah sie an, und einen winzigen Augenblick lang glaubte sie, dass er ihr eine Antwort auf ihre verschlüsselte Frage, wie es mit ihnen weitergehen sollte, geben würde. Aber dann stand er auf und streckte die Arme über den Kopf, während er gähnte.

»Es ist spät, lass uns zu Bett gehen, Elaine.«

Ihr Blick fiel auf die drei leeren Flaschen. An diesem Abend hatte er noch mehr getrunken als sonst. Auch das verstand sie nicht. Welchen Grund konnte es geben, sein klares Bewusstsein wieder und wieder zu ertränken?

Elaine legte die Tafel, den Schwamm und die Kreide zusammen, um sie in der Lade einer Kommode zu verstauen. Sie verstand so vieles nicht, was Troys Persönlichkeit ausmachte, und dennoch liebte sie ihn. Mit ihrem Herz und ihrer Seele. Und der vagen Hoffnung, dass er sie vielleicht ebenso liebte – auch wenn er nie darüber sprach.

Sie gingen nach oben. Elaine spürte seine Blicke in ihrem Rücken. Sie wusste, dass sie ihn nicht zurückweisen würde, wenn er sie in sein Bett zog. Obwohl er keine einzige ihrer Fragen beantwortet hatte und in absehbarer Zeit wohl auch nicht beantworten würde.

Ihre Arme schlangen sich um ihn, und ihre Lippen öffneten sich unter dem Druck der seinen bereitwillig. Das Spiel begann: Hände, Haut, Glieder, die übereinanderglitten; leise, kehlige Laute, das Ächzen des Bettes, das sich dem Rhythmus ihrer Liebe anpasste.

Nachdem er sie zu einem schnellen Höhepunkt gebracht hatte, lag er neben ihr, die Augen geschlossen und die Arme von sich gestreckt.

Elaine kroch über ihn. Ihre Zunge schmeckte das Salz auf seiner Brust und fühlte seinen kräftigen Herzschlag. Sie arbeitete sich tiefer vor, küsste und leckte sich einen Weg bis zu seinem geschwollenen Glied. Die Eichel glitt in ihren Mund, und sie saugte an ihm, spielte mit ihm, bis sich seine Finger in ihrem Haar vergruben und sein Stöhnen jeden Nerv in ihrem Körper zum Schwingen brachte.

Sie machte weiter, obwohl sie aus Erfahrung wusste, dass sie ihn auch damit nicht zur Erfüllung bringen konnte. Aber er genoss es, wenn sie ihm auf diese Weise Vergnügen verschaffte, und damit gab sie sich zufrieden. Außerdem mochte sie, wie er schmeckte und wie er sich in ihrem Mund anfühlte. Es gab nichts, was sie damit vergleichen konnte.

Ihre Zunge umkreiste den Wulst und strich an der Unterseite seines Schafts entlang, bis sie seine Hoden erreichte. Sie massierte sie abwechselnd mit ihren Händen und mit ihren Lippen, und er spreizte die Schenkel mit einem dumpfen Aufstöhnen weiter.

Sie ließ ihre Zunge zurück zu seiner Eichel wandern und nahm ihn tief in ihren Mund, ehe sie begann, den Kopf auf und ab zu bewegen. Seine Hüften wanden sich und seine Hände pressten sich an ihre Schläfen, um das Tempo zu kontrollieren. Das Blut rauschte in Elaines Ohren, und sie hatte Mühe weiterzumachen. Sie ließ sich auf seinen Rhythmus ein, so ungestüm er auch war. Ihre Nacken- und ihre Kiefermuskeln begannen zu schmerzen und erstickten damit ihre eigene Lust. Unbewusst wollte sie sich aus seinem Griff winden, aber er hielt sie so fest, dass ein Entkommen unmöglich war.

Während sie anfing, ihre Nägel in seine Handgelenke zu graben, füllte plötzlich ein Schwall heißer, salziger Flüssigkeit ihren Mund. Sie schluckte instinktiv, und ehe sie begriff, was geschehen war, schoss ein neuer Strom aus ihm. Ihre Hände krampften sich um seine Unterarme. Sie hatte Mühe, alles zu bewältigen, was er ihr gab. Vor Freude und Erleichterung stiegen ihr Tränen in die Augen. Endlich kam alles in Ordnung. Sie musste sich keine Sorgen mehr machen, ob er sie liebte. Gerade eben hatte er ihr die Antwort auf alle ihre Fragen gegeben.

Sie hob den Kopf und fuhr mit dem Handrücken über ihre Wangen, um die Tränen wegzuwischen. Troy lag bewegungslos mit geschlossenen Augen unter ihr. Seine Lippen bewegten sich, aber sie verstand nicht, was er sagte. Also glitt sie neben ihn und strich ihm die Haarsträhnen aus der Stirn. »Lauter, Liebster, ich verstehe dich nicht.«

Sie blickte auf seinen Mund, diesen wunderschönen, verführerischen Mund. »Ich liebe dich«, flüsterte er undeutlich, und Elaines Herz wurde weit vor Glück. »Ich liebe dich so sehr, Marie.«

Entsetzt starrte sie ihn an. Sie musste ihn falsch verstanden haben. Das ... das konnte einfach nicht wahr sein. Das durfte nicht wahr sein. Der Gedanke war zu ungeheuerlich.

Seine Hand tastete suchend über ihren Rücken. »Halt mich fest, Marie.«

Marie. Kein Zweifel. Elaine begann zu zittern. Ihre Zähne schlugen unkontrollierbar aufeinander, und sie rutschte so schnell von ihm weg, als hätte er Pest und Blattern.

Neben dem Bett stehend starrte sie ihn weiter an. Sie schmeckte noch seinen Samen auf ihrer Zunge, und er rief den Namen ihrer Schwester. Langsam wich sie zurück, so lange, bis sich der Türknauf in ihren nackten Rücken bohrte. Dann drehte sie sich um, riss die Tür auf und rannte in ihr Zimmer.

Dort schob sie den Riegel vor und atmete tief ein. Eine plötzliche Schwäche überkam sie. Ihre Knie gaben nach, und sie sank zu Boden. Das war es also. Das war die Erklärung für alles, für alles, was zwischen ihr und Troy passiert war.

Er liebte ihre Schwester. Die er nicht hatte haben können, weil sie seinem Bruder gehörte. Deshalb hatte er ihr die Stelle als Köchin angeboten. Weil er sich in seinem kranken Gehirn vormachen konnte, dass sie Marie war. Ihre Entstellung störte ihn nicht, weil er sie gar nicht sah. Er sah in ihrem Gesicht nur Marie.

Er konnte in keiner Frau Erfüllung finden, weil keine Frau Marie war. Nur war er heute Nacht so betrunken gewesen, dass er vergessen hatte, dass es nicht Marie war, mit der er schlief. Sie zog die Mundwinkel nach unten. Es hatte in der Tat nichts mit ihr zu tun – weder, dass er in ihr nicht kommen konnte, noch, dass er gerade in ihr gekommen war.

Wie hatte sie es übersehen können? Er hatte ihr Maries Kleider geradezu aufgedrängt, er hatte sie darin hübsch gefunden. Der Schmerz verwandelte sich in Wut. Armand hatte sich ihrer bedient, weil sie auf seine Avancen wie eine Verdurstende auf einen Schluck Wasser reagiert hatte, weil er sich nicht anstrengen musste, von ihr das zu bekommen, was er wollte. Das war verwerflich. Aber was Troy getan hatte, war weitaus schlimmer. Er hatte ihr Vertrauen vorsätzlich missbraucht, er hatte ihre Gefühle missbraucht, und er hatte ihren Körper missbraucht. Keinen Augenblick lang war es ihm um sie gegangen. Nur um ihre Schwester – die schöne, unwiderstehliche, charmante Marie. Nicht die hässliche, gewöhnliche, plumpe Elaine, die dumm genug war zu glauben, jemand könnte sie um ihrer selbst willen lieben.

Sie zog sich an der Kommode hoch und schleppte sich zum Bett. Erschöpft ließ sie sich darauf fallen und zog die Decke über ihren Kopf. Wenn ihr in diesem Moment der Schöpfer einen gnädigen Tod angeboten hätte, sie wäre ohne einen Hauch des Bedauerns gestorben.

10

Aber Gott kannte kein Erbarmen. Das musste Elaine feststellen, als sie am nächsten Morgen aufwachte. Obwohl sie sich krank und matt fühlte, schlüpfte sie in saubere Kleider und machte sich gewohnheitsmäßig auf den Weg in die Küche.

Während sie Wasser aufsetzte, überlegte sie, wie sie Troy entgegentreten sollte. Die Angelegenheit war so unfassbar, dass sie im Grunde nur ihre Sachen packen und *La Mimosa* verlassen konnte – wollte sie sich etwas Selbstachtung bewahren.

Sie hörte Schritte, die sich der Küche näherten und begann zu zittern. Er blieb hinter ihr stehen. Wie immer schob er ihren Zopf zur Seite und küsste sie auf den Nacken. Jeder Nerv in ihr spannte sich an, aber er merkte nichts.

»Guten Morgen, Elaine«, sagte er und setzte sich an den Tisch.

Elaine klammerte sich an die Kante der Arbeitsfläche und kämpfte darum, sich umzudrehen und ihn anzusehen. Alle Zeichen deuteten darauf hin, dass er sich an nichts erinnerte, was in der letzten Nacht passiert war. Sie wünschte, sie könnte dasselbe von sich behaupten, aber ihre Erinnerung war so klar wie eine frisch polierte Fensterscheibe.

Als sie es endlich schaffte, sich ihm zuzuwenden, fuhr die Unbekümmertheit, mit der er sich von Brot und Butter bediente und sie anlächelte, wie ein Messer in ihr Herz. Er konnte doch nicht so durchtrieben sein. Er konnte nicht einfach sein Spiel weiterspielen bis in alle Ewigkeit und sie im

Glauben lassen, dass er sie mochte und begehrte und gerne mit ihr zusammen war. Hatte er denn überhaupt kein Gewissen?

Statt sich wie sonst zu ihm zu setzen, blieb sie an den Herd gelehnt stehen. Sie suchte nach einem Gesprächsbeginn, aber keine brauchbaren Worte wollten ihr einfallen. Troy bemerkte ihre Misere augenscheinlich nicht, denn er aß rasch und mit gutem Appetit. Schließlich beendete er sein Frühstück und stand auf. »Ich werde heute früher von den Weinbergen zurückkommen. In Lassieux ist Wochenmarkt, ich dachte, wir fahren hin.«

Elaine sah ihn an. Noch immer fand sie keine Worte, aber offenbar hielt er seine Idee ohnehin für beschlossene Sache. Er ging zur Tür. »Wir sehen uns dann später.«

Als er weg war, sank Elaine auf einen Stuhl. Sie fühlte sich als Versagerin. Statt ihm ihre Meinung zu sagen und danach ihre Sachen zu packen, um auf Nimmerwiedersehen zu verschwinden, hatte sie ihn wie ein erschrockenes Kaninchen angestarrt, unfähig, auch nur einen Satz zu formulieren.

Wenigstens hatte sie jetzt Zeit, sich zu überlegen, was sie tun sollte. Sie stand auf und nahm eine Porzellandose vom Regal, in der sie die Münzen aufbewahrte, die sie als Haushälterin verdiente. Nachdem Elaine sie auf dem Tisch ausgeleert und nachgezählt hatte, kam sie zu dem Schluss, dass es reichen würde, um wegzugehen und sich über Wasser zu halten, bis sie eine andere Stelle gefunden hatte. Die neuen, selbstgenähten Kleider würde sie ebenfalls mitnehmen, die Stoffe und Spitzen, die sie noch nicht verwendet hatte, hierlassen.

Die Entscheidung war gefallen. Sie würde gehen, sie würde Troy verlassen, auch wenn ihr das Herz dabei brach. Aber sie konnte ihm nicht mehr ins Gesicht sehen, ebenso wenig wie sie je die Kraft finden würde, ihm gegenüber laut auszusprechen, was sie zum Weggehen getrieben hatte. Diese Demütigung würde sie nicht überstehen.

Gewohnheitsmäßig brachte sie die Küche in Ordnung und sah dann in den anderen Räumen nach dem Rechten. Als sie keinen Grund mehr fand, das Zusammenpacken ihrer Habseligkeiten länger aufzuschieben, schloss sie die Türen und ging mit gesenktem Kopf zur Treppe. Gerade, als sie ihre Hand auf das hölzerne Geländer legte, ließ sie ein kräftiges Pochen an der Eingangstür innehalten. Sie wandte sich um und durchquerte den Raum. Noch bevor sie öffnen konnte, schwang die Tür auf und ein Mann trat ein.

Er blieb auf der Schwelle stehen und sah ihr entgegen. Ein Ausdruck flüchtigen Erstaunens huschte über sein Gesicht. Dann zog er schwungvoll seinen mit einer großen weißen Feder besetzten Hut und verbeugte sich theatralisch tief. »Holde Maid, welch unerwartete Überraschung.«

Elaine verschränkte abweisend die Arme vor der Brust. Der Mann erschien ihr zwar nicht gefährlich, sein unverfrorenes Eindringen verstieß allerdings gegen alle Umgangsformen. »Ihr wollt zum Chevalier de Rossac, Monsieur?«

Der Mann behielt den Hut in der Hand und schüttelte affektiert seine Lockenpracht, die ihm auf die Schultern fiel und keinen Zweifel daran ließ, dass sie falsch war. »In der Tat, das will ich, schönes Kind.«

»Nun, er ist auf den Weinbergen unterwegs und wird bald zurück sein. Wollt Ihr auf ihn warten?« Ihre Stimme klang abweisend, aber das beeindruckte den Besucher nicht im Geringsten, denn er schlenderte an ihr vorbei.

»Ja, das will ich.« Achtlos legte er den Hut auf eine Kommode und ging zum Salon. Es war offensichtlich, dass er sich im Haus auskannte.

Elaine folgte ihm langsam und betrachtete dabei die hochhackigen Lackschuhe mit den roten Absätzen. An den Beinen trug er feingewirkte weiße Strümpfe, und seine Knie wurden von den Spitzen der weiten Hose gerade noch bedeckt. Etwas Vergleichbares hatte sie noch nie gesehen. Deshalb wusste sie nicht, ob sie es modisch, extravagant oder einfach lächerlich finden sollte. »Seid Ihr ein Verwandter von Monsieur de Rossac?«, fragte sie und ließ ihren Blick über den Justaucorps aus violettem Brokat wandern, der den Oberkörper des Gastes bedeckte.

Der Mann drehte sich um und bedachte sie mit einem derart arroganten Blick, dass sie ihre Schultern straffte. »Ich bin der Herzog von Mariasse, ein Freund des Hauses«, näselte er herablassend. »Du darfst mir eine Erfrischung bringen, während ich auf ihn warte, mein Kind. Zitronenlimonade wäre mir sehr angenehm.« Ohne sie weiter zu beachten, schlenderte er in den Salon und blickte sich um.

Seine kühle Unverschämtheit brachte sie dazu, das Kinn zu recken und ihm mit in die Hüften gestemmten Armen zu folgen. »Ich bin Elaine Callière, die Schwägerin von Troy de Rossac.«

Der Herzog, der gerade die Sitzfläche eines Lehnstuhls aus Leder auf Sauberkeit inspizierte, drehte sich so schwungvoll um, dass die Enden seiner Perücke Mühe hatten, der Bewegung zu folgen. »Ihr seid Maries Schwester?«

Elaine zog die Mundwinkel nach unten. Würde sie jemals etwas anderes sein? »Ja, ich bin Maries Schwester«, erwiderte sie tonlos. »Ich bin hierhergekommen, um sie zu besuchen, und musste erfahren, dass ich zu spät kam, weil sie das Land verlassen hat.«

»Eine unglückselige Angelegenheit, in der Tat«, kommentierte der Herzog und kniff die Augen zusammen. »Sinnlos und wertlos.«

Elaine wusste nicht genau, worauf sich die Worte des Herzogs bezogen, deshalb ging sie darauf nicht ein. »Troy machte mir den Vorschlag, als Haushälterin zu bleiben, und ich habe zugestimmt.«

Er musterte sie schweigend und viel zu lange für ihren Geschmack. Zum ersten Mal bemerkte sie den durchdringenden Blick, der den bernsteinfarbenen Augen des Herzogs eigen war und der im krassen Gegensatz zu seiner zur Schau gestellten Arroganz stand.

»Troy erstaunt mich«, bemerkte er schließlich.

Elaine konnte den trockenen Kommentar nicht zuordnen, also wartete sie, dass er eine Erklärung hinzufügte. Was er nicht tat. Stattdessen zog er ein weißes Spitzentaschentuch aus der Jacke und wedelte damit über die Sitzfläche des Lehnsessels, ehe er sich niederließ.

Das Schweigen dauerte an. Schließlich seufzte der Herzog. »Die Limonade, Mademoiselle Callière. Meine Kehle ist nach der langen Fahrt auf der Landstraße so ausgedörrt wie unsere Konversation.«

Elaines Gesicht rötete sich. »Natürlich, Euer Gnaden.« Sie wandte sich ab, aber seine Stimme hielt sie noch einmal zurück. »Bringt auch ein Glas für Euch mit, damit Ihr mir Gesellschaft leisten könnt.«

Während Elaine in der Küche Zitronen presste und den Saft in einen Krug füllte, um ihn mit geläutertem Zucker und Wasser zu vermischen, versuchte sie sich zu erinnern, ob Troy jemals den Namen des Herzogs erwähnt hatte und wenn ja, in welchem Zusammenhang. Allerdings brachten sie ihre Überlegungen zu keinem Ergebnis. Sie war sicher, den Namen *Mariasse* bis zum heutigen Tag noch nie gehört zu haben.

So stellte sie den Krug und zwei Gläser auf ein Tablett und trug alles hinüber in den Salon. Der Herzog nahm das Glas entgegen und nippte mit spitzen Lippen.

Elaine betrachtete ihn nachdenklich. Alles an ihm erschien ihr nicht nur künstlich, sondern auch maßlos übertrieben. Die wallende Perücke, das weiß geschminkte Gesicht mit den tiefroten Lippen und den kreisrunden Rougeflecken auf den Wangen. Er trug gezählte sechs Schönheitspflästerchen, seine Augenbrauen und die Konturen der Lider waren mit Kohlestift betont.

Als er das Glas zurückstellte, blitzten an seinen langfingrigen Händen zahlreiche Ringe auf, sogar am rechten Daumen trug er zwei. Elaine beugte sich vor und füllte sein Glas nach, doch der Herzog griff nicht danach. Stattdessen schlug er die Beine übereinander. »Nun, Mademoiselle Callière, und wie gefällt es Euch hier im Süden?«, erkundigte er sich ohne spürbares Interesse.

»Ich finde es sehr angenehm«, antwortete sie im gleichen Ton und trank einen Schluck von der Limonade. »Die Lage von *La Mimosa* ist wunderschön, ich fühle mich hier sehr wohl.«

»Marie hat dem Haus in der kurzen Zeit eine Seele gegeben«, stellte der Herzog fest, und jeder Muskel in Elaines Körper spannte sich bei diesen Worten an.

Sie räusperte sich. »Das habe ich schon gehört. Meine Schwester war diesbezüglich offenbar sehr talentiert.«

Der durchdringende Blick des Herzogs schien jeden ihrer rebellischen Gedanken zu erfassen. Seine Lippen kräuselten sich. »Offenbar war sie das. Allerdings befindet sich das Haus heute in einem weitaus besseren Zustand als bei meinem letzten Besuch während der Weihnachtstage. Und das ist wohl ganz allein Euer Verdienst. Ebenso wie die Tatsache, dass ich Troy nicht aus einem Weinfass fischen muss. Ihr seht mich beeindruckt, Mademoiselle Callière.«

»Er wird bald vom Weinberg zurück sein, Euer Gnaden. In Lassieux ist Wochenmarkt, und er hatte die Absicht …« Ihre

Stimme brach ab, weil sie sich erinnerte, dass sie gerade ihre Sachen hatte packen wollen, als der Herzog so unerwartet erschienen war.

»Troy kümmert sich also um den Weinberg und die Obstbäume?« Ein Anflug von Unglauben mischte sich in seine Worte.

Elaine nickte. »Ja, warum sollte er das denn nicht tun?«

Der Herzog griff in seine Jackentasche und holte einen zierlichen Elfenbeinfächer hervor, den er aufklappte. »Ich war hier, nachdem Tris *La Mimosa* verlassen hatte. Bei dieser Gelegenheit gewann ich weder den Eindruck, dass Troy sich dieser Aufgabe annehmen wollte noch dass er ihr gewachsen wäre. Obwohl er es seinem Bruder versprochen hatte. Auch bei meinen nachfolgenden Besuchen konnte ich nicht feststellen, dass sich daran etwas geändert hätte.« Er schwieg und fächelte sich affektiert Luft zu. »Im Grunde kam ich heute in der Überzeugung her, dass ich meinen Verwalter damit beauftragen muss, hier die Zügel in die Hand zu nehmen.«

»Das wird bestimmt nicht nötig sein, Troy kümmert sich um alles. Und er arbeitet hart.« Die Worte rutschten ihr heraus, ehe sie nachdachte. Sie biss sich auf die Lippen. Der Mann hatte sie verraten und ihr Vertrauen schändlich missbraucht – und dennoch verteidigte sie ihn. Sie sollte wirklich ihre Siebensachen zusammensuchen und das Haus verlassen.

Ohne auf eine Erwiderung des Herzogs zu warten, stand sie auf. »Ihr entschuldigt mich, Euer Gnaden, mir fällt gerade ein, dass ich noch einiges zu erledigen habe.«

Er nickte, stand aber nicht auf, wie es nach den Regeln der Höflichkeit angebracht gewesen wäre, hätte er sie als Gleichrangige erachtet. »Tut, als wäre ich gar nicht hier, Mademoiselle Callière. Ich will Euch nicht von Euren Aufgaben abhalten.«

Elaine eilte die Treppe hinauf zu ihrem Zimmer. Die Kleider und anderen Habseligkeiten hatte sie schnell zusammengepackt, viel war es ja nicht. Sie hoffte, das Haus verlassen zu können, ehe Troy zurückkam. Mit einem Hauch von Bedauern blickte sie sich ein letztes Mal in dem Raum um, der ihr einige Monate lang als Heim gedient hatte. Wehmütige Erinnerungen an die vielen schönen Momente tauchten vor ihrem inneren Auge auf und versuchten, sie in ihren Bann zu ziehen. Aber nichts davon war Wirklichkeit, alles war eine einzige Lüge gewesen. Vom ersten Tag an, von Troys erstem Wort an sie – Lügen, Lügen, Lügen.

Sie riss sich los und verließ das Zimmer. Rasch lief sie die Treppe hinunter und wollte schon an der angelehnten Tür des Salons vorbeihuschen, als sie Troys Stimme hörte. Er war also tatsächlich früher zurückgekommen. Egal. Sie hatte trotzdem nicht die Absicht, ihm noch einmal gegenüberzutreten. Das Einzige, was sie wollte, war, die Tür dieses Hauses so schnell als möglich hinter sich ins Schloss zu werfen. Eilig ging sie weiter.

»... Elaine ist Maries Schwester, ich bitte Euch, Henri, das ist doch lächerlich.«

Troys Worte nagelten sie vor dem Salon fest.

»Lächerlich, mein lieber Troy, ist definitiv der falsche Ausdruck. Eure Schwägerin zu einem Dasein als Köchin zu verdammen und vermutlich noch zu anderen Dingen, von den ich lieber nichts wissen möchte, ist gelinde gesagt unverschämt.« Die Stimme des Herzogs klang spöttisch.

»Sie ist entstellt ...«

»Nicht in dem Ausmaß, dass es sie daran hindern würde, einen passenden Mann zu finden. Wenn Ihr das glaubt, dann versucht Ihr Euch selbst zu täuschen. Und ich frage mich, warum Ihr das tun solltet.«

Ohne auf den Einwurf zu achten, fuhr Troy hörbar gereizt

fort: »… sie hat kein Heim, also war es meine Christenpflicht, sie hier aufzunehmen und mich um sie zu kümmern. Eure schmutzigen Gedanken sind in diesem Zusammenhang eine Beleidigung für Elaine und auch für mich. Ich habe kein Verhältnis mit ihr.«

Ein roter Nebel löschte jegliche Vernunft in Elaine aus. Sie vergaß ihr Vorhaben, stieß die Tür auf und stürmte in den Raum. »Wir haben also kein Verhältnis, Troy? Dann sag mir doch, wie deine Bezeichnung für das ist, was wir tun«, schrie sie und ließ ihr Bündel zu Boden fallen. »Ich wusste, dass du ein Lügner bist, und jetzt weiß ich, dass du obendrein ein Feigling bist, Troy de Rossac.« Sie blieb vor ihm stehen und starrte ihn voller Verachtung an. »Ich bin nicht hier, weil ich ein armes, heimatloses Mädchen bin. Ich bin hier, weil ich Maries Schwester bin. Weil du dir jedes Mal, wenn du mich in dein Bett gezogen hast, vormachen konntest, dass ich Marie bin.«

Sein Gesicht wurde kalkweiß. »Das … das ist nicht wahr …«, stammelte er.

Am liebsten hätte sie ihn angespuckt, so sehr fühlte sie sich von ihm verletzt. »Und wie es wahr ist. Letzte Nacht bist du in meinem Mund gekommen und hast dabei Maries Namen gestöhnt. Wie sehr du sie liebst.« Sie hatte Mühe, ihre Hand ruhig zu halten und ihm keine Ohrfeige zu verpassen. »Wie konnte ich nur so blind sein? Warum ist mir nicht schon früher aufgefallen, dass es dir immer nur um Marie ging, nicht um mich. Niemals um mich.«

Ihre Augen brannten, und sie wandte sich ab. »Du bist so erbärmlich, so jämmerlich. Du hast nicht einmal den Mumm, dich dazu zu bekennen, mit mir ins Bett zu steigen. Wie konnte ich mich nur …« *in dich verlieben*. Sie biss sich auf die Lippen. Diese Genugtuung würde sie ihm nicht geben. »Ich habe meine Sachen gepackt. Ich werde gehen. In dieser

Minute. Und ich werde dich vergessen haben, noch ehe die Tür hinter mir ins Schloss fällt.«

Sie bückte sich nach dem Bündel.

»Darf ich fragen, wohin Ihr Euch wenden wollt, Mademoiselle Callière?«, erkundigte sich der Herzog im Plauderton. Er hatte der Auseinandersetzung mit gehobenen Brauen gelauscht.

Elaine zuckte mit den Schultern. »Weg, weit weg von hier.«

Troy fing sich und trat ihr entgegen. »Elaine, bleib, denk doch nach. Wo willst du denn hingehen?«

»Ich werde einen Platz finden.« Sie warf den Kopf in den Nacken. »Oder bin ich zu hässlich, um für jemand anders die Beine breit zu machen? Für jemanden, der Marie niemals gesehen hat?«, fragte sie schneidend und hasste sich dafür, ihre Gefühle so unverhüllt zu zeigen. »Glaubst du, niemand würde mich um meiner selbst willen begehren?«

»Elaine …«, fing Troy an und fuhr sich durchs Haar. Die Geste drückte Verwirrung und Hilflosigkeit in einem Maße aus, dass Elaine die Finger ineinanderkrampfte, um sich nicht davon berühren zu lassen.

»Mademoiselle Callière, ich mache Euch ein Angebot.« Der Herzog stand auf und schlenderte zu ihnen hinüber. »Kommt mit mir, und ich verspreche, dass Euch die Männer zu Füßen liegen werden. Ihr werdet wählen können und Euch nicht damit zufriedengeben müssen, zweite Wahl oder Lückenbüßer zu sein.«

Elaine drehte sich zu ihm um und verschränkte die Arme vor der Brust. »Was seid Ihr, Euer Gnaden? Ein Magier, der mich in eine Schönheit verwandelt oder der Männer mit Blindheit schlägt?«

»Keines von beiden, Mademoiselle Callière. Ihr braucht

nur den richtigen Rahmen und den richtigen Mann, der Eure Schönheit erkennt.«

Sie zog die Brauen zusammen. »Meint Ihr damit etwa Euch selbst?«, fragte sie trocken. »Soll ich Euer Bett wärmen?«

Die Lippen des Herzogs kräuselten sich. »Nein«, sagte er. »Was nicht daran liegt, dass ich Euch nicht für anziehend halte. Aber meine Lust und mein Bett teile ich nur mit einigen wenigen Auserwählten.«

»Männern«, stieß Troy hervor. »Sagt es Ihr doch. Erzählt Ihr von Euren widernatürlichen Vorlieben, Henri.«

Elaine blickte Troy verächtlich an. »Die Vorlieben des Herzogs können nicht widernatürlicher sein als deine. Eine Frau zu verführen, weil sie die Schwester deiner großen Liebe ist. Das ist nicht nur widernatürlich, das in höchstem Maße verabscheuungswürdig.«

Sie wandte sich wieder an den Herzog. »Wenn ich Euer Angebot annähme, welche Aufgabe habt Ihr mir zugedacht?«

Er verbeugte sich leicht und klappte den Fächer auf. »Ihr seid mein Gast auf *Belletoile*, so lange Ihr wollt. Und Ihr erlaubt mir, Euch nach allen Regeln der Kunst zu verwöhnen. Alles andere wird sich ergeben.«

Unschlüssig trat Elaine zum Fenster. Sie war zwischen zwei Fronten geraten. Der Herzog mochte sich als Freund des Hauses sehen, aber ganz sicher war er nicht der Freund ihres Schwagers. Abneigung strahlte von Troy aus wie die Hitze von einem flackernden Kaminfeuer. Er hasste den Herzog.

Und der Herzog wusste es. Deshalb hatte er ihr auch das Angebot gemacht. Um Troy zu ärgern und ihm eins auszuwischen.

Elaine schloss die Augen und seufzte unhörbar. Wenn sie einfach wegging, würde Troy sie innerhalb weniger Tage vergessen haben. Am Wissen, dass sie sich unter dem Schutz des von ihm verhassten Herzogs von Mariasse befand, würde er jedoch lange zu kauen haben. Ebenso, wie sie vermutlich lange damit zu kämpfen haben würde, zu vergessen, dass sie sich in ihn verliebt hatte.

Sie öffnete die Augen und wandte sich dem Herzog zu. »Ich bin einverstanden, Euer Gnaden. Ich freue mich darauf, Gast auf *Belletoile* zu sein.«

Troy machte einen schnellen Schritt auf sie zu, packte sie an den Schultern und drehte sie zu sich herum. In seinem Gesicht vermischten sich Ärger, Überraschung und ... Sorge. »Elaine, das kannst du nicht tun. Du kannst nicht mit diesem abartigen Ungeheuer gehen. Du kennst ihn nicht. Du weißt nicht, wozu er fähig ist.«

Sie wand sich aus seinem Griff und stellte sich neben den Herzog. »Nach dem, was du mir angetan hast, kann mich nichts mehr überraschen. Leb wohl, Troy.«

Er wollte Elaine wieder an den Schultern festhalten, aber der Herzog trat vor sie. »Meine Kutsche wartet draußen, Mademoiselle Callière. Nehmt schon einmal Platz, ich erledige das hier.«

Ohne sich noch einmal umzudrehen, ging Elaine zu Tür.

Der Herzog klappte seinen Fächer zusammen, während er Troy ansah. »Ihr seid ein noch größerer Narr, als ich befürchtet habe.«

Im Gesicht seines Gegenübers zuckte ein Muskel in der Wange. »Für Eure Schwester reichte es allemal.«

Die Hand des Herzogs, die den Fächer in der Jackentasche verstaute, hielt für einen Wimpernschlag in der Bewegung inne. Dann zupfte er die Spitzen seiner Manschetten zurecht. »Ghislaine verfügt nicht nur über ein großes Herz, sondern auch über das Talent, mit Schwachsinnigen zurechtzukommen. Mir dagegen geht dieses Talent gänzlich ab, deshalb rate ich Euch, haltet Euch von mir fern, Troy, denn ich könnte meine Erziehung vergessen und in Euch nichts weiter als ein widerliches Insekt sehen, das ich aus lauter Ekel von meinem Kammerdiener zertreten lasse.«

11

Die vierspännige Kutsche, die im Hof wartete, bot einen derart imposanten Anblick, dass Elaine unwillkürlich ihre Schritte verlangsamte. Die Sonnenstrahlen brachten den smaragdgrünen Lack und die vergoldeten Verzierungen zum Glänzen. Ein livrierter Reitknecht war damit beschäftigt, das Wappen zu polieren, das die Tür schmückte. Als er Elaine bemerkte, öffnete er mit einer Verbeugung den Schlag und klappte das Treppchen herunter.

Elaine murmelte ein Dankeswort und stieg in die Kutsche. Das Interieur erfüllte alle Erwartungen, die das Exterieur weckte. Auf dem Boden lag ein orientalischer Teppich, die Sitzbänke waren mit dunkelgrünem Leder bezogen und die Wände mit zartgelbem Brokat tapeziert. Zahlreiche Kissen lagen bereit, von der Decke baumelten drei Laternen und unter dem mittleren Fenster befand sich ein Klapptischchen, in dessen Oberfläche ein Schachbrett eingelassen war.

Auf *La Mimosa* hatte spürbarer Wohlstand geherrscht. Etwas, das Elaine nachvollziehen konnte, selbst ohne diesbezügliche Erfahrungen. Doch der Überfluss, der sie so plötzlich umfing, überstieg ihr Vorstellungsvermögen. Er machte ihr Angst. Wenn schon die Kutsche des Herzogs so aussah, wie sah dann erst sein Haus aus? Wie sollte sie jemals in diese Welt passen? Sie war nichts weiter als eine einfache Bauerntochter mit einem entstellten Gesicht, die keine Ahnung hatte, wie sich die Angehörigen des Hochadels benahmen, wie sie sprachen, womit sie sich beschäftigten.

Unbewusst drückte sie sich in eine Ecke der Kutsche und

schlang die Arme um sich selbst. Worauf hatte sie sich da nur eingelassen? Was hatte der Herzog mit ihr vor? In einem Punkt musste sie Troy recht geben – sie wusste von ihrem Gönner nichts. Es gab keinen Grund, ihm zu vertrauen. Allerdings gab es auch keinen Grund, ihm zu misstrauen.

Der Wagenschlag schwang auf und der Herzog setzte sich ihr gegenüber. Die Schminke auf, seinem Gesicht machte es schwer, eine Gefühlsregung zu entdecken, aber trotzdem erschien es ihr, als wäre er verärgert.

Das hatte ihr gerade noch gefehlt. Sie kroch tiefer in ihre Ecke. Die Kutsche fuhr an, umrundete den Brunnen und bewegte sich zum weit geöffneten Tor. Unwillkürlich blickte Elaine aus dem Fenster zum Eingang des Hauses. Sie wusste nicht, ob sie sich wünschte, dass Troy dort stand und ihr zum Abschied nachsah. Aber der Gedanke war müßig, denn er tat es ohnehin nicht.

Der Herzog hatte den Kopf an die gepolsterte Rückenlehne gelehnt und die Augen geschlossen. Seine Lippen waren so fest zusammengepresst, dass sich die Falten zu beiden Seiten seines Mundes tief in sein Gesicht gruben. Zwischen seinen Augenbrauen stand eine senkrechte Kerbe. Also hatte sie sich nicht getäuscht, er war tatsächlich verstimmt.

Während sie überlegte, was sie sagen sollte, spielten ihre Finger rastlos mit dem Bündel auf ihrem Schoß. Vielleicht bereute er sein Angebot bereits. Vielleicht sollte sie beim nächsten Halt ohne weiteres Aufhebens verschwinden. Troy brauchte es ja nicht zu erfahren, sie hätte ihr Ziel trotzdem erreicht – ihm etwas Stoff zum Nachdenken zu liefern. Wenn sie sich einfach davonmachte, musste sie sich auch nicht damit herumschlagen, sich in einer Welt zurechtzufinden, in die sie nicht gehörte.

»Denkt nicht einmal daran, Mademoiselle Callière. Ich habe Euch meinen Schutz angeboten und alleine der Gedanke, mich hinterrücks zu verlassen, stellt eine Impertinenz sondergleichen dar. Außerdem wäre es dumm. Und ich will nicht glauben, dass Ihr Euch mit Troy de Rossacs Dummheit angesteckt habt.«

Der Herzog sprach ruhig, ohne dabei die Augen zu öffnen. Erst als Elaine erschrocken Luft holte, hob er die schweren Lider und sah sie an.

»Erspart es Euch zu leugnen, Euer Gesicht verrät Euch.« Er zog ein Seitenfach auf und nahm eine kleine, flache Glasflasche, die er an die Lippen führte, nachdem er den Verschluss abgenommen hatte. »Das ist die erste Lektion: Arbeitet daran, dass keiner Eure Gedanken kennt, außer Euch selbst. Auf diese Weise gebt Ihr niemandem Macht über Euch«, fügte er hinzu und verstaute die Flasche wieder.

»Darin seid Ihr wohl Meister, Euer Gnaden«, erwiderte Elaine, ohne nachzudenken.

Die Augen des Herzogs blitzen auf. »Und die zweite Lektion, Mademoiselle Callière, lautet: Sprecht niemals Eure Gedanken aus, ohne sie einer gründlichen Prüfung unterzogen zu haben.«

Elaines Wangen röteten sich. »Ich bitte um Entschuldigung, ich wollte Euch nicht beleidigen«, murmelte sie.

»Ihr habt mich nicht beleidigt, nicht durch Eure Worte. Nur durch den Gedanken, bei der ersten Gelegenheit zu fliehen.« Er streckte die langen Beine aus.

Elaine beschloss, nicht länger um den heißen Brei herumzureden. »Ich würde mich besser fühlen, wenn ich die Gründe für Euer Handeln wüsste.«

Der Herzog blickte aus dem Fenster auf die vorbeiziehende Landschaft. »Ich habe noch nie zu Troys Freunden gehört.«

»Aber ...« Elaine erinnerte sich an die Worte, mit denen er sich vorgestellt hatte.

»Ich war ein Freund seines Bruders«, unterbrach sie der Herzog. »Tris hätte für *La Mimosa* sein Leben gegeben, und nach seiner Abreise hätte ich mich mit Freuden um das Haus und die Güter gekümmert. Doch er wollte nicht mich, sondern er legte es in Troys Hände.« Er klang resigniert, aber nicht verärgert. »Alles, was ich tun kann, ist, in regelmäßigen Abständen nach dem Rechten zu sehen und meine Hilfe anzubieten.«

»Und was hat das mit mir zu tun?«

»Ihr seid Maries Schwester …« Er hob die Hand, als sie aufbrausen wollte. »… so ungern Ihr es auch hört. Ihr seid die Schwester der Frau, für die Tris *La Mimosa* aufgegeben hat. Ihr gehört zu seiner Familie, und ich werde nicht tatenlos zusehen, wenn dieser Esel Troy Euch zerstört. Das hätte Tris nicht gewollt, und ich bin es ihm schuldig, in seinem Interesse zu handeln.«

Diese Antwort beruhigte Elaine nicht. »Ich verstehe noch immer nicht, was das mit mir zu tun hat.«

»Es hat insofern mit Euch zu tun, als ich Euch die Möglichkeit biete, ein neues Leben zu beginnen. Ein Leben, wie es Euch als Schwägerin des Chevaliers de Rossac zusteht.« Er beugte sich vor. »Tris hätte niemals zugelassen, dass Ihr in seinem Haus niedrige Arbeiten gegen Bezahlung verrichtet. Oder dass sich sein von allen guten Geistern verlassener Bruder an Euch vergreift.«

»So … so war es nicht.« Diese Anschuldigung konnte sie nicht unwidersprochen lassen. »Ich war … es war …«

»Unwichtig. Was immer Troy getan hat, er hat Euch getäuscht. Er hat Euch die Wahl genommen. Etwas, das ich grundsätzlich unverzeihlich finde. Jeder sollte die Wahl haben, sein Leben nach eigenem Gutdünken zu gestalten.«

Elaine sah ihn an. Sie dachte an ihre Mutter, an ihren Vater und an viele andere in Trou-sur-Laynne, die niemals die

Wahl gehabt hatten. Nicht einmal die Wahl, was zu Mittag auf dem Tisch stand. Falls überhaupt etwas auf dem Tisch stand. Aber sie zweifelte, ob sie dem Herzog das begreiflich machen konnte. Er stammte aus einer anderen Welt. Aus einer Welt, in die er sie jetzt entführen wollte.

»Das heißt, Ihr werdet mir die Wahl lassen, wenn es so weit ist?«

Er nickte. »Das ist meine Absicht.«

Seltsamerweise glaubte sie ihm. Sie wusste nur nicht, ob sie seinen Erwartungen gewachsen war. Ihre Zungenspitze fuhr über die trockenen Lippen. »Ich habe Angst, Euer Gnaden. Vielleicht bin ich nicht dafür geschaffen, die Wahl zu haben. Vielleicht sollte ich einfach mit dem zufrieden sein, was ich bin und was ich habe. Elaine Callière ist eine Bauerntochter, sie hat keine Angst davor, zu arbeiten. Aber sie hat Angst davor, verspottet und ausgelacht zu werden. Dieses Gefühl kenne ich besser, als mir lieb ist. Ich werde ein Eindringling in Eurer Welt sein, unwissend und ungeschickt.«

»Niemand wird Euch auslachen, Elaine Callière. Mein Wort hat Gewicht. Wer unter meinem Schutz steht, über den lacht man nicht. Ihr werdet es sein, die lacht. Merkt Euch meine Worte.«

Es klang so gut. So einfach. »Ich bin entstellt. Hässlich. Über mich zu spotten fällt den Leuten leicht.«

»Die Narben auf Eurem Gesicht sind blass und farblos. Mit etwas Puder bemerkt niemand mehr etwas davon – wenn es das ist, was Ihr wollt. Aber im Grunde habt Ihr das nicht nötig. Ihr verfügt über eine starke Persönlichkeit. Benutzt sie statt Puder und Schminke, sie ist wesentlich effektiver.«

Elaine konnte ein Lächeln nicht unterdrücken. »Dieser Rat kommt ausgerechnet von Euch, Euer Gnaden?«

Der Herzog spitzte affektiert die Lippen und zog seinen

Fächer aus der Tasche. »Was habe ich Euch über Lektion zwei erzählt?«

»Verzeiht. Ich werde versuchen, meine Zunge im Zaum zu halten«, erwiderte Elaine zerknirscht.

»Schön, wenn Ihr dabei den Blick senkt und etwas Demut in Eure Stimme legt, bin ich fast geneigt, Euch zu glauben, Mademoiselle Callière.«

Elaine versuchte es ein zweites Mal. »Danke für Eure Hilfe, Euer Gnaden. Ich werde in Zukunft daran denken.«

»Gut.« Der Herzog räusperte sich und bewegte den Fächer mit geradezu aufreizender Dekadenz. »Persönlich ziehe ich unverblümte Worte schleimigen Schmeicheleien vor, aber die Gesellschaft legt einen anderen Maßstab an. Deshalb tut Ihr gut daran, Euch im Kreuzen der Klingen zu üben, bis Ihr wisst, wer Eure Freunde sind und wer Eure Feinde.«

Elaine nickte und suchte nach einer passenden Erwiderung, musste allerdings bald feststellen, dass der Herzog wieder die Augen geschlossen hatte und den Eindruck erweckte, als befände er sich in einem tiefen Schlummer, aus dem er nicht geweckt werden wollte.

Also blickte sie aus dem Fenster und versuchte, alle einschüchternden Gedanken, die ihr durch den Kopf schossen, zu ignorieren. Was nicht einfach war, weil sie nicht einmal wusste, wie lange sie unterwegs sein würden, bis sie die Besitzungen des Herzogs erreichten. Die Sonne hatte den höchsten Stand längst überschritten, als sich ihr Gegenüber bequemte, die Augen zu öffnen. Gähnend streckte er die Arme über den Kopf, blickte zunächst aus dem Fenster und zog dann eine Taschenuhr aus seiner Westentasche.

»Eine Rast lohnt sich nicht mehr, Mademoiselle Callière. In einer guten Stunde sind wir auf *Belletoile*.« Er musterte Elaine prüfend. »Es sei denn, Ihr verspürt gewisse körperliche Bedürfnisse, die nicht warten können.«

Elaine schüttelte hastig den Kopf. »Danke für Eure Fürsorge, aber mir geht es gut.«

»Schön, ich war kein guter Gesellschafter, aber Kutschenfahrten haben immer eine sehr einschläfernde Wirkung auf mich.« Er gähnte erneut, glättete dann das Haar der Perücke und zupfte die Manschetten zurecht. »Aber da ich jetzt wach bin, würde ich gerne mehr über Euch erfahren, Mademoiselle Callière.«

Elaine verschränkte die Finger ineinander und begann zu erzählen. Sie wusste nicht, ob der Herzog aus wirklichem Interesse lauschte und deshalb immer wieder Zwischenfragen stellte oder es nur vorgab, um höflich zu wirken. Gerade, als sie bei dem Brief ankam, den Marie geschrieben hatte, hielt die Kutsche mit einem heftigen Ruck an, der Elaine beinahe von der Bank beförderte.

Laute Worte drangen an ihr Ohr, aber als sie aus dem Fenster spähte, konnte sie nichts Ungewöhnliches entdecken. Der Herzog öffnete den Wagenschlag und stieß das Treppchen mit dem Fuß nach unten, ehe er ins Freie stieg. Elaine folgte ihm.

Der Kutscher und der Reitknecht standen vor den Pferden und blickten mit den Händen in den Manteltaschen auf eine quer über dem Weg ausgestreckt daliegende Gestalt. Der Herzog ging an den beiden vorbei und kniete sich – ungeachtet seiner hellen, mit Spitzen und Schleifchen verzierten Hosen – neben dem Mann nieder.

Elaine ließ ihre Blicke über das blasse Gesicht und das dichte blonde Haar wandern. Die Jacke aus feinem dunklem Tuch stand offen, die Spitzen des blütenweißen Hemdes bewegten sich sacht im Wind. Der Herzog drückte seine Finger auf den Hals des Mannes und schlug ihn dann leicht ins Gesicht. »Er lebt, und ich sehe keine blutenden Wunden«, sagte er über die Schulter zu den Umstehenden. »Er ist offenbar nur bewusstlos. Vielleicht ist er gestürzt, oder sein Pferd hat gescheut und ihn abgeworfen.«

»Bringt mir die Wasserflasche«, befahl Elaine und kniete sich auf der anderen Seite neben dem Mann nieder. Während der Kutscher tat wie ihm befohlen, riss sie ein Stück Stoff von ihrem Unterrock. Der Herzog öffnete die Wasserflasche, die ihm der Kutscher brachte und reichte sie Elaine, die das Leinenstück befeuchtete. Damit tupfte sie die Schläfen und das Gesicht des Mannes ab. Er war glatt rasiert, und sie atmete den Duft eines holzigen Eau de Toilette ein. Elaine schätzte ihn auf knapp zwanzig Jahre. Kleidung und Aussehen legten die Vermutung nahe, dass es sich um den Sohn eines Adligen oder zumindest eines begüterten Bürgers handeln musste.

Die Lider des Mannes begannen zu zucken, dann öffnete er die Augen und blickte sich verwirrt um. »Was ...« Er hustete, und Elaine hielt ihm die Wasserflasche an die Lippen. Nachdem er einen Schluck getrunken hatte, versuchte er es erneut. »Was ist passiert? Wo bin ich?« Langsam richtete er sich auf, und der Herzog griff nach seinem Arm, um ihn zu stützen.

»Ihr seid auf dem Besitz des Herzogs von Mariasse, mein Junge«, erwiderte er. »Und was passiert ist, darauf können wir keine Antwort geben, wir haben Euch hier bewusstlos aufgefunden.« Er blickte ihn an. »Wie ist Euer Name?«

»Vincent«, sagte der junge Mann und setzte sich ganz auf, um sich mit der Hand über das Gesicht zu wischen, als wollte er ein Gespinst verscheuchen. »Vincent«, wiederholte er.

»Vincent – und weiter?«, fragte Elaine sanft.

Verwirrt sah er sie an. Dann weiteten sich die moosgrünen Augen ungläubig. »Ich weiß es nicht. Ich weiß nicht, wie ich heiße ... Vincent ... Vincent ...« Er brach ab und fuhr sich durchs Haar. »Großer Gott, ich weiß meinen Namen nicht.«

Der Herzog ließ ihn los und erhob sich. »Vielleicht seid Ihr gestürzt und habt Euch dabei den Kopf gestoßen. Am besten, Ihr kommt erst einmal mit uns. Wenn Ihr Euch in ein paar Tagen noch immer nicht erinnert, lasse ich einen Arzt kommen. Könnt Ihr aufstehen, oder sollen Euch meine Männer zur Kutsche tragen?« Er klopfte den Staub von seinen Hosen und brachte den Justaucorps in Ordnung.

Vorsichtig rappelte sich der Mann hoch und blieb schließlich aufrecht stehen. Instinktiv griff Elaine nach seinem Arm. Er lächelte sie an, ehe er sich an den Herzog wandte, der ein letztes Stäubchen von seiner Manschette fegte. »Ich bin Euch zu Dank verpflichtet, Monsieur ...?«

»Ich bin der Herzog von Mariasse.« Seine Stimme klang so kühl, dass Elaine unwillkürlich die Brauen hob.

Der Mann deutete eine schiefe Verbeugung an. »Ich danke Euch für das Angebot Eurer Gastfreundschaft, Euer Gnaden. Und hoffe, sie nicht allzu lange in Anspruch nehmen zu müssen.« Er entzog Elaine seinen Arm. »Ich bedauere die Umstände, unter denen wir uns kennenlernen mussten, Herzogin ...«

Ein lautes Räuspern des Herzogs unterbrach ihn, und Elaine unterdrückte ein Lächeln, ehe sie unbekümmert sagte: »Ich bin Elaine Callière, ebenfalls ein Gast des Herzogs.«

»Oh, entschuldigt, ich dachte ...« Er blickte von Elaine zum Herzog und seine Wangen bekamen etwas Farbe. »Was auch immer. Ich danke Euch.«

Elaine konnte sich lebhaft vorstellen, was der junge Mann dachte und fühlte sich mehr belustigt als geschmeichelt. Oder beleidigt. Später würde sie seinen Irrtum aufklären, falls er nicht selbst darauf kam.

Sie gingen zurück zur Kutsche. Vincent setzte sich in gebührendem Abstand neben Elaine und befand sich damit dem Herzog gegenüber. Die bernsteinfarbenen Augen musterten ihn weiterhin. »Wisst Ihr sonst noch irgendetwas, außer Eurem Vornamen? Seid Ihr bei Verwandten zu Besuch – hier aus der Gegend stammt Ihr jedenfalls nicht, sonst würde ich Euch kennen.«

Der junge Mann lächelte arglos. »Der Herzog von Mariasse kennt also alle Bewohner des Landstrichs?«

»Ja.«

Ein Wort wie ein Hieb. Vincents Lächeln erlosch. Er blickte aus dem Fenster. »Nein, ich erinnere mich nicht, woher ich komme. Wie meine Eltern heißen, was sie tun oder was ich tue. Ich weiß nicht einmal, wie es dazu kam, dass ich bewusstlos auf dem Weg lag.«

»Ich bin sicher, nach einer geruhsamen Nacht oder zwei wird sich Euer Gedächtnis wieder einfinden«, sagte Elaine aufmunternd. »Und wenn Euch der Herzog nicht kennt, dann bedeutet das bestimmt, dass Ihr aus der Fremde kommt.«

»Was ist mit Eurer Börse?«, fragte der Herzog hartnäckig. »Oder mit einer gravierten Schnupftabakdose?«

Vincents Hände fuhren in die Taschen seiner Jacke und kehrten leer zurück. »Sie ist weg, alles ist weg, meine Börse, meine Ringe, meine Taschenuhr.«

»Ein Raubüberfall also«, rief Elaine. »Man hat Euch in eine Falle gelockt, niedergeschlagen und ausgeraubt.«

Vincent blickte auf seine nackten, schmucklosen Finger. »So scheint es. Und ich trage Reitstiefel. Habt Ihr ein herrenloses Pferd gefunden?«

»Nein, aber vielleicht haben die Räuber auch das Pferd gestohlen.« Mitleidig sah ihn Elaine an. »Was für ein Unglück, ich hoffe nur, Euch fällt bald ein, wer Ihr seid, damit Eure Familie für Euch sorgen kann.«

Vincent seufzte und blickte sein Gegenüber mit einem beinahe unterwürfigen Ausdruck an. »Das hoffe ich ebenfalls, ich möchte Euch nicht länger zur Last fallen als nötig, Euer Gnaden.«

Der Herzog zuckte mit den Schultern. »Mein Haus steht meinen Gästen offen, so lange es ihnen gefällt.«

Elaine beschlich immer deutlicher das Gefühl, dass er Vincent nicht mochte. Sein Verhalten war anmaßend und herablassend und strafte seine Worte Lügen. Allerdings konnte sie keinen Grund für diese Animosität entdecken, Vincent verhielt sich ruhig und höflich und blieb trotz seiner unglücklichen Lage – die ihm offensichtlich sehr peinlich war – gefasst.

Sie verschränkte die Finger im Schoß und blickte aus dem Fenster. Die Kutsche rollte bereits über die herzoglichen Besitzungen. Felder und Wiesen wechselten sich mit dichten Wäldern ab. Verstreute Steinhäuser und riesige Heuschober wurden sichtbar. Aus der Entfernung wirkte alles modern und gepflegt. Der Herzog schien seine Verpflichtungen ernst zu nehmen.

Das Haus, vor dem die Kutsche schließlich hielt, war atemberaubend. Einschüchternd. Elaine merkte gar nicht, dass ein livrierter Diener den Wagenschlag für sie öffnete und ihr beim Aussteigen half. Sie kam sich winzig und unbedeutend vor, als sie die imposante Fassade entlangblickte.

Der Herzog stieg die geschwungene Freitreppe hinauf, und Elaine beeilte sich, ihm zu folgen. Neben ihr lief Vincent. Sie wusste nicht, ob er ebenso beeindruckt war oder ob ihn die Umgebung völlig kaltließ, da er in solchen Palästen aufgewachsen war.

Im weitläufigen Foyer warteten zahlreiche Diener, die den Herzog mit einer Verbeugung begrüßten. »Ich bringe zwei Gäste, die im Ostflügel untergebracht werden sollen. Louis, du kümmerst dich um Mademoiselle Callière. Nachdem du ihr das Zimmer gezeigt hast, schick Berte zu ihr. Mademoiselle

Callière wird das Abendessen im *salon bleu* einnehmen, ein zusätzliches Gedeck muss aufgelegt werden.«

Der Mann nickte. »Wenn Ihr mir bitte folgen wollt, Mademoiselle Callière.«

Der Herzog wandte sich an den nächsten Lakaien. »Bernard, du kommst mit mir. Monsieur Vincent benötigt ebenfalls ein Zimmer. Er ist müde und wird das Abendessen daher in seinen Räumen einnehmen. Habt Ihr besondere Wünsche, Vincent?«

»Ich bin mit allem zufrieden, Euer Gnaden.« Wieder verriet die Stimme des jungen Mannes Unterwürfigkeit. »Ich kann Euch gar nicht genug danken, dass Ihr mir Obdach gewährt.«

Das Räuspern des Dieners brachte Elaine zu Bewusstsein, dass er darauf wartete, dass sie ihm folgte. Sie lächelte dem Herzog und Vincent zu, ehe sie ihre Röcke raffte und ihm folgte.

»Bernard wird Euch zu Eurem Zimmer begleiten. In Anbetracht der Umstände ist es besser, Ihr verbringt einen ruhigen Abend und geht früh zu Bett«, sagte der Herzog und sein Tonfall verriet, dass seine Worte kein Vorschlag zur Diskussion waren.

»Natürlich. Danke. Vielleicht kann ich mich ja schon morgen an alles erinnern«, erwiderte Vincent höflich und verbeugte sich, um dem Diener zu folgen.

12

Das Zimmer, dessen Tür Louis für Elaine öffnete, vermittelte ihr das Gefühl, Teil eines Märchens geworden zu sein. Mit angehaltenem Atem betrat sie den Raum, der mit jedem erdenklichen Prunk aufwartete. Schwerer Brokat vor den Fenstern, ein weicher Teppich mit orientalischen Mustern auf dem Parkett. Kerzenleuchter aus Kristall und Silber, zierliche Tische und Truhen, die mit aufwendigen Verzierungen geschmückt waren. Während Louis die Kerzen entzündete, sank Elaine auf das breite Himmelbett, dessen pastellgrüne Vorhänge von pausbäckigen Putten mit goldenen Flügelchen zusammengerafft wurden.

Dieses Zimmer war größer als die Hütte, die sie mit ihrer Familie bewohnt hatte. Ihr Blick glitt über einen zierlichen Sekretär, vor dem ein mit grünem Samt bezogener Stuhl stand. In einer anderen Ecke gab es einen Waschtisch mit Schüsseln und Krügen aus schimmerndem Porzellan. Zwischen den beiden Fenstern befand sich eine Kommode mit einem großen, goldgerahmten Spiegel und zahlreichen Flakons, Döschen und Tiegeln. Die hellen Farben und die mit einem zarten Blumenmuster bemalten Wände vermittelten ein Gefühl von frühlingshafter Unbeschwertheit.

Aber Elaine fühlte sich alles andere als unbeschwert. Wie sollte sie nur hierher passen? Sie, die entstellte Tochter eines Bauern aus einem Dorf im Nirgendwo, fand sich plötzlich wie durch Zauberhand in eine völlig neue Realität versetzt. Schon von *La Mimosa* war sie beeindruckt gewesen, aber der Palast des Herzogs übertraf ihre kühnsten Vorstellungen.

Als hätte jemand ihre Gedanken gelesen, betrat eine schlanke Frau mittleren Alters das Zimmer. Sie trug ein einfaches Kleid aus dunkelblauem Leinen mit einem schmucklosen Mieder. Es unterschied sich nur unwesentlich von den Sachen, die Elaine im Augenblick anhatte.

Die Frau knickste. »Ich bin Berte. Der Herzog meinte, ich soll Euch behilflich sein, Euch für das Diner herzurichten.« Sie machte einen Schritt zur Seite, und ein junges Mädchen betrat das Zimmer. Über seinem Arm bauschten sich verschiedenfarbige Stoffe, die sich als Abendkleider entpuppten, sobald sie auf dem breiten Bett nebeneinanderlagen.

»Die Schwester des Herzogs hat immer ein paar Kleider hier«, erklärte Berte. »Ihr seid zwar größer, aber für heute Abend wird es gehen. Habt Ihr Unterwäsche mitgebracht, Mademoiselle Callière?«

Elaine nickte und nahm ihr Bündel vom Tisch. Berte besah sich die Stücke und schob sie dann beiseite. »Sandrine, bring uns Strümpfe und Unterröcke«, sagte sie dann zu dem Mädchen, das auf weitere Befehle gewartet hatte.

Elaine blickte ihm nach, als es das Zimmer verließ. Der Gedanke, wie eine feine Dame bedient zu werden, verursachte ihr aus unerfindlichen Gründen Kopfschmerzen. Himmel, sie war um nichts besser als diese beiden Frauen. Ganz im Gegenteil. In Trou-sur-Laynne hätte sie von den Kleidern, die hier die Dienstboten trugen, nur träumen können. Verglichen damit waren ihre Hemden und Röcke nichts als Lumpen.

So plötzlich auf die andere Seite katapultiert zu werden gab ihr zu denken. Hatte sich Marie auch so gefühlt, als sie in Versailles angekommen war? Oder reagierte sie selbst einfach überempfindlich – statt sich über das Gebotene zu freuen, ohne sich Gewissensbissen hinzugeben?

Berte ließ ihr nicht viel Zeit zum Überlegen. »Welches Kleid wollt Ihr tragen?«

Elaine trat zum Bett. Alle drei Kleider waren kostbar und wunderschön. »Das hellblaue«, entschied sie.

Berte nickte. »Die Farbe passt gut zu Eurem Porzellanteint und den hellen Haaren.«

Porzellanteint? Elaine glaubte nicht richtig verstanden zu haben. Oder wollte ihr die Frau etwa schmeicheln? Sie blickte sie an, aber Berte stand bereits bei der Kommode und zog eine Lade auf. »Zunächst werde ich Euch frisieren, dann helfe ich Euch beim Ankleiden. Wollt Ihr Euch waschen?«, fragte sie zusammenhanglos und schien nicht damit zu rechnen, dass Elaine diese Frage bejahen würde. Aber sie verbarg ihr Erstaunen gut. Sobald Sandrine wieder zurück war, wurde sie beauftragt, eine Kanne warmes Wasser zu holen.

Elaine verlor jegliches Zeitgefühl, und als sie endlich mit kunstvoll hochgestecktem Haar in dem Kleid aus hellblauem Taft vor Berte stand, konnte genauso gut eine Stunde wie ein Tag vergangen sein.

»Ich werde Euch in den Salon begleiten, vor dem Diner gibt es immer ein geselliges Beisammensein«, erklärte Berte und öffnete die Tür.

Elaine versuchte, in den hochhackigen Seidenpantoletten das Gleichgewicht zu halten, was ihr nach einigen Schritten auch gelang. Gemeinsam mit Berte schritt sie den langen Flur entlang. »Ihr werdet eine Zofe benötigen«, stellte die Frau fest. »Wird Euer Mädchen nachkommen, oder hat der Herzog andere Arrangements getroffen?« Sie sprach ohne besondere Betonung, wie jemand, der gewohnt war, zu planen und zu organisieren, aber an den Lebensumständen ihrer Gesprächspartnerin kein persönliches Interesse hatte.

»Ich erwarte kein Mädchen«, erwiderte Elaine und versuchte, den nebensächlichen Tonfall von Berte zu übernehmen. »Der Herzog hat mit mir noch nichts besprochen. Allerdings nehme ich an, dass sich vermutlich eine der hiesigen Zofen um mich kümmern soll.«

»Ich werde den Herzog bei nächster Gelegenheit darauf ansprechen«, entgegnete Berte ausweichend. »Vorläufig werde ich Sandrine zu Eurer Verfügung abstellen.«

Sie betraten einen Ballsaal mit hohen Glastüren, in dem sich eine größere Anzahl elegant gekleideter Menschen versammelt hatten. Eine Hand voll Musiker untermalte die Szene mit einer sanften Melodie.

Berte knickste und entfernte sich, während sich Elaine suchend umblickte. Sie fand den Herzog im Gespräch mit einer Schar Männer und ging auf ihn zu. Sobald er sie entdeckt hatte, verließ er die Gruppe und kam ihr entgegen. Mit einer theatralischen Verbeugung zog er ihre Hand an seine Lippen. »Ein wirklicher Genuss, Euch hier zu haben, Mademoiselle Callière. Ich hoffe, Ihr seid hungrig, denn wir wollen uns gleich zu Tisch begeben.«

»Ich freue mich, hier sein zu dürfen, Euer Gnaden«, gab sie zurück und lächelte. Der Herzog legte ihre Hand auf seinen Arm und schritt mit ihr durch den Saal. Irgendwo im Hintergrund hörte sie einen Gong, der die Unterhaltung der Anwesenden unterbrach. Sie fanden sich in Paaren zusammen, die dem Herzog in das Speisezimmer folgten. Jetzt trug er einen silberdurchwirkten Justaucorps mit weißen Pantalons. Die wallenden braunen Locken waren durch eine gepuderte Perücke ersetzt worden, deren Haar eine schwarze Samtschleife im Nacken zusammenhielt. Sein Gesicht war noch dramatischer geschminkt als zuvor. Er stellte ein erlesenes Gesamtkunstwerk dar, das sich mit jedem der kostbaren Bilder und Statuen in diesem Palast messen konnte.

Nachdem alle an der Tafel Platz genommen hatten und die Gläser mit Wein gefüllt worden waren, stand der Herzog auf und hob sein Glas. »Auf meinen Ehrengast, die bezaubernde

Mademoiselle Callière. Sie wird ein Weilchen auf *Belletoile* bleiben, und es liegt an euch, verehrte Anwesende, ihr eine schöne Zeit zu bereiten.«

Die Gläser wurden erhoben und beifälliges Gemurmel breitete sich aus. Elaine errötete. Zwar hatte der Herzog, der am Kopf der Tafel saß, sie zu seiner Linken platziert, und die Gäste sahen nur ihre unversehrte Gesichtshälfte, aber dennoch war es für sie völlig neu und ungewohnt, im Mittelpunkt des Interesses zu stehen.

Sie nickte mit einem kleinen Lächeln in die Runde und wiederholte: »Ich freue mich, hier sein zu dürfen.«

Der Herzog und ihr Tischnachbar, ein gutaussehender Mann Anfang dreißig, der sich ihr als Comte de Syra vorstellte, kümmerten sich während des Diners aufmerksam um sie, trotzdem behielt Elaine keine Erinnerung daran, was sie eigentlich gegessen hatte.

Als der Herzog die Tafel aufhob, schlenderten die Anwesenden wieder in den Ballsaal zurück. Der Herzog und der Comte blieben an ihrer Seite und machten sie mit den anderen Gästen bekannt. An die dreißig Namen und Gesichter schwirrten an Elaine vorbei. Sie bemühte sich, zu allen freundlich zu sein und gleichzeitig alles zu behalten. Deshalb fiel ihr nicht auf, dass sich eine unerklärliche Spannung im Raum ausbreitete. Erst, als von der Eingangstür des Saales ein lautes Klopfen ertönte und alle sich umdrehten, wurde ihr bewusst, dass etwas Besonderes vorging.

Zwischen den Flügeln der Tür stand eine völlig in Schwarz gekleidete Gestalt. Eine Frau, wie die enganliegende Hose und die knappe Jacke deutlich machten. In der behandschuhten Rechten hielt sie einen silbernen Stab, mit dem sie auf den Boden geklopft hatte.

»Das Spiel beginnt.« Die Stimme war kühl und klar und brachte die Anwesenden zum Schweigen. Sobald auch die letzte Unterhaltung erstorben war, schritt die Frau durch den Saal. Das Licht der Kerzen ließ in ihrem straff zurückgekämmten schwarzen Haar blaue Funken tanzen. Der blasse Teint ihres Gesichts hatte keine Schminke nötig. In der angespannten Stille verursachten ihre glänzenden Schnürstiefel ein schnelles Stakkato auf dem Parkett.

Elaine sah den Herzog hilfesuchend an, aber er machte nur eine Handbewegung, die bedeuten sollte, dass er ihre Fragen später beantworten würde. Also fuhr Elaine fort, die Frau zu beobachten. Sie blieb neben einem großen runden Tisch stehen und stieß den silbernen Stab wieder auf den Boden. Zweimal.

Alle Blicke richteten sich auf die Eingangstür des Ballsaals. Sechs livrierte Diener trugen eine riesige ovale Platte über ihren Köpfen. Elaine konnte nicht sehen, was sich darauf befand, aber dessen ungeachtet beschleunigte sich ihr Herzschlag, und sie spürte zum ersten Mal die greifbar im Raum stehende Spannung. Zweifellos handelte es sich um den Höhepunkt des Abends, der von allen atemlos erwartet wurde.

Die Diener schritten feierlich an den Gästen vorbei und blieben vor dem Tisch stehen. Offensichtlich erwarteten sie ein weiteres Kommando. Die schwarzgekleidete Frau nickte und im gleichen Augenblick ließen die Männer die Platte in einer fließenden Bewegung auf den Tisch sinken.

»Das Dessert des heutigen Abends«, sagte die Frau in Schwarz.

Elaine brauchte ein paar Sekunden, um zu erkennen, dass auf der kunstvoll gestalteten Platte unter Früchten und Sahnecreme eine Frau lag. Und noch eine weitere Sekunde, um zu begreifen, dass diese Frau völlig nackt war und die Desserts direkt auf ihrer Haut angerichtet waren.

Fassungslos blickte sie auf und bemerkte die nächste Auffälligkeit. Die Anwesenden standen um den Tisch herum, die begehrlichen Blicke sprachen Bände, aber keiner regte sich. Keiner streckte die Hand aus. Keiner berührte die Komposition fleischgewordener Versuchung. Elaine hätte gedacht, dass sie darüber herfallen würden wie ein Rudel ausgehungerter Wölfe. Die unerwartete Stille und das spürbare Knistern, das in der Luft lag, verursachten Elaine eine Gänsehaut.

Die schwarzgekleidete Frau ließ ihre Augen über die Umstehenden wandern. Mit einer schnellen Bewegung hob sie den Stab und zeigte auf einen der Anwesenden.

Der Mann löste sich aus dem Kreis der Umstehenden und trat an den Tisch. Seine Finger tauchten in die Vanillecreme, die die Brüste der Frau bedeckten. Er legte eine Brustwarze frei und leckte sich dann die Finger.

Die Hitze im Raum stieg. Der Mann streckte seine Hand erneut aus, aber der Stab stieß laut auf den Boden, und er hielt mitten in der Bewegung inne.

Die Frau in Schwarz glitt geschmeidig wie eine Katze durch die Menge. Sie wählte einen anderen Mann, der sich eifrig daranmachte, die zweite Brust freizulegen. Als er seine von Creme bedeckten Finger ablecken wollte, blockte die Schwarzgekleidete seine Bewegung mit dem Stab und blickte eine Frau in einem orangefarbenen Kleid an, die die Hand des Mannes packte und die Creme mit langen Strichen ihrer rosigen Zunge ableckte. Dabei schloss sie genießerisch die Augen. Das erotische Bild ließ der Fantasie der Anwesenden jede Menge Spielraum.

Elaine spürte, wie sich ihre Brustwarzen aufrichteten. Mit stetig zunehmender Faszination beobachtete sie, wie die Schwarzgekleidete zwei weiteren Männern gestattete, sich am Dessert gütlich zu tun.

Manche der Umstehenden hielten die Spannung nicht

mehr aus und begannen sich ungeniert miteinander zu beschäftigen. Brüste wurden aus den Dekolletés gepresst, Röcke hochgeschoben, und Hände strichen über seidenbestrumpfte Beine und die nackte Haut darüber.

Elaine wusste nicht, ob sie hinsehen oder wegsehen sollte. Sie hatte immer gedacht, dass sie den Vorgängen fleischlicher Lust dank ihrer eigenen Erfahrungen unbewegt gegenüberstehen würde. Aber was sich hier anbahnte, überstieg alle ihre Vorstellungen. Sie empfand die sich entfaltende Szenerie sowohl als obszön als auch erregend. Während sie sich hilfesuchend umsah, fing sie den Blick des Comte de Syra auf, dessen Intensität sie versengte. Er lehnte am Kamin und strich mit einer beinahe nebensächlichen Geste seinen geöffneten Justaucorps zur Seite, damit sie den Beweis seiner Erregung, der sich durch die engen Pantalons deutlich abzeichnete, sehen konnte. Die damit verbundene Aufforderung war ebenso offensichtlich.

Elaine schluckte. Ihre Kehle fühlte sich an wie zugeschnürt. Was sollte sie tun? Was erwartete der Herzog von ihr? Hatte er sie aus diesem Grund hergebracht – damit sie eine Gespielin für seine Freunde oder zumindest für diesen Freund sein sollte? Hatte sein großzügiges Angebot doch einen Pferdefuß? Es wäre ja zu schön gewesen, einfach nur ... Der Herzog unterbrach ihre Überlegungen, indem er ihren Arm nahm und sie aus dem Raum führte.

Er schwieg, bis er die Tür eines anderen Zimmers hinter ihnen geschlossen hatte. Sie waren alleine, und instinktiv machte Elaine einen Schritt von ihm weg. Er folgte ihr nicht, sondern blieb neben einem zierlichen Stuhl stehen.

»Mademoiselle Callière, das was Ihr gerade gesehen habt, ist der Beginn einer Nacht der Aphrodite. Ich veranstalte sie an mehreren Tagen der Woche, um alle Sinne meiner Gäste zu erfreuen«, begann er. »Mittlerweile haben sie eine gewisse

Berühmtheit erlangt, und man weiß, was eine Einladung samt Übernachtung auf *Belletoile* bedeutet.«

Elaine rieb ihre Oberarme. »Ihr veranstaltet Orgien. Habt Ihr mich deshalb hergebracht, als besonderes Geschenk für Eure Gäste?« Ihre Stimme klang verächtlich, und sie bemühte sich nicht, es zu verbergen.

Der Herzog schnippte ein Stäubchen von seinem Ärmel. »Der Höhepunkt des Abends ist das lebende Dessert, Mademoiselle Callière, nicht Ihr«, sagte er ruhig, aber als er sie ansah, hatte sie plötzlich das Gefühl, dass die Temperatur im Raum sank. »Ich habe Euch hergebracht, um Euch aus Troy de Rossacs Nähe zu entfernen. Das ist alles, wenn Ihr an der *nuit de plaisir* teilnehmen wollt, dann steht Euch das frei. Aber natürlich könnt Ihr Euch jederzeit auf Euer Zimmer zurückziehen.«

Elaine hob das Kinn. »Ihr habt mich also nicht an den Comte de Syra verschachert?«

Der Herzog hob die Brauen. »An Jean-Louis? Ihr beliebt zu scherzen.« Er räusperte sich. »Syra ist durchaus imstande, sich selbst um seine Bedürfnisse zu kümmern.«

»Gut.« Elaine entspannte sich.

»Außerdem ist er bei den Damen sehr beliebt, nach allem, was ich so höre. Ein Mann, der es bevorzugt, wenn seine Partnerin seine Lust teilt, statt sie über sich ergehen zu lassen. Bei ihm müsstet Ihr nicht fürchten, dass er einen anderen Namen auf den Lippen trägt, wenn er sich in Euch verströmt.« Der Spott hinter diesen Worten war unüberhörbar.

Unbewusst umklammerten Elaines Finger die Lehne des Stuhls, hinter dem sie stand. Dass er Zeuge ihres Ausbruchs auf *La Mimosa* geworden war, gehörte zu jenen Dingen, die sie gerne ungeschehen machen würde.

Sie holte tief Atem, aber der Herzog ließ sie nicht zu Wort kommen. »Erspart mir Eure moralische Entrüstung. Kommt

Ihr mit hinüber, um an der *nuit de plaisir* teilzunehmen, oder wollt Ihr Euch auf Euer Zimmer zurückziehen?«

Elaine senkte den Blick. Die Frage überrumpelte sie. Ihr Zimmer bedeutete Sicherheit. Und die Vernunft würde erfordern, dass sie der Sicherheit den Vorzug gab. Ungebetenerweise tauchte vor ihrem inneren Auge die schwarzgekleidete Frau auf, die den Mann daran hinderte, die Sahnecreme von seinen Fingern zu lecken und stattdessen jemanden auswählte, der es für ihn tat. Ein Schauer lief über ihren Körper und beantwortete die Frage des Herzogs. Sie wollte keine Sicherheit, sie wollte Abenteuer, sie wollte Teil dieses sinnlichen, dekadenten Spiels sein, das ein paar Schritte von ihr entfernt stattfand. Allerdings gab es etwas, das sie vorher festlegen musste.

Sie ließ die Lehne los. »Ich will nicht auf mein Zimmer gehen. Ich möchte diese Nacht der Aphrodite erleben.« Sie machte eine Pause und fuhr mit der Zungenspitze über ihre Lippen. »Da es für mich aber das erste Mal ist, möchte ich mich heute aufs Zusehen beschränken. Ist das möglich?«

»Natürlich, viele meiner Gäste beschränken sich darauf, zuzusehen, wie die anderen ihre Lust ausleben.« Er griff in seine Jackentasche und zog ein weißes Tuch heraus, das er ihr reichte. »Befestigt dieses Tüchlein an Eurem Dekolleté, und jeder hier weiß, dass Ihr am aktiven Geschehen nicht teilnehmt. Niemand wird Euch deswegen belästigen, diese Spielregel ist allerseits bekannt, und Béatrice achtet darauf, dass sie eingehalten wird.«

»Wer ist Béatrice?«, fragte Elaine, während sie das Tuch seitlich am Ausschnitt ihres Kleides befestigte.

»Béatrice, die Frau in Schwarz, die Zeremonienmeisterin der aphrodisischen Nächte«, erklärte der Herzog und begutachtete Elaines Werk, ehe er zur Tür ging und sie mit einer Verbeugung öffnete.

13

Im Ballsaal hatten sich die Dinge während ihrer kurzen Abwesenheit rasant weiterentwickelt. Der Körper der Frau auf dem Tisch war weiter von der Creme befreit worden. Gerade beugte sich ein Mann über ihren rechten Schenkel und leckte genüsslich die letzten Reste ab.

Elaine sah sich um. Der Comte de Syra lehnte mit einem Glas in der Hand noch immer am Kamin. Als er sie mit dem Herzog zurückkommen sah, stellte er das Glas weg und ging auf sie zu. Sein Blick fiel auf das weiße Tuch, und das Lächeln auf seinem Gesicht verblasste. Dennoch blieb er vor ihr stehen und griff nach ihrer Hand. »Wie bedauerlich, Mademoiselle Callière, ich hätte mich geschmeichelt gefühlt, diese Nacht Euer Galan sein zu dürfen. Aber ich sehe, Ihr habt andere Pläne, also bleibt mir nichts als die Hoffnung.« Mit diesen Worten drückte er seine Lippen auf die Innenseite ihres Handgelenks, ehe er sich mit einer Verbeugung entfernte.

Elaine blickte ihm nach und rieb unbewusst die Stelle, die sein Mund berührt hatte, mit der anderen Hand. Jean-Louis de Syra war ein attraktiver Mann, und seine Aufmerksamkeit schmeichelte ihr. Sie war sicher, dass die Behauptung des Herzogs zutraf und der Comte während jeder Sekunde wissen würde, wen er in den Armen hielt. Auch hatte er den Blick kein einziges Mal verlegen oder angewidert abgewandt, wenn er ihr ins Gesicht sah.

»Ihr könnt mir das Tüchlein jederzeit zurückgeben, wenn Ihr Eure Meinung ändert«, hörte sie eine trockene Stimme neben sich.

»Wie gut, das zu wissen«, gab sie im gleichen Tonfall zurück und schlenderte zum Tisch, dem Zentrum des Geschehens. Sie sah Béatrice zu, wie sie mit knappen Bewegungen des Stabes die Orgie dirigierte. Sowohl die Männer als auch die Frauen fügten sich den stummen Kommandos widerspruchslos. Ein Umstand, der Elaine erstaunte. Gehörte das zu den Spielregeln, von denen der Herzog gesprochen hatte?

Je länger sie Béatrice beobachtete, desto stärker wurde die Faszination, die sie empfand. Die Macht, die die Frau mit dem bloßen Heben des Stabes über die Anwesenden hatte, war schier unglaublich. Sie dirigierte die Gruppe nach ihrem Belieben. Und blieb selbst völlig ungerührt, ihre Miene drückte nicht die allerkleinste Regung aus. Keiner wagte es, sie zu berühren oder ihr lange in die Augen zu schauen, so groß war der Respekt, mit dem man sie behandelte.

Knapp die Hälfte der Gäste befand sich noch im Ballsaal, die anderen hatten sich in die Räume hinter zwei geöffneten Tapetentüren zurückgezogen, die Elaine erst jetzt entdeckte.

Der Stab stieß wieder auf den Boden. Elaine zuckte zusammen und wandte sich dem Geschehen rund um den Tisch zu. Béatrice ging durch die Umstehenden und wählte dabei drei Männer aus, die die Hosen fallen lassen mussten, um zu beweisen, dass ihre Erektion ausreichend war.

Der silberne Stab wies dem ersten von ihnen den Weg zwischen die Schenkel der auf dem Tisch liegenden Frau. Für die anderen beiden suchte Béatrice unter den weiblichen Gästen zwei aus, die sich daranmachten, sie mit Händen und Mund zu verwöhnen.

Das Stöhnen aus mehreren Kehlen erfüllte den Raum. Elaine konzentrierte sich auf die nackte Frau, deren Körper nur mehr wenige Spuren der Sahnecreme trug. Auch sie stöhnte bei jedem Stoß auf, mit dem sich ihr Partner in sie rammte. Ihre Finger umklammerten die Tischkanten so fest, dass die Knöchel weiß hervortraten. Ihr Unterleib wölbte sich den Stößen sehnsuchtsvoll entgegen.

Elaine versuchte, unbeteiligt zu bleiben, aber natürlich reagierte ihr Körper auf das vor ihren Augen ablaufende Schauspiel. Ihre Hand zitterte, als sie den dünnen Schweißfilm von der Oberlippe wischte.

Kurz dachte sie daran, dass sie nur das weiße Anstecktüchlein von ihrem Dekolleté entfernen musste, um ein aktiver Teil des Spiels zu werden, aber dazu fühlte sie sich noch nicht bereit. Ihre Gedanken wanderten zu Troy, und ungewollt tauchten die Erinnerungen an die lustvollen Begegnungen mit ihm wieder auf. Sein großer, geschmeidiger Körper, der sich unter ihren Fingern ebenso gut anfühlte wie sein Mund auf ihren Lippen. Sie schloss die Augen. Diese Erinnerungen waren ebenso unerwünscht wie schmerzhaft. Sie musste ihn aus ihrem Kopf bekommen. Aus ihrem Blut. Aus ihrem Herzen.

Elaine verschränkte die Arme vor der Brust und entfernte sich ein wenig vom Zentrum des Geschehens. Unbewusst beobachtete sie Béatrice weiter, während sie ihren Gedanken nachhing. Es sollte doch wahrlich nicht schwierig sein, sich anderweitig zu trösten. Das war ihr an diesem Abend klar geworden, denn unerklärlicherweise hatte der Herzog recht behalten – das Angebot des Comte de Syra war zwar das unverschämteste gewesen, aber beileibe nicht das einzige.

Es gab also keinen Grund, sich in nostalgische Erinnerungen zu flüchten. Stattdessen sollte sie sich auf eine rosarote Zukunft freuen. Elaine seufzte. Vielleicht morgen, heute würde ihr das bestimmt nicht gelingen. Während Béatrice einen anderen Mann zwischen die Schenkel des Desserts befahl, schlenderte sie zu einer der offen stehenden Tapetentüren.

Das Bild dahinter stellte die Geschehnisse im Ballsaal noch in den Schatten. Auf einem überdimensionierten Bett waren mehrere Paare zugange. Das Gewirr aus Körpern und ineinander verschlungenen Armen und Beinen ließ keine genauen Rückschlüsse auf die Anzahl zu. Die Leiber wogten in einem lasziven Rhythmus, der sich unter Stöhnen und spitzen Schreien immer weiter aufschaukelte.

Gerade als Elaine sich abwenden wollte, entdeckte sie den Comte de Syra. Er trug nur sein Spitzenhemd und strich über den nackten Rücken einer Frau, die sich über die Lehne einer Chaiselongue beugte, während er von hinten in sie stieß. Die komplizierte Hochsteckfrisur war im Begriff, sich aufzulösen, und lange Strähnen des hellen Haares fielen über ihre Schultern auf die Kissen.

Als er merkte, dass sie ihn ansah, lächelte er ihr auffordernd zu, aber Elaine blieb, wo sie war. Er hob bedauernd die Brauen und fuhr fort, den blassen, feucht glänzenden Rücken seiner Partnerin zu streicheln. Dann drehte er sie leicht zur Seite und wölbte seine Hand um ihre baumelnde Brust. Er knetete und massierte das üppige Fleisch, bis die Frau in wilder Ekstase den Kopf zurückwarf. Sie war Elaine vorgestellt worden, als das Fest noch in zivilisierten Bahnen verlief, aber der Name war mit allen anderen verschmolzen, die sie an diesem Abend gehört hatte.

Jetzt drückte die Frau den Rücken durch und reckte ihm das Hinterteil entgegen, als wollte sie seine Hände auch dort spüren. Der Comte gehorchte und grub seine Finger in die vollen Rundungen, die er drückte und auseinanderzog und wieder zusammendrückte, während er sich in einem gleichbleibenden Rhythmus immer wieder in ihr versenkte. Dabei lächelte er Elaine mit dem Lächeln des Siegers an, und sie begriff, dass er ihr gerade eine Vorstellung seiner Talente gab. Die Frau wimmerte, flehte und fluchte in unzusammenhängenden Worten. Der Comte griff in das helle Haar und zog die Frau ein Stück hoch, damit Elaine ihr Gesicht sehen konnte, als sie ihren Höhepunkt erreichte. Die Züge verzerrten sich, und die Augen rollten zurück, bis sich die zitternden Lider darüber schlossen. Sie schrie hoch und abgehackt, so lange, bis der Comte ihr Haar losließ. Dann sackte sie über der Lehne zusammen und blieb so liegen, auch als er sich aus ihr zurückzog.

Er kam auf Elaine zu und bei dieser Gelegenheit konnte sie sehen, dass er noch immer hart war. Unwillkürlich starrte sie auf die glänzende Rute, die sich ihr entgegenstreckte. Als er vor ihr stehen blieb, flog ein Schauer über ihren Körper, aber sie konnte nicht sagen, ob aus Erregung oder Furcht.

»Wollt Ihr Euer Tüchlein nicht doch ablegen?«, fragte er mit einer dunklen, von Leidenschaft durchsetzten Stimme. »Ich habe mich nur für Euch aufgespart.«

Der Satz brachte zurück, was sie vergessen wollte. Den Mann, der sich auch aufgespart hatte für eine einzige Frau. Jegliche Erregung fiel von ihr ab. Sie blickte zu der Chaiselongue, über deren Lehne noch immer der bewegungslose Körper seiner Gespielin hing. Einen Moment lang sah sie sich selbst in ihr. Gebraucht, benutzt, verlassen, vergessen.

Sie holte tief Luft. »Nein, ich werde mein Tüchlein nicht ablegen. Und wenn Ihr Euch für mich aufspart, dann sehe ich kalte, einsame Zeiten für Euch heraufdämmern.« Mit diesen Worten drehte sie sich um und verließ das Zimmer.

Ihr Inneres befand sich immer noch in Aufruhr. Sie fühlte sich wütend und gleichzeitig verletzlich wie zuvor. Und erstaunlicherweise hatte ihr entstelltes Gesicht überhaupt nichts damit zu tun.

Ohne auf den Tisch zu achten, auf dem sich die Frau unter Béatrices strengem Blick von drei anderen Männern nehmen ließ, durchquerte Elaine mit gesenktem Kopf den Ballsaal.

Gerade, als sie die hohe gläserne Tür zum Flur öffnen wollte, hielt sie der Herzog am Arm fest. »Ist alles in Ordnung?«

Sie nickte, ohne aufzublicken, aber er legte die Finger unter ihr Kinn. Ihre Augen schwammen in Tränen, und sie hatte Mühe, nicht vor ihm in wildes Schluchzen auszubrechen.

»Ich nehme an, das hat nichts mit der Nacht der Aphrodite zu tun?«, fragte er sanft und wischte die erste Träne mit dem Daumen von ihrer Wange.

»Nein. Ich erbitte die Erlaubnis, mich zurückziehen zu dürfen, Euer Gnaden.« Ihre Stimme war kaum hörbar.

»Natürlich. Ihr braucht meine Erlaubnis nicht, Mademoiselle Callière, Ihr könnt das Fest und alle kommenden verlassen, wann immer Ihr möchtet. Ich wollte nur sichergehen, dass Euch niemand beleidigt oder verärgert hat.«

Elaine kratzte die letzten Reste ihrer Selbstachtung zusammen. »Das ist nicht geschehen. Ich bin müde, es war ein langer Tag, und ich möchte einfach nur zu Bett gehen«, brachte sie steif heraus.

Der Herzog hob ihre Hand an seine Lippen. »Ich wünsche Euch eine geruhsame Nacht, wir sehen uns morgen, meine Liebe. Sandrine bringt Euch zu Euren Räumen.«

Wie aus dem Boden gewachsen stand das Mädchen plötzlich vor ihr. »Danke«, gelang es Elaine zu sagen, ehe sie Sandrine folgte. Die Voraussicht des Herzogs erwies sich als nicht übertrieben. Ohne Hilfe hätte sie ihren Weg durch die langen Gänge und Flure nicht gefunden.

Als sie endlich die Zimmertür hinter sich ins Schloss fallen hörte, lehnte sie sich erleichtert dagegen. Sie fühlte sich wie betäubt. Einerseits hatte sie Mühe, alle überwältigenden Ereignisse des Abends zu verarbeiten, andererseits war da die Erinnerung an Troy, die sie einfach nicht abschütteln konnte.

Sandrine half ihr aus dem Kleid, flocht ihr das Haar für die

Nacht und schlug die Bettdecke zurück. »Soll ich die Kerze brennen lassen?«, fragte sie, nachdem sie ihr das Nachthemd übergestreift hatte.

»Nein, das ist nicht nötig.« Die Schatten würden ihr größere Angst machen als die völlige Dunkelheit.

Sandrine knickste und blies die letzte Kerze aus. Dann fiel die Tür hinter ihr ins Schloss. Elaine war alleine. Sie drehte sich auf den Seidenlaken herum, um eine angenehme Lage zu finden, und arrangierte die Kissen immer wieder neu. Dennoch wollte sich der Schlaf nicht einstellen.

Zur gleichen Zeit streckte sich Vincent auf den Laken aus und genoss die glatte Seide auf seinem nackten Körper. Er blies die Kerze auf dem Nachtkästchen aus und verschränkte die Arme unter dem Kopf. Die weiche Daunendecke schmiegte sich an ihn, und er seufzte wohlig. Alles war viel einfacher gewesen, als er gedacht hatte. Er war hier, im Palast des Herzogs, nur ein paar Zimmer von ihm entfernt. Man glaubte ihm, dass er sein Gedächtnis verloren hatte. Man hatte Mitleid mit ihm. Man hatte ihn aufs Beste untergebracht. Keiner würde seine Anwesenheit hier in Frage stellen, es hatte sich alles ganz selbstverständlich ergeben.

Ein Lächeln huschte über sein Gesicht. Genau wie er es geplant hatte. Die einfachsten Ideen waren ja doch die besten. Jetzt musste er nur mehr auf einen günstigen Moment warten, um auch den Rest seines Planes in die Tat umsetzen zu können. Aber das bekümmerte ihn nicht. Er war ein geduldiger Mann.

14

Nach dem Frühstück, das ihr Sandrine aufs Zimmer brachte, zog Elaine das Kleid an, mit dem sie hergekommen war, und fragte die Zofe, ob sie den Herzog sprechen könnte.

»Natürlich, ich bringe Euch zu ihm«, erklärte Sandrine bereitwillig. Sie geleitete Elaine durch die Gänge und über zahlreiche Treppen zu einem Seiteneingang des Palastes. Von dort führte ein schmaler, kiesbestreuter Weg zu einem von wucherndem Efeu teilweise verdeckten gläsernen Gewächshaus. Sandrine öffnete die Tür für Elaine und zog sich dann zurück.

Die Luft im Inneren legte sich wie ein schwerer, feuchtheißer Schleier über sie. Links und rechts des mit Schieferplatten ausgelegten Weges standen Tongefäße mit Pflanzen in allen Größen und Formen. Sogar von den Längsstreben hingen Töpfe. Es roch nach Erde und Moos und unbekannten Düften. Elaine musste die Röcke eng an sich raffen, um zwischen all den Gewächsen voranzukommen. Sie konnte sich nicht vorstellen, den Herzog hier zu finden.

Der Weg führte schließlich zu einem freien Platz unter einer hohen Kuppel, wo einige zierliche Bänke und Tischchen zum Verweilen einluden. Ein schriller Schrei, der im Gewächshaus hallte, ließ Elaine herumfahren. Auf einem hölzernen Balken hockte ein großer roter Vogel mit gelben und grünen Schwanzfedern. Er starrte sie aus kleinen Knopfaugen an und öffnete den seltsamen Schnabel zu einem weiteren Schrei, bei dem seine kleine, dicke Zunge sichtbar wurde. Gebannt betrachtete Elaine das Tier. So einen Vogel hatte sie noch nie gesehen. Über ihr ertönte ein Rauschen, und sie zog instinktiv den Kopf ein, als ein zweiter Vogel über sie hinwegflog und auf der Stange neben dem ersten landete. Er war von der gleichen Art, allerdings leuchtete sein Gefieder blau. Auch er betrachtete Elaine mit einer Art neugieriger Arroganz, ehe er sich der Federpflege widmete.

Mit einem Lächeln auf den Lippen ging sie weiter. Vom Herzog war weiterhin nichts zu sehen. Sie wollte schon aufgeben und zurückgehen, als sie einen Gärtner an einem der Arbeitstische stehen sah.

»Guter Mann, ich suche den Herzog, könn...« Sie brach ab, denn etwas an der Bewegung, mit der er sich zu ihr umdrehte, kam ihr vertraut vor.

»Mademoiselle Callière, wie habt Ihr Eure erste Nacht auf *Belletoile* verbracht?«

Sprachlos starrte Elaine ihr Gegenüber an. Der Mann vor ihr hatte kurzgeschorenes Haar und trug ein einfaches Hemd mit aufgekrempelten Ärmeln. Um die Taille hatte er eine braune Schürze gebunden, die bis zu seinen hölzernen Sabots reichte. Und seine Hände ... diese langfingrigen, sonst mit Ringen geschmückten Hände ... wühlten in feuchter Erde.

Nur mit Mühe schaffte sie es, ihre Mimik unter Kontrolle zu halten. »Euer ... Gnaden.« Ihre Stimme verriet sie, und auf den Zügen des Herzogs breitete sich unübersehbare Erheiterung aus.

Das Gesicht stellte den nächsten Schock dar. Es war nackt. Ungeschminkt. Und besaß keinerlei Ähnlichkeit mit der bizarren Maske, die sie so gut kannte. Die klaren Konturen mit dem ausgeprägten Kinn und der hohen Stirn verrieten Intelligenz, die vollen Lippen den Hang zu Genuss und die Fältchen in seinen Augenwinkeln den Sinn für Humor. Es könnte ebenso das Gesicht eines Staatsmannes sein wie das eines Dichters. Aber es war ganz ohne Zweifel das Gesicht des Herzogs von Mariasse.

Elaine räusperte sich. »Entschuldigt, Euer Gnaden, aber ich wusste nicht ...«, sie brach ab.

»Es scheint, als entsetzte Euch die Tatsache meiner gärtnerischen Beschäftigung mehr als die Orgie gestern Abend«, entgegnete er ernst, aber seine Augen funkelten vor Vergnügen.

Elaine errötete. Sie wusste keine Antwort auf seine Worte.

»Macht Euch nichts daraus, ich liebe es, Menschen zu verblüffen. Und heute ist mir das wieder einmal gelungen.« Er drückte die Erde rund um eine Pflanze fest und schob den Topf dann zur Seite. »Ich habe die gesamte Gartenanlage von *Belletoile* neu entworfen und mit Hilfe von Architekten und Gärtnern zu dem gemacht, was es heute ist. Daran arbeite ich seit fast zwanzig Jahren«, fügte er voller Stolz hinzu.

Elaine, die noch immer damit kämpfte, den neuen Herzog mit dem alten in Einklang zu bringen, bemühte sich um Aufmerksamkeit. Aber immer wieder glitten ihre Gedanken ab. Er sah so verändert aus. Viel jünger. Bei ihrer ersten Begegnung hatte sie ihn auf über fünfzig geschätzt, jetzt revidierte sie ihr Urteil. Ohne Schminke war er höchstens Anfang vierzig. Unter der kaum behaarten Haut der Unterarme zeichneten sich straffe Muskeln ab.

»... habe ich extra für meinen Besuch beim König gezogen. Sie soll *Versailles* heißen. Goldene Blüten mit einem roten Herzen, das sollte die Glorie unseres Herrschers unterstreichen.«

Er zeigte auf einige große Terrakottatöpfe, in denen Rosenstöcke standen. Blüten waren noch keine zu sehen, nur einige kleine Knospen.

»Ihr werdet nach Versailles reisen?«, fragte sie interessiert.

»Ja, in ein oder zwei Monaten. Dem König beliebt es, mich jedes Jahr zu sehen«, entgegnete er mit deutlichem Zynismus. »Und bei dieser Gelegenheit versuche ich ihn mit edlen Gaben milde zu stimmen.«

Elaine runzelte die Stirn. »Ist das nötig?«

»Bedauerlicherweise ja. Ich habe nicht nur Freunde.« Er schwieg. »Manchmal kommt es mir vor, dass die Anzahl meiner Feinde schneller steigt als das Meer bei Flut. *Belletoile* ist im ganzen Land berühmt, und der König ist empfänglich für Gerüchte. Alles, was seine Autorität untergraben könnte, erweckt sein Misstrauen.« Er schüttelte den Kopf und zog die Mundwinkel nach unten. »Als würde ich mich für Politik interessieren. Das Einzige, was ich will, ist, mein Leben genießen.«

»Damit scheint Ihr sehr erfolgreich zu sein, Euer Gnaden«, erwiderte Elaine und hoffte, nichts Ungebührliches gesagt zu haben.

Er zuckte mit den Schultern. »Dank meiner Vorfahren besitze ich mehr Geld, als ich in diesem Leben ausgeben kann. Die Hütten der Pächter sind in besserem Zustand als allgemein üblich. Keiner leidet Hunger. Keiner friert, auch wenn der Winter einmal streng sein sollte. Darauf achte ich, denn das sehe ich als meine Pflicht an. Warum soll ich mich also nicht nach meinem Gutdünken amüsieren?« Er wartete nicht auf ihre Antwort, sondern fuhr fort: »Und wie habt Ihr Euch gestern Abend amüsiert?«

Sie zupfte an den Ärmeln ihres Kleides herum. »Ich war überrascht.«

Er hob die Brauen und lehnte sich an die Arbeitsfläche. »Nur überrascht? Nicht erregt oder zumindest animiert?«

Elaine überlegte. »Fasziniert«, sagte sie schließlich. Wenn sie ihre trübseligen Erinnerungen an Troy ausklammerte, dann blieb dieses Gefühl übrig.

»Fasziniert? Wovon? Von der menschlichen Natur?« Milder Spott mischte sich in seine Worte.

»Von Béatrice.« Sie sah den Herzog an. »Wie sie Macht ohne Worte gebrauchte, wie sie mit bloßen Gesten die Nacht der Aphrodite dirigierte und zu einem Erfolg machte.«

»Ach ja, Béatrice.« Der Herzog seufzte. »Sie ist wirklich ein Gewinn. Umso mehr schmerzt es mich, dass sie *Belletoile* bald verlassen wird. Sie geht mit dem Marquis de Sevelles nach Auxerre. Zwei Jahre lang war sie die Zeremonienmeisterin meiner aphrodisischen Nächte, aber in Sevelles hat sie endlich einen Mann gefunden, der ihre ganz speziellen Bedürfnisse befriedigen kann.«

Obwohl Elaine ihn abwartend ansah, verriet er ihr nicht mehr, sondern fuhr fort: »Und ich muss mir Ersatz suchen.«

Der Satz fuhr wie ein Blitz durch Elaine. Die kühle Autorität, die Béatrice ausgestrahlt hatte, die Macht, die sie bis in die Fingerspitzen kultivierte, das alles war plötzlich zum Greifen nahe, so nahe, dass ihr die nächsten Worte nahezu unbewusst herausrutschten. »Darf ich es versuchen?«

Der Herzog sah sie erstaunt an. »Diese Rolle verlangt sehr viel an Beherrschung. An Distanz zum Geschehen. Seid Ihr sicher, dass Ihr das wollt?«

Elaine nickte. Das war genau das, was sie wollte. Distanz. Macht. Autorität.

Der Herzog wischte sich die Hände an der Schürze ab, ließ Elaine dabei aber nicht aus den Augen. »Es ist nicht etwa so, dass Ihr das Gefühl habt, Ihr müsst Euch Euren Aufenthalt hier verdienen? Wenn dem so ist, dann lasst mich Euch versichern, dass Ihr Euch keinen Gewissensbissen hingeben müsst. Ihr seid mein Gast. Ohne jedwede Bedingungen. Alles, was ich Euch gebe, gebe ich Euch gerne.«

»Nein, daran habe ich nicht gedacht«, gestand Elaine. Der Schluss lag natürlich nahe, und irgendwie war es ihr peinlich, nicht selbst darauf gekommen zu sein. »Es ist wirklich nur die Position, die mich reizt.« Sie senkte den Kopf. »Ich weiß ja gar nicht, ob ich das kann.«

»Aber Ihr möchtet es können?«

Sie nickte.

»Gut, dann mache ich Euch heute Nachmittag mit Béatrice bekannt. Ich bin sicher, sie wird alle Eure Fragen beantworten.« Es klang so selbstverständlich, als biete er ihr ein Glas Wasser an. »Und jetzt begleitet mich ein wenig durch mein Reich. Berte lässt Euch holen, wenn die Schneiderin eingetroffen ist.«

»Die Schneiderin?«, fragte Elaine überrascht.

»Ich habe Anweisung gegeben, dass Ihr neue Kleider bekommt für Euren Aufenthalt auf *Belletoile*.«

»Ihr seid wirklich zu freundlich, Euer Gnaden.« Die Worte drückten nur unzulänglich aus, was sie empfand. Sie wünschte, sie könnte ihrer Dankbarkeit besser Ausdruck verleihen.

»Henri. Ich denke, es ist an der Zeit, dass Ihr mich beim Vornamen nennt, Elaine.« Er brach eine weiße Blüte von einem Strauch und reichte sie ihr mit einer Verbeugung.

»Danke.« Zarter Duft stieg ihr in die Nase, und sie zuckte zusammen, als ein lauter Schrei gefolgt von einem Flügelschlagen über ihrem Kopf ertönte. »Was sind das für große Vögel?«

Der Herzog nahm die Schürze ab und legte sie achtlos beiseite. »Papageien. Sie fühlen sich hier im Gewächshaus wohl. In der Menagerie habe ich noch andere exotische Tiere. Meine letzte Neuerwerbung ist ein bengalischer Tiger, Ihr müsst ihn Euch unbedingt ansehen.«

Gemeinsam schlenderten sie durch das Gewächshaus, der Herzog erzählte ihr über die verschiedenen Pflanzen, und Elaine war beeindruckt von seinem Wissen. Deshalb tat es ihr beinahe leid, als Sandrine ihnen auf dem schmalen Weg entgegeneilte. Sie knickste. »Madame Aubriard erwartet Euch, Mademoiselle Callière. Wenn Ihr mir bitte folgen wollt.«

Das musste wohl die Schneiderin sein. Elaine wandte sich dem Herzog zu. »Ihr entschuldigt mich, Henri.«

»Natürlich, wir sehen uns am Nachmittag. Ich werde mich mit Béatrice besprechen und sie mit Euch bekannt machen.« Er deutete eine Verbeugung an.

»Danke. Das ist sehr freundlich von Euch«, wiederholte Elaine und lächelte den Herzog an, ehe sie Sandrine folgte.

Henri blickte den beiden nach. Elaines Anliegen erstaunte ihn, aber je länger er Mademoiselle Callière kannte, desto größer wurde seine Überzeugung, dass sie für mehr als eine Überraschung gut war. Troy musste wirklich von allen guten Geistern verlassen sein, sie dermaßen zu unterschätzen.

Er schlenderte ohne Eile den Weg zurück zu seinem Arbeitstisch und inspizierte dabei die Pflanzen auf Schädlinge oder verwelkte Blüten. Gerade als er unter der Kuppel ankam, wo sich um den kleinen Springbrunnen einige Bänke gruppierten, hörte er Schritte. »Henri, versteckst du dich wieder einmal hier?«

Er brauchte sich nicht umzudrehen, um zu wissen, wem die theatralisch gekränkte Stimme gehörte. Ohne damit aufzuhören, die verwelkten Blüten einer Kamelie einzusammeln, antwortete er. »Es scheint, du hast mich gefunden, Jérôme.«

Die Schritte verstummten. »Gibt es einen Grund, dass du mich meidest?«, sagte Jérôme neben ihm, jede Silbe verletzte Eitelkeit.

»Warum sollte ich dich meiden?«, fragte er zurück und stellte das Weidenkörbchen mit den verdorrten Blüten auf eine Bank.

»Gestern Abend hast du mich überhaupt nicht beachtet.«

»Immerhin kam ich nicht umhin, zu bemerken, dass du

dich von Duprêtre mit kandierten Veilchen füttern lassen hast.« Er verschränkte die Arme und sah Jérôme an. Im Grunde war es ihm gleichgültig, ihrer beider Zeit gehörte der Vergangenheit an. Eine Liebelei, die an den ersten Frühlingstagen begonnen hatte und von der alle Beteiligten wussten, dass sie den Sommer nicht erleben würde. Wenn es jetzt zu einer unerfreulichen Szene kam, war es ganz alleine seine Schuld, weil er die Dinge schleifen lassen hatte, statt rechtzeitig einen Schlussstrich zu ziehen.

Jérôme machte einen Schritt auf ihn zu. Die Sonnenstrahlen zauberten kupferfarbene Lichter in das braune Haar, und die Glut in den dunklen Augen hätte ihn früher einmal versengt. Heute war es ihm nur lästig.

»André hat versucht mich aufzuheitern, weiter nichts«, sagte Jérôme. »Seit einer Woche schlafe ich alleine. Und warte Nacht für Nacht, dass du nach mir schickst.«

»Jérôme ...«, begann er, aber ehe er damit rechnete, hatte Jérôme die Arme um ihn gelegt und presste sich an ihn. Der feste, warme Körper rieb sich an seinem. Eine nur allzu vertraute Bewegung, die nicht ohne Wirkung blieb.

»Ich weiß, dass es keinen anderen gibt, Henri. Wenn ich etwas getan habe, was deinen Unwillen erregt hat, dann bitte ich dich inständig um Verzeihung. Lass es mich wiedergutmachen.« Er schob die Hände unter Henris Hemd und weiter in seine Hose, wo sie sich um den wachsenden Beweis seines Interesses legten. Jérômes Griff verriet Erfahrung und eine Vertrautheit, die Henri am liebsten zur Seite geschoben hätte. Allerdings ließ sie sich ebenso wenig ignorieren wie das lustvolle Rauschen seines Blutes in den Adern. Auf einmal mehr oder weniger kam es schließlich nicht an.

Jérômes Zunge strich über seinen Hals, während er fortfuhr, sein anschwellendes Glied und die Hoden mit beiden Händen zu massieren. Es war allgemein bekannt, dass der

Herzog von Mariasse Küsse auf den Mund ebenso verabscheute wie den ausgedehnten Kontakt mit nackter Haut. Zu Henris Erleichterung hielt sich Jérôme auch jetzt daran. Er ließ es zu, dass ihm Jérôme die Hosen nach unten zog und ihn auf eine der Bänke drückte. Einen Augenblick später schlossen sich Jérômes Lippen um die Kuppe seines Gliedes. Mit der Zunge schob er die Vorhaut zurück, ein Kunststück, das Henri immer Schweißperlen auf die Stirn zauberte. Er legte den Kopf in den Nacken und blickte hinauf in den blauen Himmel, bereit, für einen Moment alles zu vergessen. Alles, bis auf die Hitze, die sich von der Spitze seiner Rute aus in seinem ganzen Körper ausbreitete. Jérômes Mund war ein Quell der Lust, in dem er nur zu gerne versank. Und Jérôme selbst wusste alle seine Talente einzusetzen, um ihn dazu zu bringen, sich ihm ungeduldig entgegenzuwölben. Er biss die Zähne zusammen, um nicht laut zu stöhnen, aber der Herzog von Mariasse stöhnte nicht und schrie nicht, auch das hatte sich im Kreis seiner Liebhaber herumgesprochen. Er hatte sich immer in der Gewalt.

Bevor sich der Feuerball in seinem Unterleib entlud, schloss er die Augen und krampfte die Finger um die Lehne, bis die Knöchel weiß hervortraten. Seine Kontraktionen kamen so heftig, dass er sie bis in die Zehenspitzen spürte. Mühsam öffnete er die Augen und sah, wie Jérôme gierig seinen Samen schluckte. Sein Kehlkopf bewegte sich schnell, als wollte er keinen Tropfen verschwenden, seine Hand hörte nicht auf, ihn weiter zu melken, und als der Strom verebbte, leckte er zuerst die Eichel sauber, ehe er sich hingebungsvoll dem Schaft widmete. Trotz dieser Bemühungen erschlaffte er, und Henri rutschte ein Stück zur Seite, um das Ganze zum Abschluss zu bringen.

Jérôme reichte ihm ein Taschentuch, blieb aber auf den Knien und sah ihn hoffnungsvoll an. Henri seufzte unhörbar und verfluchte seine Geilheit, die ihn in diese Situation gebracht hatte. Er verdrängte den Gedanken daran, dass Jérômes schöner Schwanz in diesem Augenblick prall in seiner Hose steckte. Sich weiter darauf einlassen hieß, Jérôme Hoffnungen zu machen, wo es keine mehr gab.

Henri bückte sich und zog seine Hose hoch, während er aufstand. Jérôme ließ ihn nicht aus den Augen und erhob sich schließlich ebenfalls.

»Komm heute Abend in meine Gemächer«, sagte Henri und hoffte, sich damit klar verständlich gemacht zu haben. Doch das Aufleuchten in Jérômes Augen belehrte ihn eines Besseren. »Vor dem Diner«, zerstörte er die letzte Hoffnung.

Jérôme wurde blass, das Feuer in seinen Augen erlosch. »Dann ist es vorbei?«

Henri nickte. »Ja. Du weißt, dass ich dir zum Abschied …«

»Vergiss es«, unterbrach ihn Jérôme kalt. »Deshalb habe ich es nicht getan. Ich wollte dich, nicht dein Geld. Mich dafür bezahlen zu wollen …« Er schüttelte den Kopf. »Ich weiß nicht, ob du mir leidtust, oder ob ich dich einfach ohrfeigen sollte.«

»Ich hab dir nie etwas versprochen«, verteidigte sich Henri. Er hasste Szenen wie diese. Warum musste es immer so enden?

»Richtig, du hast mir nie etwas versprochen.« Sarkasmus troff aus jedem Wort. »Damit ist es also mein Fehler, mit mehr als ein paar Brotkrümeln deiner Gunst gerechnet zu haben. Gut. Belassen wir es dabei. Ich wünsche dir nur, dass du einmal am eigenen Leib verspürst, wie weh Liebe tun kann. Ich wünsche dir, dass dein Herz deinen verdammten Verstand auslöscht und du einmal wirklich ein Stück von *dir* geben musst, statt einiger elender Münzen.«

Er wartete Henris Erwiderung nicht ab, sondern drehte sich um und ging einfach davon. Henri faltete das Taschentuch zusammen und steckte es in seine Hose. Jérômes Worte resultierten aus gekränkter Eitelkeit, er würde sich schon bald mit einem anderen trösten. Er war kein Kind von Traurigkeit, ganz egal, wie melodramatisch er seinen Abgang gestaltet hatte.

Henri verließ das Gewächshaus durch den Eingang zum Park, da er Jérôme nicht zufällig begegnen wollte. Aus der Menagerie drang das Brüllen des bengalischen Tigers zu ihm. Er widerstand der Versuchung hinüberzugehen, aber wenn er mit Béatrice sprechen wollte, wurde die Zeit knapp.

Er rollte die Ärmel seines Hemdes nach unten und ging zum Seiteneingang des Hauses. Neben der Freitreppe stand ein Mann. Vincent. Das hatte ihm gerade noch gefehlt. Er vergrub die Hände in den Taschen der Hose, damit es nicht auffiel, dass er sie zu Fäusten geballt hatte.

Vincent trat ihm entgegen. Er trug dieselben Kleidungsstücke wie am Vortag und lächelte ihn schüchtern an. »Guten Morgen, Euer Gnaden. Ich wollte mir nur die Beine vertreten, ich hoffe, Ihr habt nichts dagegen.«

»Natürlich nicht. Habt Ihr eine ruhige Nacht verbracht?«, fragte Henri und bemühte sich um einen neutralen Tonfall, obwohl er ihn am liebsten kalt abgefertigt hätte. Irgendetwas stimmte mit dem Mann nicht. Langjährige Erfahrung hatte seine Menschenkenntnis geschult, und er täuschte sich selten.

»Dank Eurer guten Unterbringung habe ich geschlafen wie ein Säugling. Leider ist mein Gedächtnis noch nicht zurückgekehrt«, fügte er niedergeschlagen hinzu.

»Ihr könnt hierbleiben, so lange Ihr wollt, Vincent. Betrachtet Euch als meinen Gast.« Er wiederholte seine Einladung wider besseres Wissen. Im Grunde wäre er den Mann lieber gestern als heute losgeworden, obwohl er keine logische Begründung angeben konnte.

»Ich bin Euch zutiefst verpflichtet, Euer Gnaden.« Vincent verbeugte sich tief und legte dabei eine katzenhafte Geschmeidigkeit an den Tag.

Henri nickte und ging weiter. Er spürte, dass Vincent ihm nachsah, und seine Nackenhaare richteten sich auf. Sein Gefühl hatte ihn nicht getrogen. Mit dem Mann stimmte ganz eindeutig etwas nicht.

15

Für Elaine vergingen die Stunden wie im Flug, und ehe sie es sich versah, stand Sandrine vor ihr und sagte: »Der Herzog erwartet Euch im *salon d'Artemis*. Wenn Ihr es wünscht, dann begleite ich Euch.«

»Danke, alleine verirre ich mich bestimmt.« Sie lächelte, aber Sandrines Miene blieb ausdruckslos.

Der *salon d'Artemis* befand sich am Ende eines der Gänge und besaß Fenster in alle drei Himmelsrichtungen. An den Wänden hingen Gemälde von Jagdszenen sowie Hirschgeweihe in unterschiedlichen Größen. Vor dem Kamin lag ein Bärenfell mit einem riesigen Kopf und beängstigend weit aufgesperrtem Maul. Der Herzog erhob sich, als sie den Raum betrat. Seine Kleidung war wieder so elegant, wie es sich für seinen Rang gehörte, er trug eine Lockenperücke, sein Gesicht war allerdings ungeschminkt.

»Elaine, wie schön Euch zu sehen.« Er hob ihre Hand andeutungsweise an die Lippen und geleitete sie zu einem Sofa, auf dem eine Frau in einem silbergrauen, entgegen der herrschenden Mode hochgeschlossenen Kleid, saß. Aus ihrem hochgesteckten schwarzen Haar fiel eine gedrehte Locke auf ihre Schulter. Béatrice. Elaine spürte, wie ihre Handflächen feucht wurden.

»Béatrice, meine Liebe, das ist Elaine Callière, wie du weißt, hat sie mir anvertraut, Eure Nachfolge antreten zu wollen.« Er blieb vor dem Sofa stehen. »Elaine, ich darf Euch Béatrice Teauville vorstellen, die Zeremonienmeisterin meiner aphrodisischen Nächte.«

Elaine knickste, ohne nachzudenken, und die Frau betrachtete sie aus dunklen Augen. Dann rückte sie ein Stück zur Seite und klopfte auf den freien Platz neben sich. »Setzt Euch zu mir, Elaine, ich freue mich darauf, mich ein wenig mit Euch zu unterhalten.«

»Danke, Ma...dame Teauville«, erwiderte Elaine.

»Ich lasse euch alleine, damit ihr euch ungezwungen unterhalten könnt. Wenn Ihr eine endgültige Entscheidung gefällt habt, Elaine, findet Ihr mich in meinem Arbeitszimmer.«

Sobald er den Salon verlassen hatte, herrschte Schweigen. Elaine spielte mit der Stickerei auf ihrem Rock und hielt den Kopf gesenkt. Sie wusste nicht, was sie sagen sollte. Das Klirren der Kaffeetasse auf der Untertasse, als die Frau sie auf das Tischchen stellte, brachte Elaine schließlich dazu, aufzublicken.

Béatrice legte ihre Hände ineinander und räusperte sich. »Henri hat mir aufgetragen, mit Euch die Grundlagen dessen, was ich tue, zu besprechen. Damit Ihr selbst entscheiden könnt, ob Ihr meine Position einnehmen möchtet.« Sie machte eine kurze Pause, ehe sie fortfuhr. »Ihr wart gestern Abend zugegen, deshalb möchte ich damit beginnen – habt Ihr Fragen?«

Die hatte sie in der Tat. »Die Frau, die gestern das Dessert war, ist sie ... kommt sie aus einem Bordell? Gibt es bestimmte Kontakte, um eine solche Inszenierung durchführen zu können?«

Béatrice lachte, und Elaine fühlte sich plötzlich furchtbar dumm. Ihre Wangen röteten sich, und sie senkte den Kopf. Doch Béatrice griff nach ihrer Hand und drückte sie. »Nein, wir engagieren keine Frauen. Und auch keine Männer. Es sind alles Gäste, die hier im Haus weilen.«

Diese Mitteilung überraschte Elaine. »Aber wie ...«

Béatrice zog ein in dunkles Leder gebundenes Büchlein aus den Tiefen ihres Rocks. »Das hier ist eines der Geheimnisse meines Erfolges. Seit ich hier bin und die aphrodisischen Nächte inszeniere, führe ich Aufzeichnungen über die Gäste auf *Belletoile*. Über ihre Vorlieben, ihre Wünsche, ihre Träume. Wenn es darum geht, ein bestimmtes Tableau Wirklichkeit werden zu lassen, ziehe ich mein Buch zurate und suche mir die geeigneten Personen aus.«

»Und die Gäste geben so freizügig Auskunft?«, erkundigte sich Elaine verwundert.

»Ja, aber sie wissen natürlich nicht, dass ich mir alles aufschreibe. Sie glauben, dass ich ein phänomenales Gedächtnis besitze.« Ihre Augen funkelten vor Vergnügen.

»Das heißt also, Ihr beabsichtigtet, eine Frau mit Vanillecreme zu bedecken, und schlugt in Eurem Büchlein nach, wer einen solchen Wunsch hatte.«

Béatrice wiegte den Kopf. »Madame de Garispard bevorzugt es, von mehreren Männer gleichzeitig genommen zu werden. Das ist die Notiz in meinem Buch. Also ging ich zu ihr und fragte sie, ob es ihr gefallen würde, wie ein Dessert präsentiert zu werden, ehe die Männer sie nehmen würden. Sie war begeistert von der Idee.« Béatrice sah Elaine an. »Das Buch verzeichnet nur allgemeine Neigungen, sie in die Spiele einzubauen, obliegt der Zeremonienmeisterin.«

»Ihr plant also ein Tableau, seht in dem Buch nach, wer dafür in Frage kommt und sprecht Euch mit den Betreffenden ab«, fasste Elaine zusammen.

»Stammgäste kommen gelegentlich nach ihrer Ankunft zu mir, und teilen mir mit, was sie gerne erleben möchten. Und mit wem sie es erleben möchten«, fügte Béatrice mit einem teuflischen Lächeln hinzu. »Und in meiner Macht steht es, Ihnen diesen Wunsch zu gewähren oder nicht.«

Macht – das Wort brachte Elaine wieder ihren ursprünglichen Beweggrund ins Gedächtnis samt einer anderen Frage. »Was darf die Zeremonienmeisterin – und was darf sie nicht?«

»Sie darf alles. Sie arrangiert Gruppen, sie führt Pärchen zusammen. Sie schreitet ein, wenn sie das Gefühl hat, dass die Sache nicht allen Beteiligten Spaß macht – das ist die oberste Regel. Alles geschieht freiwillig mit dem Ziel, die größtmögliche Lust zu erleben. Dafür sind die aphrodisischen Nächte bekannt. Sinnlichkeit, Leidenschaft, Lust in einem stilvollen Rahmen. Alle, die sich daran beteiligen, haben kein Interesse an Klatsch. Außerhalb von *Belletoile* erwähnt man die stattgefundenen Begegnungen nicht, trifft man sich bei anderen Festen wieder, bewahrt man Stillschweigen darüber. Der Kreis der Jünger der Aphrodite ist mittlerweile groß, aber diskret. Im eigenen Interesse.« Béatrice goss Elaine und sich selbst Kaffee nach. »Die ursprüngliche Idee der Zeremonienmeisterin resultierte daraus, dass Henri Rivalitäten und Streitereien verhindern wollte. Er war der Ansicht, dass eine Frau in diesem Arrangement eher respektiert würde als ein Mann. Und damit behielt er recht. In all den Jahren hat sich niemand meinen Anweisungen widersetzt, es gab kaum Querelen und keine Beschwerden.«

Elaine lauschte gespannt. Langsam klärte sich das verschwommene Bild von Béatrices Aufgaben, und was sie da sah, gefiel ihr immer besser.

Béatrice blickte ihr in die Augen. »Um diese Distanz zu erhalten und gleichzeitig mit Respekt behandelt zu werden, ist es nötig, dass Ihr selbst Euch an dem bunten Treiben nicht beteiligt. Ich hoffe, das ist Euch klar. Ihr seid nicht ihresgleichen, Ihr befindet Euch in Eurer eigenen Schicht, Ihr seid unberührbar.«

Elaine nickte eifrig. »Natürlich ist mir das klar.«

Béatrice hob die Brauen. »Jetzt ist es Euch klar, aber seid Ihr sicher, dass Ihr Nacht für Nacht dabei zusehen könnt, wie andere ihre Bedürfnisse befriedigen, während Ihr nichts weiter tut als zusehen?«

»Ich glaube schon.« Elaines Stimme verriet ihre Unsicherheit.

»Ihr seid jung, dem verführerischen Blick eines attraktiven Mannes zu widerstehen, kann sehr anstrengend sein«, hakte Béatrice nach.

»Ich nehme an, dass es einfacher wird, je länger ich es tue. Euch ist es ja auch gelungen, die Distanz zu wahren und keinen Versuchungen nachzugeben.«

Béatrices Lippen kräuselten sich. »Für mich waren es keine Versuchungen, deshalb bereitete es mir keine Schwierigkeiten. Ich bevorzuge eine andere Spielart der Liebe, eine, die Henri auf *Belletoile* nicht unterstützt.«

Elaine versuchte sich darauf einen Reim zu machen, scheiterte aber kläglich. Deshalb konzentrierte sie sich auf das Wesentliche. »Nein, davor habe ich keine Angst, aber ...« Sie brach ab und nahm einen neuen Anlauf. »Die Kleidung, die Ihr als Zeremonienmeisterin tragt, bedeckt Euren Körper zur Gänze. Das Einzige, was sichtbar ist, ist das Gesicht. Und mein Gesicht ist entstellt. Ich habe Angst, dass es Gäste gibt, die sich daran stören könnten. Schließlich ist alles andere hier absolut perfekt.« Sie brach erneut ab, da sie fürchtete, schon zu viel gesagt zu haben.

Ihren Worten folgte Schweigen, das sich immer länger ausdehnte, denn Béatrice studierte ihr Gesicht mit minutiöser Sorgfalt. Als sie schließlich zu sprechen anfing, traute Elaine ihren Ohren nicht. »Ihr seid nicht entstellt. Wer immer Euch davon zu überzeugen versuchte, war wohl sehr erfolgreich, aber es ist nicht die Wahrheit.« Sie hob die Hand, um Elaines Widerspruch zu ersticken. »Eure rechte Gesichtshälfte sieht aus, als liege ein feines Spinnennetz darüber. Diese zarten weißen Linien machen Euch interessant, man will Euch ansehen, weil es so außergewöhnlich wirkt. Es gibt keinen Grund, es zu verstecken. Wie ist es passiert?«, erkundigte sie sich sachlich.

»Ich habe mich als Kind mit kochendem Wasser verbrüht, und jeder der mich danach sah, rannte schreiend davon«, sagte Elaine bitter.

Béatrice griff nach ihrer Hand und drückte sie. »Vielleicht hat es einmal furchtbar und abstoßend ausgesehen, aber heute tut es das nicht mehr. Vielleicht sehen alle, die Euch bereits als Kind kannten, immer nur die Narben, wie sie ursprünglich waren. Aber ich habe Euch gerade erst kennengelernt, und mich fasziniert Euer Gesicht, es stößt mich ganz bestimmt nicht ab. Und ich wette, allen anderen geht es ebenso.«

Elaine überdachte diese Worte, und je länger sie das tat, desto plausibler erschienen sie ihr. Seit sie Trou-sur-Laynne verlassen hatte, war niemand starr vor Entsetzen vor ihr zurückgewichen. Man hatte sie nach der Ursache der Narben gefragt, aber dahinter hatte Neugier gesteckt, manchmal auch wirkliches Interesse. Niemand hatte es ein zweites Mal erwähnt. Es war ihre eigene Erwartungshaltung gewesen, die eine andere Interpretation lieferte.

Ohne ein Wort sprang Elaine auf und lief zu einem Spiegel, der an der Wand hing. Sonst hatte sie es immer vermieden, ihr Gesicht direkt zu betrachten. Jetzt tat sie es. Sie fixierte jede der dünnen weißen Linien, die über ihre Haut liefen. Es sah seltsam aus, aber es machte sie nicht zu einem monströsen, hässlichen Ungeheuer. Diese Erkenntnis war so unfassbar, dass sie zu zittern begann.

Béatrice trat hinter sie. »Ihr müsst viel gelitten haben unter der Reaktion der Menschen, als Ihr ein Kind wart. Das hat verhindert, dass Ihr Euch so seht, wie Ihr wirklich seid.«

»Ja, Ihr habt recht. Aber ... aber ich kann es einfach nicht glauben.« Ihre Fingerspitzen strichen über ihre vernarbte Haut. Auch das hatte sie schon lange nicht mehr getan, weil sie alles, was mit ihrem Gesicht zusammenhing, am liebsten vergessen würde.

»Euer Gesicht ist kein Hindernis dafür, die Zeremonienmeisterin der aphrodisischen Nächte zu werden. Im Gegenteil. Es macht Euch zu etwas Besonderem. Es unterstreicht Eure Stellung.«

Elaine drehte sich um. »Danke, Ihr habt mir das schönste Geschenk gemacht, das ich jemals bekommen habe.«

»Das dürfte nicht schwer gewesen sein, denn ich vermute, Ihr habt noch nicht viele Geschenke bekommen«, erwiderte Béatrice trocken. »Kommt, setzen wir uns wieder.«

Elaine folgte ihr, aber ihre Gedanken kreisten noch immer um die gerade gemachte Erfahrung. Deshalb hörte sie nicht zu, als Béatrice weitersprach. Erst die Worte »... gehe ich mit Hector Ende der Woche nach Burgund« drangen zu ihr durch.

»Ende der Woche? So bald schon? Ich dachte, Ihr würdet mich anleiten«, fügte sie unsicher hinzu.

»Ich übergebe Euch alle meine Aufzeichnungen, also das Büchlein sowie das Verzeichnis meiner bereits veranstalteten Tableaus und deren Teilnehmer. Ich werde noch zwei aphrodisische Nächte leiten, dabei könnt Ihr mir natürlich zusehen, aber dann verlasse ich *Belletoile*.« Sie lächelte, und ihr Gesicht bekam einen weichen Ausdruck.

Elaine betrachtete sie nachdenklich. Schließlich sprach sie ihre Gedanken laut aus. »Habt Ihr den Marquis de Sevelles hier kennengelernt?«

»Ja.« Béatrice nickte. »Er kam vor mehr als einem Jahr zum ersten Mal nach *Belletoile*. Und wollte es bereits nach einigen Tagen verlassen, weil die gebotenen Spiele nicht nach seinem

Geschmack waren. Als er mit mir darüber sprach, stellten wir fest, dass wir in vielen Dingen dieselben Ansichten teilten.« Wieder glitt ein verträumter Ausdruck über ihre Züge. »Er blieb dann doch länger, und wir stellten noch mehr Gemeinsamkeiten fest.«

Elaine runzelte die Stirn. »Aber Ihr sagtet, dass die Zeremonienmeisterin mit niemandem eine Affäre anfangen darf, um ihre Stellung nicht zu gefährden.«

»Es wusste niemand etwas davon. Wir trafen uns heimlich, und Hector nahm an den aphrodisischen Nächten nicht einmal mehr als Zuschauer teil. Er verließ *Belletoile* mehrere Male, kam aber immer zurück. Meinetwegen. Er konnte mich genauso wenig vergessen wie ich ihn. Aber erst als klar war, dass ich ihn auf seine Güter nach Auxerre begleite, habe ich mit Henri gesprochen.« Sie beschäftigte sich damit, die Falten ihres Rocks zu ordnen. »Es hat ihn nicht überrascht. Er wusste von meinen Vorlieben und hat wohl damit gerechnet, dass ich ihn verlassen würde, wenn ich einen Partner finde, der meine Bedürfnisse erfüllt.«

Elaine fasste sich ein Herz. Sie wollte wissen, was sich hinter den Andeutungen verbarg. »Welcher Art sind denn Eure Bedürfnisse?«, fragte sie leise.

Statt einer Antwort drehte Béatrice ihr den Rücken zu. »Öffnet die Knöpfe, und Ihr werdet sehen, welcher Art meine Bedürfnisse sind.«

Mit klopfendem Herzen löste Elaine die kleinen Knöpfe, bis das Kleid ein Stück milchweiße Haut entblößte. Milchweiße Haut, über die sich dünne rote Striemen zogen. Elaine hielt mitten in der Bewegung inne und sog scharf die Luft ein. Béatrices Stimme löste den Bann. »Ich kann Lust nur dann empfinden, wenn sie sich mit Schmerzen paart. Und niemand hat es bisher verstanden, mir so exquisite Lust zu bereiten wie Hector. Er ist ein Meister, er kennt so viele verschiedene Möglichkeiten, meinen Körper unter Schmerz und Lust erzittern zu lassen, dass ich unersättlich werde. Ich liebe ihn, ich gehöre ihm mit jeder Faser.«

Die Inbrunst, mit der sie sprach, ließ Elaine erschauern. Vorsichtig strich sie mit den Fingerspitzen über die Male. Es erschien ihr unfassbar, sich freiwillig auspeitschen zu lassen. Ohne etwas zu erwidern, schloss sie die Knöpfe wieder, und Béatrice drehte sich um. In ihren Augen stand ein seltsamer Glanz. »Darum lässt mich die Nacht der Aphrodite auch kalt. Darum ist mein Körper von Kopf bis Fuß bedeckt, denn die Spuren meiner Liebe würden viele Gäste ganz bestimmt verstören.«

Elaine kämpfte um Worte, doch ihr Mund schien so ausgetrocknet wie ihr Kopf.

»Ihr braucht nichts zu antworten. Denkt nicht zu viel darüber nach, meine Art Glück ist eine andere als Eure. Lasst Euch davon nicht beirren. Wollt Ihr sehen, was ich mir für heute Abend überlegt habe?«, fügte sie ablenkend hinzu.

Elaine nickte erleichtert. »Gerne.«

»Gut, ich muss ohnehin noch den Aushang anbringen, er liegt in meinem Zimmer.« Sie stand auf. »Es wird eine sehr freie Interpretation der Begegnung von Odysseus mit den Sirenen. Ich habe dafür alles im Theater des Palastes arrangiert.«

»Es gibt hier sogar ein Theater?«, fragte Elaine beeindruckt und folgte ihr zur Tür.

»Ja, es ist zwar nicht besonders groß, aber für meine – unsere – Zwecke reicht es allemal.«

Gemeinsam schlenderten sie durch die langen Gänge. Das Zimmer von Béatrice unterschied sich nicht wesentlich von ihrem eigenen. Auf dem Sekretär lag ein großes, beschriebenes Blatt Papier. Béatrice nahm es und hielt es Elaine entgegen. »Diese Vorschau fertige ich für jede Nacht der Aphrodite an und hänge sie am dafür bestimmten Platz aus. Die Gäste erlangen auf diese Weise Kenntnis vom Programm des Abends.«

Elaine überflog die Zeilen, und wieder einmal wurde sie unsanft an Troy erinnert, dem sie es zu verdanken hatte, dass sie überhaupt lesen konnte, was auf dem Papier stand.

Heute Abend werden drei Sirenen den siegreichen Seefahrer Odysseus verführen. Wer sich an diesem Schauspiel ergötzen möchte, findet sich nach dem Diner um 23 Uhr im Theater von Belletoile *ein. Alle Zuschauer sind frei in der Wahl ihrer Gewänder.*

Elaine ließ das Blatt sinken. »Und wo hängt Ihr dieses Papier aus?«

»Bei der Treppe ist ein Platz dafür vorgesehen. Ich zeige ihn Euch, wenn wir zu Henri gehen und ihm unsere Entscheidung mitteilen. Ich nehme an, Ihr habt Euch bereits ein Bild gemacht und wisst, was Ihr tun werdet.« Sie blickte Elaine abwartend an.

»Ja, das habe ich. Ich möchte versuchen, Euch als Zeremonienmeisterin nachzufolgen.« Auch wenn es nicht einfach werden würde, auch wenn die Möglichkeit bestand, dass sie damit scheiterte – versuchen wollte sie es auf jeden Fall.

»Gut. Henri wird Euren Entschluss sicherlich begrüßen. Und ich kann leichten Herzens abreisen.« Sie lächelte Elaine aufmunternd zu. »Kommt, er wartet bestimmt schon.«

Am Ende des Ganges, ein paar Schritte von der Treppe entfernt, befand sich ein schmales Tischchen, auf dem ein Korb mit weißen Seidentüchern stand, von dem sich all jene Gäste bedienen konnten, die nicht aktiv am Geschehen teilnehmen wollten. Darüber hing ein leerer, mit Blattgold verzierter Bilderrahmen. Béatrice befestigte ihr Schreiben darin und trat dann einen Schritt zurück, um ihr Werk zu begutachten.

Elaine runzelte die Brauen. »Ist das nicht zu offensichtlich? Schließlich kann hier wirklich jeder erfahren, was am Abend geschehen wird. Gibt es nicht Menschen, die sich daran stoßen?«

»Die Gästezimmer befinden sich auf dieser Etage. Jeder muss hier vorbei und kann sich über den geplanten Verlauf des Abends kundig machen. Darum wurde dieser Platz auch gewählt«, fügte Béatrice hinzu. »Und wer sollte sich daran stoßen? Für die Gäste des Herzogs sind die Nächte der Aphrodite eine gern gesehene Attraktion, wenn nicht sogar der Hauptgrund für ihren Aufenthalt auf *Belletoile*. Und die Dienstboten ... nun, die können nicht lesen. Obwohl ich bezweifle, dass sie sich dadurch brüskiert fühlen würden. Sie leben im Palast und haben bestimmt genug Gelegenheit, sich miteinander zu vergnügen. Henri ist als großzügiger Arbeitgeber bekannt.«

Elaine verschränkte die Arme vor der Brust und nickte. Alles funktionierte hier wie ein gutgeschmiertes Uhrwerk. Sie hoffte nur, dass dieses Uhrwerk auch weiterlaufen würde, wenn sie die Rolle der Zeremonienmeisterin übernahm.

16

Wie Béatrice vorausgesehen hatte, reagierte der Herzog erfreut auf die Mitteilung, dass Elaine die Leitung und Organisation der Nächte der Aphrodite übernehmen wollte. Sie besprachen noch die Einzelheiten und trennten sich schließlich in bestem Einvernehmen.

Béatrice wollte einen letzten Blick auf die Vorbereitungen im Theater werfen, und Elaine nutzte die Gelegenheit, sie zu begleiten. Das Theater lag im Westflügel an der Gartenfront und bot Sitzgelegenheiten für fünfzig bis sechzig Personen. Die hohe, gewölbte Decke des Raumes wurde von mehreren dunkelroten Marmorsäulen im griechischen Stil getragen. Von der Decke hing ein gigantischer Kristallleuchter. Das Fresko stellte den Flug des Ikarus dar. Auch die zierlichen Sessel passten sich den vorherrschenden Rot- und Goldtönen an.

Der schwere Samtvorhang war zu beiden Seiten der Bühne zusammengerafft worden und gab den Blick auf eine lieblich gemalte Blumenwiese frei, die den gesamten Hintergrund einnahm. Auf dem Boden davor lagen Teppiche und bunte Seidenkissen. Eingerahmt wurde das Bild von Orangenbäumchen und Rosenstöcken in Terrakottatöpfen.

»Sehr schön.« Béatrice sah sich um. »Heute Abend werden die Kissen mit Rosenblättern bestreut. Außerdem gibt es im Zuschauerraum ein Buffet mit Konfekt und Erfrischungen. Gaultier hat mir versprochen, auch Sorbet bereitzustellen.«

»Gaultier?«, wiederholte Elaine fragend.

»Der Chef de Cuisine. Er ist ein Juwel, unbezahlbar. Viele meiner Tableaus wären ohne seine Hilfe nicht durchführbar gewesen.« Sie verließ den Saal und stieg die Treppe zur Bühne hinauf. Da sie auch hier alles zu ihrer Zufriedenheit vorfand, kehrte sie nach wenigen Augenblicken wieder zu Elaine zurück. »Gut. Ich werde im Garten Fackeln aufstellen lassen, die Nacht verspricht mild zu werden. Und was gibt es Schöneres als sich unter dem Sternenhimmel zu lieben.« Sie zwinkerte Elaine zu, die der Einfachheit halber nickte. Bei den wenigen Malen, an denen sie sich mit Armand im Wald geliebt hatte, war von einem Sternenhimmel nichts zu sehen gewesen. Im Foyer öffnete Béatrice die Glastüren, die in den Garten führten. »Dort drüben ist das Labyrinth. Auf dem Weg dorthin gibt es einige lauschige Plätzchen, die bestimmt genutzt werden, wenn die Sirenen mit Odysseus eine mitreißende Vorstellung bieten.«

Sie schlenderten einen Kiesweg entlang. »Alles hier ist so … so riesig und dabei mit so vielen liebevollen Details versehen. Ich hätte mir niemals vorstellen können, dass es so etwas Wunderschönes gibt. Versailles kann doch gar nicht prächtiger sein«, fügte Elaine hinzu.

Béatrice lachte. »Dem König dürfen Eure Worte nicht zu Ohren kommen, aber tatsächlich halten viele Gäste *Belletoile* für das schönere Versailles und Henri für den besseren Herrscher.«

Elaine erinnerte sich an die Bemerkungen des Herzogs, die er über seine Feinde gemacht hatte und die durch diese Worte bestätigt wurden. Sie konnte es nicht nachvollziehen. Sogar in der kurzen Zeit, die sie hier verbrachte, erschien ihr *Belletoile* als eine friedliche Enklave. Wer sollte schon Interesse haben, das zu ändern oder dem Mann, dem das alles gehörte, Schaden zuzufügen?

»Hier kann man stundenlang herumspazieren, das war eine meiner Lieblingsbeschäftigungen, wenn ich einmal nichts zu tun hatte. Es ist ein wirkliches Paradies.«

»Wie oft finden die Nächte der Aphrodite eigentlich statt?« Elaine war überrascht, dass ihr diese Frage erst jetzt einfiel.

»Wenn es nach den Gästen ginge, jeden Abend. In der Regel belassen wir es bei zwei- bis dreimal die Woche, nur meine baldige Abreise ist der Grund, jede Nacht eine Orgie zu feiern.«

»Und was passiert an den anderen Abenden?«

»Die gängigen Unterhaltungen. Konzerte, Tanz, Gesangsdarbietungen, Kartenspiel, wie man sie in diesen Kreisen gewöhnt ist. Wart Ihr schon in der Menagerie?«, fügte sie zusammenhanglos hinzu.

»Nein, ich habe nur davon gehört.« Elaine versuchte sich zu erinnern, welches Tier der Herzog so stolz beschrieben hatte, aber der Name wollte ihr nicht einfallen.

»Sie ist nicht so groß wie die in Versailles. Und es gibt auch keinen Elefanten. Allerdings hat Henri kürzlich einen bengalischen Tiger erstanden. Den müsst Ihr unbedingt sehen.«

»Wart Ihr schon in Versailles?« Sie wusste nicht, was ein Elefant war, und auch unter einem Tiger konnte sie sich nichts vorstellen, aber der Gedanke, endlich etwas über diesen sagenhaften Ort zu erfahren, ließ ihr Herz schneller schlagen.

»Ja. Ich habe in Madame Dessantes Etablissement unweit des Schlosses gearbeitet. Dort habe ich auch Henri getroffen, der das Haus mit seiner Entourage besuchte.«

Das war es nicht, was Elaine interessierte. »Wie ist Versailles? Wart Ihr im Schloss? Habt Ihr den König gesehen?«

»Von fern«, erwiderte Béatrice. »Er hat mich nicht fasziniert. Er ist ein Mann, der nur durch seine unvergleichliche Stellung beeindruckt. Auch ich gehöre zu jenen, die *Belletoile* als schöner, vor allem aber lebendiger empfinden als Versailles.« Der endgültige Tonfall stellte klar, dass sie das Thema für beendet erachtete.

Elaine seufzte unhörbar. Was hätte sie dafür gegeben, einmal selbst den König zu sehen und das berühmte Schloss betreten zu dürfen. Sie verstand nicht, wie Béatrice das alles so nebensächlich abtun konnte.

Zwei Pfeiler mit einem schmiedeeisernen Torbogen führten zur Menagerie. Auf den ersten Blick fiel eine riesige Voliere auf, die an ein ockerfarbenes Gebäude mit grünem Dach angebaut war. Unzählige kleine, bunte Vögel saßen auf Ästen oder flogen durch das Gehege. Die Luft war erfüllt vom Zwitschern und Pfeifen. Davor hatte man einen Teich angelegt, in dessen Mitte sich eine Insel befand, auf der sich Enten, Gänse und Schwäne sonnten. Eine Bank im Schatten zweier Platanen lud zum Verweilen ein, doch Béatrice schlenderte weiter und blieb erst vor einem turmartigen Zwinger stehen, der rund um einen freistehenden Baum errichtet worden war.

Elaine kniff die Augen zusammen und hielt dann den Atem an. In den unteren Zweigen entdeckte sie eine Kreatur, die – nach allem, was sie wusste – ein Kobold sein musste, obwohl sie immer gedacht hatte, dass solche Wesen nur in Märchen und Legenden existierten. Die kleinen Augen sahen sie interessiert an, dann fletschte das Wesen die spitzen Zähne und sprang mit einem grellen Schrei auf sie zu. Unwillkürlich wich Elaine zurück, doch die Kreatur hielt sich mit allen vieren an den Gitterstäben fest und streckte ihr eine kleine, dunkelhäutige Hand entgegen.

Fragend blickte sie zu Béatrice, die lachte und den Deckel von einer bereitstehenden Kiste hob. »Das sind Meerkatzen, und sie wissen, dass sie von all ihren Bewunderern Leckereien bekommen.«

Sie reichte Elaine ein paar Nüsse, die sie aus der Kiste

genommen hatte und legte selbst eine davon in die fordernd ausgestreckte kleine Hand. Das Tier knackte geschickt die Schale und verschlang den Kern, um gleich wieder die Hand auszustrecken.

Zögernd gab ihm Elaine eine von ihren Nüssen und berührte dabei kurz die lederartige Haut. »Sie sehen aber gar nicht aus wie Katzen«, sagte sie mehr zu sich selbst.

»Sie sind auch keine Katzen, es sind Affen.« Béatrice hatte kaum zu Ende gesprochen, als mit schrillem Gekreische weitere fünf Äffchen aus dem Nichts ans Gitter krachten und ihnen die Hände entgegenstreckten.

Elaine legte ihre Furcht ab und verteilte weitere Nüsse, während Béatrice ihre in die Mitte des Geheges auf den Boden warf. Das hatte zur Folge, dass die sechs Tiere vom Gitter sprangen und mit heftigem Gezeter begannen, um die Nüsse zu streiten.

Die beiden Frauen sahen ihnen eine Weile zu, dann gingen sie weiter. Elaine blickte sich neugierig um. Zwischen den Bäumen erspähte sie in einiger Entfernung die Umrisse eines Gebäudes. Zuerst dachte sie an ein Gartenhäuschen, aber als sie näher kam, bemerkte sie die dicken, schwarz gestrichenen Eisenstangen eines Zwingers, die auf einem gemauerten Fries ruhten.

Scharfer Geruch stieg ihr in die Nase.

»Und jetzt kommen wir zu Sahib, Henris neuestem Prunkstück. Ein bengalischer Tiger«, kommentierte Béatrice und verlangsamte den Schritt. Gleichzeitig legte sie den Finger auf die Lippen.

Der Weg endete vor einem Rondeau, in dem sich das Gehege des Tigers befand. Es war eine gigantische kuppelförmige Konstruktion aus armdicken Eisenstäben, in denen sich auf zwei Etagen Felsbrocken und Baumstämme befanden. Elaine wollte ganz nahe an das Gitter treten, um zu sehen, wo sich das Tier befand, aber Béatrice hielt sie am Arm fest. »Nicht zu nahe, wenn er mit der Pranke durch die Stäbe fährt, kann er dich verletzen.«

Elaine nickte und versuchte *ihn* zu entdecken. Sie ging am Zwinger entlang, und dann sah sie ihn. Er lag ausgestreckt unter einem dicken Ast. Fasziniert blieb Elaine stehen und betrachtete den Tiger. Er sah aus wie eine riesige Katze. Obwohl sie keinen Laut von sich gegeben hatte, hob er den mächtigen Kopf. Bernsteinfarbene Augen sahen sie an, dann gähnte er und zeigte ein Furcht erregendes Gebiss mit langen, spitzen Zähnen.

»Prachtvoll, findet Ihr nicht? Wartet nur, wenn Ihr ihn einmal in Bewegung seht oder wenn ihm sein Pfleger eine Ziege bringt.« Bewunderung schwang in der Stimme von Béatrice. Sahib wandte träge den Kopf in ihre Richtung, dann legte er sich wieder hin.

Sein Fell war am Bauch weiß und am restlichen Körper goldfarben, durchzogen von schwarzen Streifen. Die schwarze Schwanzspitze zuckte leicht.

»Henri hat ihm wie allen anderen Tieren, die aus heißen Ländern kommen, ein beheizbares Haus errichten lassen.« Sie zeigte auf einen kurzen, vergitterten Tunnel, der zu einem Backsteingebäude führte. »Und an der Rückseite des Zwingers gibt es einen Teich, wenn er sich abkühlen möchte. Manche Mätresse wird von ihrem Liebhaber nicht mit so viel Aufmerksamkeit behandelt«, fügte sie trocken hinzu.

Elaine nickte beeindruckt. Die Fürsorge des Herzogs war offensichtlich. In Trou-sur-Laynne machte sich niemand Gedanken um das Befinden des Viehs. Wenn es krank wurde, dann war das eine Katastrophe, weil es als Arbeitskraft ausfiel oder nicht verkauft werden konnte. Sie betrachtete den Tiger weiter. Eine ganze Ziege. Nach seiner Größe zu schließen, bekam Sahib jeden Tag eine davon. Das führte ihr den

Reichtum des Herzogs drastischer vor Augen als der Prunk, den sie bisher zu Gesicht bekommen hatte. Gold, Juwelen und schöne Kleider, das waren mehr oder weniger abstrakte Begriffe für sie. Aber den Wert einer Ziege, den kannte sie nur zu genau.

»Wunderschön, eine Katze in dieser Größe habe ich noch nie gesehen«, erwiderte sie noch immer in Gedanken.

»Tiger«, verbesserte Béatrice. »Henri möchte noch ein Weibchen erstehen, wenn sich die Gelegenheit dazu ergibt.«

Elaine überlegte kurz, wo man ein so exotisches Tier erstehen konnte, aber Béatrice redete schon weiter. »Die Fütterung ist ein Spektakel, aber es braucht gute Nerven. Wenn du morgens früh aufstehst, kannst du sie beobachten. Mir hat ein einziges Mal gereicht, ich hätte mich fast übergeben.«

Elaine dachte an die Hühner, Hasen und Schweine, die sie ausgenommen hatte, und verbiss sich eine diesbezügliche Antwort. »Vielleicht sehe ich es mir irgendwann einmal an, wenn ich länger hier bin«, sagte sie stattdessen.

Sie beobachteten den schlafenden Tiger eine Weile, aber da er keine Anstalten machte, sich zu erheben, wandten sie sich schließlich ab und spazierten den Weg zurück zum Palast. Auf einer Bank trafen sie Vincent.

Elaine setzte sich zu ihm, aber Béatrice verabschiedete sich nach dem Austausch der üblichen Höflichkeiten von den beiden. »Ich werde mich hinlegen, damit ich für heute Abend ausgeruht bin. Die Rolle der Zeremonienmeisterin ist anstrengender als man annehmen möchte.«

Elaine blickte Vincent an. »Wie habt Ihr die Nacht verbracht? Könnt Ihr Euch schon an Euren Namen erinnern oder an etwas anderes aus Eurer Vergangenheit?«, erkundigte sie sich.

Vincent schüttelte betrübt den Kopf. »Nein, ich habe zwar

ausgezeichnet geschlafen, aber alles, was vor dem gestrigen Tag liegt, wird noch immer von einem undurchdringlichen Nebel verhüllt.«

»Wie schade«, sagte Elaine mitfühlend. »Habt Ihr mit dem Herzog darüber gesprochen?«

»Ja, er gestattet mir hierzubleiben, so lange ich will. Dafür bin ich ihm sehr dankbar.«

Die Traurigkeit in seiner Stimme setzte Elaine zu. »Kopf hoch, es wird sich alles finden, auch wenn es länger dauert«, versuchte sie ihn aufzumuntern.

Er nickte, wirkte aber noch immer niedergeschlagen. »Das hoffe ich natürlich, allerdings ...« Er brach ab.

Elaine griff nach seiner Hand. »Allerdings?«

»Ach, ich komme mir so jämmerlich vor ... es ... nach allem sollte ich einfach nur dankbar sein, aber ...« Er sah sie schuldbewusst an und senkte dann den Blick.

Elaine konnte sich beim besten Willen keinen Reim auf seine Worte machen. Also wartete sie und drückte verständnisvoll seine Hand.

»Ich soll mich zwar hier wie zu Hause fühlen, aber im Augenblick fühle mich höchstens wie ein unwillkommener Gast«, murmelte er schließlich.

»Aber warum denn das?«, fragte Elaine fassungslos.

»Niemand kümmert sich um mich.« Er hob den Kopf und setzte schnell hinzu. »Außer Euch natürlich, Mademoiselle Callière. Statt in die Runde aufgenommen zu werden, verbannte mich der Herzog gestern Abend in mein Zimmer. Ihr habt es ja selbst erlebt.«

»Das war doch nur, um Euch Ruhe zu gewähren, damit Ihr Euch erholen könnt. Man brachte Euch doch wie versprochen ein Abendessen aufs Zimmer?«, vergewisserte sie sich.

»Ja, aber ich weiß bis jetzt nicht, ob ich heute an der Tafel des Herzogs willkommen bin. Und ich will nicht wieder einsam und alleine die Stunden in meinem Zimmer vergehen sehen.« Er schloss die Augen und legte das Gesicht in die Hände.

Elaine betrachtete ihn mit gerunzelter Stirn. »Ich glaube nicht, dass der Herzog etwas dagegen hat, wenn Ihr zusammen mit den anderen speist. Vorausgesetzt, Ihr fühlt Euch gut genug, am Diner teilzunehmen.«

»Meint Ihr?« Er blickte auf, und der hoffnungsvolle Tonfall schnitt Elaine ins Herz. Sie wusste nur zu gut, wie es sich anfühlte, ausgestoßen und alleine zu sein. »Natürlich. Findet Euch einfach um acht im *grand salon* ein, der Herzog wird Euch bestimmt nicht wegschicken.«

Seine Augen leuchteten auf. »Das ist eine gute Idee, Mademoiselle Callière. Das werde ich tun.«

»Elaine, schließlich nenne ich Euch ja auch beim Vornamen.« Sie lächelte ihn herzlich an. »Dann sehe ich Euch also später.«

Sie erhob sich, und er sprang auf, um sich tief vor ihr zu verbeugen. »Es wird mir eine Ehre sein.«

Elaine blickte auf sein goldblondes Haar, das in der Sonne glänzte, und machte sich auf den Weg zum Haus. Henri würde ihn nicht so weit demütigen und ihn vor den versammelten Gästen auf sein Zimmer schicken wie ein unmündiges Kind. Sie hatte bestimmt richtig gehandelt, Vincent auf diese Weise in die Gesellschaft von *Belletoile* aufzunehmen.

Vincent setzte sich wieder auf die Bank und legte den Kopf in den Nacken, damit die Sonne sein Gesicht wärmte, auf dem ein zufriedenes Lächeln lag.

17

Zu Elaines Überraschung holte der Herzog sie am Abend höchstpersönlich ab, um sie zum *grand salon* zu führen. Er plauderte charmant über Nichtigkeiten und brachte sie auf dem kurzen Weg mehrmals zum Lachen.

Im Vorraum zum Salon standen die Gäste in kleinen Grüppchen zusammen und unterhielten sich. Elaine suchte den Raum mit den Augen ab und entdeckte Vincent schließlich. Er stand alleine und verloren inmitten der schnatternden Menge. Sofort ging sie auf ihn zu. Dass sich der Arm unter ihrer Hand anspannte, merkte sie nicht.

»Vincent, wie schön Euch wohlauf zu sehen.« Sie streckte ihm beide Hände entgegen, und er griff danach, um die rechte andeutungsweise an seine Lippen zu heben.

»Mademoiselle Callière.« Er ließ ihre Hände los und wandte sich an den Herzog, vor dem er sich formvollendet verbeugte. »Euer Gnaden.«

Mit klopfendem Herzen verfolgte Elaine das Duell der Blicke. Henri war verärgert. Sie konnte seine eisige Aura spüren. Und sie war sicher, dass auch Vincent den kalten Hauch spürte, der wie Nebel zwischen ihnen aufwallte. Aber er senkte weder den Blick noch gab er sonst wie zu erkennen, was in ihm vorging. Sein Gesicht glich ebenso wie das des Herzogs einer steinernen Maske.

Elaine holte tief Luft. Sie hatte sich geirrt. Henri schreckte nicht davor zurück, Vincent vor aller Augen zu demütigen. Und das hatte sie mit ihrem Vorschlag ganz bestimmt nicht beabsichtigt. Sie musste handeln und zwar schnell. »Wie schön, dass Ihr heute schon mit uns tafeln könnt, Vincent. Das ist eine wirklich gute Nachricht, findet Ihr nicht, Henri?« Erst als sie die Worte ausgesprochen hatte, wurde ihr die Ungeheuerlichkeit dessen, was sie sich damit herausnahm, bewusst. Ihre Wangen röteten sich. Trotzdem blickte sie den Herzog mit einer Mischung aus Trotz und stummem Flehen an.

In seinem Gesicht regte sich kein Muskel, und Elaines Mut sank. Nach endlosen Augenblicken, die ihr wie eine Ewigkeit erschienen, sagte der Herzog schließlich: »In der Tat, Elaine, zu wissen, dass unser Gast sich bereits so weit erholt hat, dass er am Diner teilnehmen kann, ist eine gute Nachricht.« Die Stimme des Herzogs ließ Eisblumen an den Fenstern erblühen. »Das lässt mich hoffen, dass er bald wieder völlig hergestellt sein wird.«

Vor Erleichterung wurden Elaines Knie weich. Sie lächelte den Herzog strahlend an, aber er reagierte nicht darauf. Stattdessen wandte er sich um und machte einem bereitstehenden Diener ein Zeichen, worauf dieser die Tür zum *grand salon* öffnete.

Wieder saß Elaine neben dem Herzog, Vincent entdeckte sie am unteren Ende der Tafel. Béatrice hatte schräg gegenüber Platz genommen und zwinkerte ihr zu. Sie trug ein dunkelrotes Seidenkleid, das ihre Arme sowie das Dekolleté bedeckte, und verließ die Gesellschaft vorzeitig, um ihre Kleidung zu wechseln, das nahm Elaine zumindest an.

Nachdem türkischer Kaffee serviert worden war, hob der Herzog die Tafel auf. Ohne weitere Worte verließen die Gäste nach und nach den Salon.

»Ihr könnt Euch auch auf den Weg ins Theater machen, Elaine, ich komme nach«, sagte der Herzog, ehe er sich von zwei Männern in ein Gespräch verwickeln ließ.

Elaine blickte sich unschlüssig um. Vincent stand bei

der Tür und sah ihr entgegen. Sie ging auf ihn zu, unsicher, wie sie sich verhalten sollte. Er lächelte sie unbekümmert an und bot ihr seinen Arm. »Ich habe gehört, dass es eine Aufführung im Theater gibt. Darf ich Euch dorthin begleiten?«

Er hatte keine Ahnung, welcher Art diese Aufführung war, das verriet seine unschuldige Miene. Elaine räusperte sich. Was soll's, dachte sie dann. Er war erwachsen, und er konnte jederzeit gehen, wenn ihm die Darbietung missfiel. Sie hatte nicht die Absicht, in irgendeiner Weise die Mutterstelle an ihm zu vertreten.

»Natürlich, Vincent.« Sie folgten den anderen Gästen, die durch die Gänge zum Theater schlenderten. Béatrice erwartete sie bereits als Zeremonienmeisterin. Ihr Gesicht glich einer glatten Maske, nur die Augen huschten flink über die Anwesenden.

Gleißendes Kerzenlicht, das sich in den Spiegeln und Kristallleuchtern vervielfachte, erhellte den Zuschauerraum. Wie geplant, war an der linken Seitenwand ein aufwendiges Buffet errichtet worden, dessen Kernstück ein goldener Globus bildete, in dem sich Gaultiers berühmtes Zitronensorbet befand. Daneben gab es kunstvolle Pyramiden aus ebenso kunstvollen Pralinen, winzige Marzipanfrüchte wechselten sich auf silbernen Platten mit kandierten Veilchenblüten und Rosenblättern ab.

Eine Frau in einem scharlachroten Kleid fütterte ihren Galan mit den süßen Leckereien und ließ sich dabei die Finger ablecken. Elaine wandte sich ab. Offensichtlich brauchten nicht alle Gäste die Stimulation auf der Bühne, um ihren Spaß zu haben.

Sie suchte sich einen Platz in einer der hinteren Reihen, und Vincent folgte ihr wie ein Hündchen. Als er sich neben sie setzte, verwünschte sie für einen Augenblick ihre Nachgiebigkeit, denn sie hätte die Vorgänge lieber ohne Gesellschaft beobachtet.

Und als wäre Vincent nicht schon zu viel an Gesellschaft, näherte sich ihr in diesem Moment auch noch der Comte de Syra.

»Mademoiselle Callière, ich freue mich.« Er lächelte sie hingebungsvoll an und betrachtete dann provozierend den Ausschnitt ihres Kleides. »Seid Ihr heute bereit, am Spiel teilzunehmen?«

Erst jetzt fiel ihr ein, dass sie kein weißes Seidentuch bei sich hatte. Sie biss sich auf die Lippen.

»Ah, habe ich mich täuschen lassen. Ist es das, wonach Euer Sinn steht?« Er hielt ein weißes Tüchlein hoch. Als Elaine danach greifen wollte, zog er es ein Stück zurück und beugte sich zu ihr. »So sehr ich es bedauere, dass Ihr nicht selbst spielt, so sehr genieße ich Eure Blicke. Seid versichert, dass ich alles, was ich tue, nur für Euch tue.« Er legte ihr das Tüchlein auf den Schoß. »Außerdem genieße ich es zu wissen, dass Ihr mir dankbar seid. Vielleicht ergibt sich ja einmal die Gelegenheit, mir Eure Dankbarkeit zu beweisen. Ich würde mich freuen.« Ohne auf eine Antwort zu warten, erhob er sich und schlenderte zu zwei Frauen, die sich am Buffet delektierten.

Elaine steckte das Tüchlein an ihrem Kleid fest. Vincent beobachtete sie dabei und fragte schließlich: »Warum tut Ihr das?«

»Es ist ein Erkennungszeichen«, antwortete sie und beschäftigte sich umständlich damit, das Tuch zurechtzuzupfen.

»Für das Spiel, von dem der Comte sprach?« Er runzelte die Stirn, und Elaine seufzte unhörbar. Sie ließ die Hände sinken und sah ihn an. In seinen Augen stand Neugier und völlige Ahnungslosigkeit.

»Ja. Es ist ein besonderes Spiel. Ihr habt also noch nichts von den Nächten der Aphrodite gehört?«

Er schüttelte den Kopf.

»Der Herzog bietet seinen Gästen eine besondere Form der Unterhaltung und stellt es ihnen frei, daran aktiv oder passiv teilzunehmen. Das Ansteckttüchlein stellt ohne viel Worte klar, dass der oder die Trägerin bei allen Vorgängen nur Zuschauer sein möchte.«

Vincent öffnete den Mund, aber Elaine kam seiner nächsten Frage zuvor. »Die Nächte der Aphrodite sind der Lust und der Leidenschaft geweiht, jeder darf sich daran beteiligen, ganz nach seinen Vorlieben.«

»Oh.« Mehr sagte er nicht, aber seine Wangen röteten sich.

Elaine wartete ein paar Augenblicke, damit er die Worte verarbeiten konnte, ehe sie behutsam fragte: »Wollt Ihr Euch zurückziehen?«

»Nein.« Die Antwort kam schnell und ohne, dass er überlegte. »Ich will hierbleiben und zusehen. Fürs Erste. Wo bekomme ich ein Ansteckttuch?«

Elaine blickte sich um. Sicher stand irgendwo ein Körbchen bereit. »Am besten, Ihr fragt Béatrice.«

»Béatrice?«

»Die Frau in Schwarz, sie ist die Zeremonienmeisterin der aphrodisischen Nächte. Alle Fäden laufen bei ihr zusammen.« Elaine zeigte zum Eingang des Theatersaals.

Vincent nickte und stand auf. »Gut. Das werde ich tun.«

Mittlerweile waren nahezu alle Gäste eingetroffen, der Raum vibrierte vor Gemurmel und Gelächter, die unterschwellige Spannung konnte man mit den Fingern greifen.

Elaine beobachtete, wie Vincent mit Béatrice sprach, die ihm einen Weidenkorb hinhielt, aus dem er das Ansteckttuch nahm. Während er in den Saal zurückschlenderte, schloss Béatrice die Türen und griff nach ihrem silbernen Stab.

Der Laut, mit dem er auf das Parkett traf, brachte jegliche Unterhaltung zum Verstummen. Alle Blicke richteten sich auf Béatrice, die langsam zu der fünfstufigen Treppe ging, die man an die linke Seite der Bühne geschoben hatte. Sie stieg hinauf und ließ ihre Augen über die Anwesenden wandern. Dann erhob sie ihre Stimme. »Willkommen, Freunde, zu einer Nacht, die uns in das sagenhafte Griechenland führt, der Heimat nicht nur von Aphrodite, sondern auch von Odysseus, dem großen Helden. Begleiten wir ihn auf die Insel der Sirenen, wo er ganz besondere Abenteuer zu bestehen hat.« Mit diesen Worten zog sie den Vorhang auf.

An einer Säule lehnte eine nackte Frau, deren dichtes rotes Haar bis zu ihren Hüften reichte. Mit der rechten Hand beschattete sie die Augen, um auszudrücken, dass sie in die Ferne spähte. »Wo ist er nur, der Held, nach dem sich mein Körper verzehrt, der mein Sehnen stillt und meine Leidenschaft entfacht?«, rief sie theatralisch.

Zwei weitere Frauen betraten die Bühne und streckten sich auf den herumliegenden Kissen aus. Sie begannen ihr Haar zu kämmen und räkelten sich lasziv, damit die Zuschauer ihre nackten, üppigen Körper von allen Seiten betrachten konnten.

Im Saal verriet das Rascheln von Seide, dass die Zuschauer nicht untätig blieben. Elaine hatte vorgehabt, sich auf Béatrice zu konzentrieren, aber langsam wurde ihr klar, dass sie auch die Vorgänge um sich herum beobachten musste. Im Augenblick beschränkten sich diese Vorgänge vor allem auf den Austausch leidenschaftlicher Küsse und das Zerren an Knöpfen und Ösen.

Béatrice durchquerte den Mittelgang mit gemessenen Schritten. Sie ließ ihre Augen über das Treiben wandern, entdeckte aber offenbar keinen Grund, sich einzumischen. Hinter der letzten Sitzreihe blieb sie mit verschränkten Armen stehen. Elaine wandte ihre Aufmerksamkeit wieder den Vorgängen auf der Bühne zu.

Ein ansehnlicher Mann, dem die dunklen Locken auf die Schultern fielen und der nichts weiter am Leib trug als einen winzigen Lendenschurz, hatte sich zu den Frauen gesellt und wurde von ihnen so herzlich willkommen geheißen, dass sich der Lendenschurz deutlich zu wölben begann.

»Die Stricke hielten mich nicht, ich musste einfach sehen, ob euer Antlitz hält, was euer Gesang verspricht«, deklamierte er mit wohlklingender Stimme.

»Und nicht nur unser Antlitz«, warf die dralle Rothaarige ein und kicherte, während sie ihr Hintereil an seiner Hüfte rieb.

Eine andere Frau ließ ihre Hand in den Lendenschurz gleiten und bot ihm mit schmelzenden Blicken ihre vollen Brüste an. »Ich habe dich in meinen Träumen gesehen, Odysseus, und nun haben die Götter mein Flehen erhört.«

Odysseus umfasste die ihm entgegengereckten Brüste und begann sie zu massieren. »Wenn ich dich in meinen Träumen gesehen hätte, schöne Leukosia, wäre ich schon vor Jahr und Tag dein williges Opfer gewesen.«

Leukosia stöhnte auf, als er ihre harten Brustwarzen zwischen den Fingern rollte. Sie zerrte an seinem Lendenschurz, bis sich sein Glied befreit zu seiner vollen Größe spannte. Prompt drängte die Rothaarige Leukosia ein Stück zur Seite und ging vor Odysseus auf die Knie, um die Spitze seines Schafts mit den Lippen zu umfangen. Gleichzeitig schob sie ihre Hand zwischen die Schenkel von Leukosia.

Auch im Zuschauerraum fielen Kleidungsstücke zu Boden, und Stöhnen aus zahlreichen Kehlen erfüllte die Luft. Die Schamlosigkeit, mit der die Gäste sich der Liebe widmeten, erstaunte Elaine. Sie vergaßen ganz offensichtlich, wo sie waren, und lebten nur für die Befriedigung ihrer Lust.

Zwei Stühle von ihr entfernt saß ein Mann, der seine Jacke achtlos zu Boden geworfen hatte. Er knetete die Brüste der Frau, die ihn mit kraftvollen Bewegungen ritt und dabei lange weiße Schenkel entblößte. Ihre Hände wühlten in seinem Haar, und wie unabsichtlich schob sie ihm einen Finger in den Mund, an dem er heftig zu saugen begann.

In der Reihe dahinter beobachtete ein anderer Mann die beiden, während seine Faust an seinem Glied auf und ab fuhr. Seine Augen wirkten glasig, und der Mund stand leicht offen. Immer wieder hielt er inne, verrieb die Lusttropfen über seiner geschwollenen Eichel und fing von neuem an. Die Knöchel an seiner Hand traten dabei weiß hervor.

Elaine wandte sich ab. Die Umgebung blieb nicht ohne Wirkung auf sie. Ihr war heiß, ihre Brüste spannten und sie rieb unbewusst ihre Schenkel aneinander. Die Worte von Béatrice fielen ihr ein, und sie bemühte sich, ihre Gefühle unter Kontrolle zu halten. Sie durfte sich nicht gehen lassen.

Auf der Bühne hatte sich die verschmähte Himeropa mit weit gespreizten Beinen auf einen Felsen gesetzt und bot den Zuschauern ihre haarlose, geschwollene Spalte dar, in die sie ihre Finger tauchte, während sie das Trio beobachtete. Die Rothaarige leckte noch immer voller Hingabe die Rute von Odysseus, der mit geschlossenen Augen an Leukosias Brüsten nuckelte.

Der Stock schlug mit durchdringendem Ton auf das Parkett und brachte die *Schauspieler* dazu, innezuhalten. Béatrice war unbemerkt an die Bühne getreten und stieg jetzt die Treppe hinauf. Mit einer fließenden Handbewegung richtete sie den Stab auf Odysseus und brachte ihn dazu, einen Schritt zurückzuweichen. Sie wirbelte den Stock durch die Luft und bedeutete den drei Frauen, sich nebeneinander niederzuknien. Dann spazierte sie provozierend zum anderen Ende der Bühne. »Fünf Stöße in jedes süße, lockende Paradies, Odysseus, großer Held, wohlgemerkt nur fünf. Die Frau, die dir deinen Samen entlockt, darf für den Rest des Abends über dich bestimmen.«

Odysseus grinste von einem Ohr zum anderen und sank in die Knie. Eifrig rutschte er zu der ersten der Frauen, die ihm ihr Hinterteil entgegenstreckten. Er umfasste ihre Hüften, brachte sich in Position und stieß zu. Einmal, ein zweites Mal, beim dritten Mal stöhnte die Frau laut auf, und Odysseus vollendete sein Ziel mit zwei weiteren Stößen. Dann zog er sich zurück und steckte seine dicke, feucht glänzende Rute in die wartende Spalte der nächsten Frau.

Im Saal war es ruhig geworden. Zwar machten sich die Gäste nicht die Mühe, sich voneinander zu lösen, aber die meisten unterbrachen ihr Treiben und blickten neugierig auf die Bühne, wo Odysseus fortfuhr, die ihm gestellte Aufgabe zu erfüllen. Mittlerweile war er schweißüberströmt, und seine Bewegungen hatten die anfängliche Eleganz verloren, aber er gab nicht auf.

»Ich tippe auf die Blonde bei der nächsten Runde. Länger hält er bestimmt nicht durch.«

»Ach, die Rothaarige schafft er auch noch.«

»Und wenn nicht?«

»Dann werde ich mich wohl um sie kümmern müssen.«

»Aber nur, wenn du es mir vorher ordentlich besorgst.«

Die Antwort hörte Elaine nicht mehr, da Odysseus' animalisches Stöhnen den Raum erfüllte. Seine Hüften zuckten unkontrolliert, als ihn sein Höhepunkt überrollte und er die Frau mit seinem Gewicht zu Boden drückte, wo die zwei in einem Wirrwarr aus Beinen und Armen regungslos liegen blieben.

Die anderen beiden Frauen wollten sich erheben, aber Béatrice gebot ihnen, auf den Knien zu bleiben. Dann zeigte sie mit dem Stab auf zwei Männer im Zuschauerraum, die mit ihren Ruten spielten. Ohne ein weiteres Wort stiegen sie zur Bühne hinauf und ließen sich hinter den Frauen nieder.

Béatrice richtete den Stab auf zwei weitere Männer und wies sie an, sich vor den Frauen hinzuknien. Auf ihr Kommando begannen alle vier Männer, sich in den Mund oder in die feuchte Spalte ihrer Partnerin zu versenken. Schnell hatten sie den passenden Rhythmus gefunden, und viele der Zuschauer übernahmen ihn.

Das Keuchen und Stöhnen wurde lauter. Elaines Finger krallten sich in den Stoff ihres Kleides. Ihr Herzschlag dröhnte in den Schläfen, und sie bewunderte Béatrice, die langsam hinter Odysseus und seiner blonden Gespielin die Treppe hinunterstieg. Sie öffnete eine Tür und schloss sie wieder, sobald die beiden eingetreten waren.

An dieser Seite des Raumes gab es noch drei weitere Türen, die Béatrice nacheinander öffnete. Elaine erhob sich, um zu sehen, was sich dahinter verbarg.

Es waren Nebenräume, die sonst vermutlich als Garderoben für die Künstler genutzt wurden. Spiegel, Tische, Hocker und einfache Liegen, mehr gab es dort nicht.

Unauffällig stellte sich Elaine neben Béatrice, aber die Frau beachtete sie nicht. Stattdessen beobachtete sie die Gäste, die sich den Türen näherten. Sie ließ nicht jeden passieren, aber wonach sie ihre Auswahl traf, konnte Elaine nicht nachvollziehen. Das Geschehen rund um sie herum brodelte hoch. Unwillkürlich fragte sie sich, wie Béatrice die Oberhand behielt. Wie sie es anstellte, dass man tat, was sie wollte, ohne dass sie es überhaupt laut aussprach.

Sie schloss die Augen und lehnte sich an die Wand. Ihre Zuversicht schmolz wie Schnee unter den ersten Strahlen der Frühjahrssonne. Wie war sie nur jemals auf die Idee gekommen, als Zeremonienmeistern Béatrices Stelle einnehmen zu können?

18

Henri nippte an seinem Champagnerglas. Odysseus und die Sirenen waren zwar weniger spektakulär gewesen als das lebende Dessert, aber Béatrice hatte die Sache wie gewohnt souverän inszeniert. Außerdem dienten die abendlichen Attraktionen ja vornehmlich dazu, die Gäste zu animieren, selbst zur Tat zu schreiten. Und dieses Ziel war auch diese Nacht mühelos erreicht worden.

Er ließ seinen Blick durch den Saal schweifen, während er seinen linken Arm auf die Rückenlehne des benachbarten Stuhls legte. Wie immer saß er etwas abseits und keiner näherte sich ihm, ebenfalls ein ungeschriebenes Gesetz, das ihn davon enthob, ein Ansteckttüchlein zu benutzen.

In seinem Blickfeld, zu nahe, um es dem Zufall zuzuschreiben, widmete sich Jérôme eifrig der Erkundung von André Duprêtres Lippen. Damit nicht genug, massierten seine geschickten Finger durch den Stoff der Hose hindurch Andrés Erektion.

Während er zusah, wünschte Henri, er würde etwas anderes empfinden als Gleichgültigkeit. Aber dieser Wunsch war und blieb vergebens. Der einzige Mensch, dem er wirklich Gefühle entgegenbrachte, war seine Schwester Ghislaine. Seine Liebe zu ihr war rein und unverdorben und wuchs mit den Jahren. Er hätte alles getan, um sie glücklich zu sehen. Doch der Abschaum, der ihn gezeugt hatte und der den Namen *Vater* zu einem Fluch werden ließ, hatte sie mit einem Schwachsinnigen verheiratet. Keiner seiner brüderlichen Einwände und keine Drohung hatten etwas daran geändert.

Die Ohnmacht, mit der er die Hochzeitszeremonie miterleben musste, die das Schicksal seiner schönen, klugen Schwester besiegelte, ließ noch heute eine Ader an seiner Stirn schwellen.

Zu Beginn hatte er sie verzweifelt angefleht, ihn alles Nötige in die Wege leiten zu lassen, um den *Kretin* unauffällig ins Jenseits zu befördern. Aber sie hatte abgelehnt. Ihr Glück auf dem Tod oder auch nur dem Unglück eines anderen aufzubauen erschien ihr unerträglich. In ihren Augen war der Comte ein hilfloses Kind, das außer ihr niemanden mehr hatte. Sie sah es als ihre Pflicht an, ihn vor dem Bösen zu beschützen, das die Welt für ein Geschöpf wie ihn bereithielt.

Dafür stieg sie noch mehr in seiner Achtung, und er respektierte ihren Wunsch schließlich zähneknirschend. Mit Tris hatte sie eine kurze, glückliche Zeit erleben dürfen, aber das Schicksal nahm ihr auch diese Freude. Dass sie sich aus lauter Verzweiflung an Troy gehängt hatte, erschien ihm allerdings auch unter diesem Blickwinkel schwer verständlich und drückte ihren Seelenzustand besser aus, als Worte es je vermocht hätten.

Seine Finger krampften sich um die geschnitzte Rückenlehne. Aber sie hatte etwas Besseres verdient. Sie hatte Glück und Lachen verdient, Liebe und Kinder – alles, was so selbstverständlich war für jene, denen es einfach in den Schoß fiel. Doch für Ghislaine blieb es nichts als ein unerreichbarer Traum.

Jérôme und André hatten sich während ihrer leidenschaftlichen Küsse des Großteils ihrer Kleidung entledigt. Sie rieben ihre nackten Leiber aneinander, die harten Ruten zuckten ungeduldig. Jérôme löste sich aus der Umarmung und drehte sich langsam um. Dabei sah er Henri mit einem langen, provozierenden Blick an, ehe er die Hände auf der

Lehne des Sessels vor sich abstützte und sich André anbot. Der zögerte nicht, sondern stieß ohne weitere Umstände zwischen die beiden Hinterbacken, die sich ihm so verlockend entgegenbogen. Jérômes Kopf flog in den Nacken und sein Mund öffnete sich.

Henri trank das Glas leer. Jérôme mochte es hart. Für die Tiegel voller duftender Salben in seinem Schlafzimmer hatte er nie besonders viel übriggehabt, ebenso wenig wie für ausgedehnte Vorspiele. Auch das war ein Grund gewesen, warum ihre Beziehung keine Zukunft gehabt hatte. Im Gegensatz zu Jérôme inszenierte er eine Verführung gerne bis ins kleinste Detail und bevorzugte es, die gemeinsame Lust langsam zu steigern, so lange, bis sie das Maß des Erträglichen überschritt. Für ihn war der Weg das Ziel, für Jérôme war nur das Ziel selbst das Ziel.

André legte einen Arm um Jérômes Taille, damit er ihn enger an sich pressen konnte und leckte seinen Nacken. Die andere Hand hatte er um Jérômes Glied geschlossen. Die hervortretenden Muskeln an seinem Unterarm verrieten, dass er auch hier nicht zimperlich vorging.

Henris Gleichgültigkeit ging in Widerwillen über. Er hatte genug für diesen Abend. Schon wollte er aufstehen, da entdeckte er Vincent, der ihn offenbar schon die ganze Zeit beobachtet hatte.

Er lehnte an der gegenüberliegenden Wand. Die Hände hatte er in die Taschen des offenstehenden Justaucorps vergraben, der einen Blick auf das weiße Spitzenhemd gewährte. Aus dem messingfarbenen, im Schein der Kerzen glänzenden Haar hatten sich einige Strähnen gelöst, die ihm ins Gesicht fielen. Er sah unglaublich jung und unglaublich hilflos aus. Der Blick allerdings, mit dem er Henri ansah, besaß nichts Kindliches und nichts Hilfloses. Er war kühl und berechnend.

Wieder überflutete Henri dieses seltsame, namenlose Gefühl, das seine Nackenhaare dazu brachte, sich aufzurichten. Er musste herausfinden, was es damit auf sich hatte. Was mit Vincent nicht stimmte. Aber nicht heute, dafür war in den nächsten Tagen Zeit genug.

»Jérôme schenkt seine Gunst jetzt also André Duprêtre. Ziehst du deshalb eine Miene wie zehn Tage Regenwetter, *mon cher?*« Der Comte d'Aubigny hatte sich hinter Henri gesetzt und flüsterte ihm ins Ohr. »Ich hätte nichts dagegen, dich ein wenig aufzuheitern. Was hältst du davon?«

Henri wandte den Kopf und blickte in Gérards dunkle Augen, die einladend glänzten. Um seine Worte zu unterstreichen, fuhr er langsam mit der Zunge über seine sinnlich geschwungene Oberlippe.

»Wenn ich sicher sein könnte, dass du mich willst und nicht den superben Cognac in meinem Nachtkästchen, würde ich dein Angebot in Erwägung ziehen.«

Gérard lachte. »Ich schätze deinen Cognac, aber ich schätze dich noch mehr, und das weißt du auch. Falls du es dir anders überlegst, dann lass es mich wissen.« Er legte ihm die Hand auf die Schulter, ehe er sich zum Buffet wandte.

Henri sah ihm nach und erwog kurz, ihn zurückzurufen. D'Aubigny war ein guter Liebhaber und neigte nicht zu unerwünschter Anhänglichkeit. Trotzdem wollte er die heutige Nacht lieber alleine verbringen. Er brauchte etwas Abstand.

Henri stand auf und schlenderte den Mittelgang entlang. Kurz bevor er den freien Platz vor der Bühne erreichte, verfing sich der Absatz seines hochhackigen Schuhs in einem herumliegenden Spitzendessous, und er musste stehen bleiben, um sich davon zu befreien.

Im gleichen Augenblick krachte der Kristallleuchter vor ihm auf das Parkett. Die Gäste schrien auf, zwei Diener rannten herbei, um die Kerzen mit einem Tuch zu ersticken, ehe sie einen Brand verursachen konnten.

Ohne auf das Geschrei um sich herum zu achten, starrte Henri auf den glitzernden Scherbenhaufen und sein Mund wurde trocken. Zwei Schritte weiter und er läge unter dem schweren Kristallglas. Er sah zuerst nach oben, dann an die Wand, wo der Flaschenzug befestigt war, mit dem der Leuchter heruntergelassen werden konnte, um ihn mit frischen Kerzen zu bestücken. Erst jetzt fiel ihm auf, dass Vincent genau an dieser Stelle gestanden hatte. Aber nun war der Platz leer und Vincent nirgends zu entdecken.

Und Henri glaubte nicht daran, dass das ein Zufall war.

Am nächsten Morgen erwachte Elaine mit bohrenden Kopfschmerzen. Langsam kam die Erinnerung zurück, und sie zog sich stöhnend das Kissen über den Kopf.

Der Abend hatte nicht nur für sie in einem Desaster geendet. Nachdem der herabstürzende Leuchter den Herzog um ein Haar erschlagen hatte, wollte keine Stimmung mehr aufkommen. Die Gäste zogen sich auf ihre Zimmer zurück, und sie hatte keine Gelegenheit mehr gehabt, mit Béatrice zu sprechen.

Die bekam sie erst am frühen Nachmittag, als sie wieder gemeinsam durch den Park spazierten. »Wie hat Euch die gestrige Darbietung gefallen?«, erkundigte sich Béatrice. »Habt Ihr Fragen?«

Elaine räusperte sich. »Ganz ohne Zweifel habt Ihr den Gästen wieder ein wirkungsvolles Spektakel geboten. Leider hat es ja ein anderes Ende genommen als erwartet. Fragen … nun, mir ist nicht klar … Ihr habt zwar die Nebenräume des Theaters geöffnet, aber wonach Ihr die Auswahl derer getroffen habt, die sich darin vergnügen durften, das konnte ich nicht nachvollziehen.«

Béatrice drehte den Griff des Sonnenschirmchens, mit dem

sie ihr Gesicht beschattete. »Ach, das ist einfach. Dafür gibt es keine bestimmten Gründe, das entscheide ich ganz nach Lust und Laune.«

Als Elaine sie ungläubig ansah, fügte sie hinzu: »Die Zeremonienmeisterin darf alles, habt Ihr das schon vergessen? Sie braucht keine Rechtfertigungen, sie trifft die Entscheidungen, und niemand zweifelt sie an. Das ist die Macht, die diese Position mit sich bringt.«

Die Macht, die sie faszinierte, wie sich Elaine ins Gedächtnis rief. Entscheidungen zu treffen, einfach weil sie es so und nicht anders haben wollte. Keine Rechtfertigungen und keine Entschuldigungen. Der einfache Grund für alle Entscheidungen war ihr Wunsch und Wille. Ihre daniederliegende Zuversicht erwachte aufs Neue.

»Ihr denkt zu viel nach«, sagte Béatrice. »Lasst die Dinge einfach auf Euch zukommen. Ihr werdet sehen, vieles löst sich aus der Situation heraus auf. Wenn ich gestern jeden in die Nebenräume gelassen hätte, wäre der Reiz nur kurz und flüchtig gewesen. Verbotenes hat immer eine große Anziehung, ganz egal, wie simpel und gewöhnlich die Angelegenheiten sind, die sich dahinter verbergen.«

Die karge Ausstattung der Räume erschien vor Elaines innerem Auge, und sie begriff, dass Béatrice recht hatte. Es galt Magie um das Alltägliche zu weben, um es zu etwas Besonderem zu machen. »Ich verstehe.«

»Gut. Vieles wird Euch die Zeit lehren, vieles Euer Gefühl. Vertraut einfach darauf.«

Gemeinsam schlenderten sie weiter durch den Park, Béatrice führte Elaine schließlich zum höchsten Punkt von *Belletoile*, der von einem Pavillon im griechischen Stil gekrönt wurde. »Wenn Ihr in der Küche Bescheid gebt, serviert man Euch hier jederzeit ein Picknick. Der Platz ist für zufällige Rendezvous wie geschaffen.«

Elaine genoss den Ausblick über die Welt, die ihr zu Füßen lag. »Werdet Ihr das alles nicht vermissen?«, fragte sie Béatrice, die neben sie getreten war.

»Ein Abschnitt meines Lebens, der zu Ende geht. Dafür beginnt ein neuer. So habe ich es immer betrachtet. Ich vermeide es, mich an Menschen oder Dinge zu hängen. Deshalb schaue ich auch in die Zukunft und nicht in die Vergangenheit. Und meine Zukunft liegt in Burgund an der Seite von Hector de Sevelles.« Sie blickte in die Ferne, als ob sie diese Zukunft bildlich erkennen könnte. »Das alles hier wird nichts weiter als eine flüchtige Erinnerung sein.«

Es fiel Elaine schwer, das zu verstehen. Vor allem, da bei der Erwähnung des Marquis violette Striemen auf weißer Haut vor ihrem inneren Auge auftauchten. Aber sie wollte den Punkt nicht vertiefen, um Streit zu vermeiden. »Habt Ihr für heute Abend etwas Besonderes geplant?«

»Heute Abend gibt es ein Kammerkonzert, meine letzte Nacht als Zeremonienmeisterin der Aphrodite ist morgen. Da ich so viele begeisterte Reaktionen bekommen habe, werde ich zu meinem Abschied noch einmal ein lebendes Dessert servieren. Und die nächste Nacht gehört dann Euch, Elaine.«

Der Gedanke, dass Béatrice in drei Tagen abreisen wollte und sie selbst in sechs Tagen eine Nacht der Aphrodite inszenieren sollte, verursachte ihr mehr als nur leichte Kopfschmerzen. »Und wenn ich es nicht schaffe?«, fragte sie leise.

»Ihr werdet es schaffen, keine Sorge. Sobald Ihr das Gewand der Zeremonienmeisterin übergestreift habt, seid Ihr jemand anders. Ihr habt mir oft genug zugesehen, um Euch in die Rolle einzufinden. Später werdet Ihr sie nach Eurem Gutdünken prägen.« Sie wandte sich zu Elaine und fixierte sie mit einem durchdringenden Blick. »Verlasst Euch auf Eure Intuition, versucht nicht immer, rationale Erklärungen zu finden. Die Menschen, die hierherkommen, wollen Abwechslung vom Alltag, sie sind bereit, jedes Spiel zu spielen, das Ihr vorschlagt. Sie sind begierig, etwas Neues kennenzulernen, sofern es sich nicht zu sehr vom Altbekannten unterscheidet.« Béatrice lächelte spöttisch. »Ihr werdet sehen, es ist viel einfacher, die Wünsche anderer zu befriedigen als die eigenen. Lasst Euch nicht dazu hinreißen, während einer aphrodisischen Nacht selbst Teil des Geschehens zu werden. Wenn Euch jemand gefällt, dann frönt dieser Leidenschaft im Geheimen. Diesen Rat kann ich Euch nicht oft genug geben.«

Elaine nickte. »Danke. Ich werde ihn beherzigen.«

19

Troy hob den Kopf von der Tischplatte und griff nach der Weinflasche, die neben ihm stand. Mit dem zweiten Versuch gelang es ihm, sie festzuhalten. Im Raum war es totenstill. Wie in einem Mausoleum.

Er hatte sich verboten, die Tage zu zählen, die seit Elaines Aufbruch vergangen waren. Das hieße, ihr eine Bedeutung zu geben, die sie nicht verdiente. Er kam bestens ohne sie zurecht.

Dass sich die Abende endlos dehnten, war ohne Belang. Ebenso wie die Tatsache, dass seine Mahlzeiten wieder aus Brot, Käse und Schinken bestanden. Dass sich seine Nächte kalt und klamm anfühlten, gleichgültig, wie viel Wein er in sich hineinschüttete.

Er vermisste sie nicht. Warum auch. Er war die meiste Zeit seines Lebens ohne sie zurechtgekommen, und das würde er auch in Zukunft tun. Die paar Wochen, die sie mit ihm auf *La Mimosa* verbracht hatte, waren nichts als ein Staubkörnchen, das man im Handumdrehen wegwischen konnte.

Dass er sich morgens nach der behaglich duftenden Küche sehnte, hatte nichts mit Elaine zu tun. Überhaupt nichts. Es war nur bequem gewesen, morgens an einem hübsch gedeckten Tisch zu sitzen und in warmes Gebäck zu beißen.

Wenn er die Augen schloss, dann konnte er den Duft nach frischgebackenen Brioches riechen. Wenn er die Augen schloss, dann konnte er Elaines Lachen hören. Aber das Lachen verebbte und verwandelte sich in hasserfüllte Worte. *Ich wusste, dass du ein Lügner bist, und jetzt weiß ich, dass du auch ein Feigling bist, Troy de Rossac. Du bist so jämmerlich, so erbärmlich.*

Das Schlimmste war, dass sie recht hatte. Es gab keine Entschuldigung für sein Handeln, und er wusste es. Aber wenn dieser verdammte Mariasse nicht gewesen wäre, hätte er vielleicht die Chance gehabt, mit Elaine zu reden und ihr Weggehen zu verhindern.

Nicht, dass es wichtig gewesen wäre, dass sie bei ihm blieb. Aber sie in den Fängen des Herzogs zu wissen, dieses nichtsnutzigen, arroganten, gepuderten Laffen, das setzte ihm zu. Er hatte nie verstanden, wie sich Tris mit diesem Mann hatte anfreunden können. Schon, als er dem Herzog das erste Mal begegnet war, hatte er eine unerklärliche Abneigung empfunden, die sich im Lauf der Zeit verstärkte.

Natürlich dankte er es Henri, dass er Tris bei seiner Flucht finanziell unterstützt hatte. Doch als er dann anfing, ihm regelmäßige Besuche abzustatten, deren einziger Zweck es war, zu überprüfen, ob er sich auch wirklich um *La Mimosa* kümmerte, wurde aus der Abneigung tiefer Hass.

Er hatte keine Ahnung, was der Herzog Elaine alles antun konnte, aber er malte sich die wüstesten Bilder aus. Ein Mann wie Mariasse bot seine Hilfe nicht ohne Berechnung an. Auch wenn er selbst kein Interesse an Frauen hatte, konnte er sie doch an seine zahlreichen Freunde weitergeben, im Austausch für andere Gefälligkeiten.

Bei dem Gedanken, dass sie einer der geifernden, in Samt und Seide gekleideten Kerle anfasste, stieg Troy die Galle auf. Dennoch sah er genau dieses Bild immer wieder vor sich. Er hatte nie verstanden, warum sie ihr Gesicht immer verstecken wollte. Völlig unnötig, sie war eine reizvolle Frau und ihr Körper ein Fest, ein Geschenk, das sie mit ihm geteilt hatte. Das war ihm immer bewusst gewesen. Während zwischen ihm und Ghislaine stets eine hauchdünne Glaswand gestanden hatte, war Elaine in ihrer Hingabe vollkommen gewesen. Sie hatte ihn geliebt. Wirklich geliebt. Aber er war in einen Traum vernarrt gewesen, dem er diese Liebe geopfert hatte.

Er nahm wieder einen Schluck aus der Flasche. Und irgendwo lachten sich boshafte Schicksalsgötter halbtot, denn plötzlich konnte er sich Maries Gesicht nicht mehr in Erinnerung rufen. Immer wenn er es versuchte, sahen ihn blassgrüne Augen durch silberblonde Haarsträhnen vorwurfsvoll an.

Das Kammerkonzert wurde von den Gästen mit gelangweiltem Wohlwollen ertragen. Sobald es zu Ende war, zerstreuten sie sich in alle Himmelsrichtungen, um sich entweder in die privaten Gemächer zurückzuziehen oder die milde Nacht im Park auf vielfältige Art zu genießen.

Béatrice schlenderte auf Henri zu. »Ihr wisst, dass morgen mein letzter Abend auf *Belletoile* ist?«

»Wie könnte ich das vergessen, verehrte Béatrice.« Er verbeugte sich spielerisch. »Habt Ihr Elaine in allem unterwiesen?«

»Ja, sie weiß Bescheid, zumindest in der Theorie. Ob sie es umsetzen kann, wird die Zukunft zeigen.«

Sie sahen beide zu Elaine, die sich mit einem Paar unterhielt. Neben ihr stand Vincent.

Béatrice öffnete ihren Fächer. »Sie scheint eine Schwäche für Vincent zu entwickeln.«

»Sie hat eine Schwäche für alles, was in ihren Augen Schutz braucht. Aus dem Nest gefallene Vögel, hungrige Kinder und verlorene Seelen.« Henri blickte in sein Glas.

»Mehr ist es nicht?«

Er schnippte ein Stäubchen von seinem Ärmel. »Da müsste

ich mich sehr täuschen. Und das tue ich selten, wie Ihr wisst.«

Béatrice lachte. »Oh ja, das weiß ich.«

»Und ich weiß, dass es sinnlos ist, Euch zu bitten, zu bleiben.« Er sah sie an, und sie erwiderte den Blick, ohne zu zögern. »Das ist es. Ich hatte eine wunderbare Zeit hier, aber jetzt erwartet mich ein neues, aufregendes Leben, auf das ich mich sehr freue.«

In ihren Augen stand ein leuchtender Glanz, und Henri bemerkte, dass sie über seine Schulter blickte. Ganz ohne Zweifel wartete Sevelles bereits auf sie.

»Ich wünsche Euch Glück. Falls sich die Dinge nicht so entwickeln, wie Ihr hofft, dann sollt Ihr wissen, dass Ihr hier immer willkommen seid.« Er beugte sich über ihre Hand und sagte dann: »Lasst ihn nicht warten.«

Ein Lächeln erschien auf ihrem Gesicht, wischte die Jahre beiseite und verwandelte sie in ein junges Mädchen. »Danke, Henri. Danke für alles.«

Er sah ihr nach, wie sie zu Sevelles hinüberging, mit leichten, beschwingten Schritten, die im völligen Gegensatz zu den provokativen, trägen Bewegungen standen, die sie als Zeremonienmeisterin stets zur Schau stellte.

Dann kehrte sein Blick zurück zu Elaine. In ein paar Tagen würde sich herausstellen, ob sie als Béatrices Nachfolgerin erfolgreich war. Vincent stand entspannt neben ihr und beteiligte sich lebhaft an der Konversation.

Henri verschränkte die Arme vor der Brust. Er musste sich um die Angelegenheit kümmern, und er würde es nicht länger aufschieben. Unauffällig verließ er den Saal und begab sich in sein Arbeitszimmer. Auf dem Weg dorthin erteilte er einem der herumeilenden Lakaien den Auftrag, Bertrand zu ihm zu schicken.

Im Arbeitszimmer setzte er sich hinter seinen Schreibtisch

und öffnete eine Lade. Noch bevor er die Feder angespitzt hatte, betrat Bertrand den Raum.

»Euer Gnaden haben gerufen?« Er blieb in angemessenem Abstand stehen. Mit seiner Größe und den für die Livree zu breiten Schultern wirkte er niemals devot, ganz egal wie sehr er sich darum bemühte. Der Kummer über den Tod seiner Tochter im letzten Winter hatte sein Haar weiß gefärbt und die Falten noch tiefer in sein Gesicht gegraben.

»Es geht um meinen Gast Vincent. Er hat das Gedächtnis verloren und kann sich an nichts erinnern, wie du sicher weißt. Ich denke, es ist an der Zeit, Nachforschungen bezüglich seiner Familie und seiner Herkunft anzustellen. Diese Aufgabe möchte ich in deine Hände legen, Bertrand.«

Der Mann verbeugte sich. »Sehr wohl, Euer Gnaden.«

Henri spielte mit der Gänsefeder. »Es versteht sich von selbst, dass äußerste Diskretion vonnöten ist.«

Bertrand verbeugte sich wortlos.

»Gut. Ich vertraue dir.« Er schob einen kleinen Lederbeutel über die Tischfläche. »Informationen sind in der Regel teuer. Verwende das Geld nach deinem Gutdünken.«

Bertrand machte einen einzigen großen Schritt nach vorne und griff nach dem Beutel.

»In einer Woche erstattest du mir Bericht. Wenn du früher zu Ergebnissen kommst, bin ich jederzeit zu sprechen.«

»Sehr wohl, Euer Gnaden.« Er ließ den Beutel in die Tasche seiner Livree gleiten. »Habt Ihr sonst noch Wünsche?«

»Im Augenblick nicht. Du darfst dich entfernen.«

Nach einer weiteren Verbeugung gehorchte Bertrand.

Henri stand auf und holte die Kristallflasche mit dem Cognac samt einem Glas. Er hatte vor, an Ghislaine zu schreiben. Vielleicht konnte er sie ja zu einem Besuch überreden. Viel zu viel Zeit war seit ihrem letzten Treffen vergangen. Außerdem harrte noch ein Stapel ungelesener und damit unbeantworteter Korrespondenz seiner Aufmerksamkeit.

Stunden später rieb er sein schmerzendes Handgelenk. Vorigen Sommer hatte ihn der letzte Sekretär verlassen, weil er lieber in Versailles bleiben wollte, als in die Provence zurückzukehren. Bisher hatte Henri es immer aufgeschoben, einen Sekretär zu suchen, der ihm diese Arbeit abnahm. Doch der Schreibkram wurde ihm zunehmend lästig, und es kostete ihn jedes Mal größere Überwindung, sich daranzusetzen.

Gähnend streckte er sich und legte die Feder beiseite. Die Balkontüre stand offen, der dünne Vorhang blähte sich leicht im Wind. Henri trat hinaus und atmete den Duft ein, den die verschiedenen blühenden Sträucher und Bäume verströmten. Noch immer brannten die Fackeln, die den Liebeshungrigen den Weg durch den Park wiesen. Doch die Nacht war still, keine Stimmen, kein Lachen drang zu ihm. Er wollte sich schon wieder abwenden, als er ein Geräusch vernahm, das zweifellos vom Seerosenteich kam. Er kniff die Augen zusammen, war sich aber nicht sicher, ob er etwas gesehen hatte oder nicht. Der Teich lag zu weit weg, und die Fackeln erhellten die Nacht nicht ausreichend.

Das Bild von Bertrands ertrunkener Tochter erstand in ungebetener Deutlichkeit vor ihm. Er riss die Türe auf und hastete die Stufen hinunter zum Gartentor. An der Außenwand steckte eine brennende Fackel, die er packte, ehe er weiter zum Seerosenteich rannte. Schon bevor er am Ufer ankam, wusste er, dass er sich nicht getäuscht hatte.

Atemlos blieb er beim Steg stehen und blickte auf die Wasseroberfläche, die sich heftig kräuselte. Seine Besorgnis legte sich. Niemand war in den Teich gestürzt, ob absichtlich oder zufällig, sondern jemand schwamm mit kräftigen Zügen durch das dunkle Wasser.

Henri unterdrückte den Impuls, zurückzuweichen, als er erkannte, um wen es sich handelte. Vincent. Was trieb den Mann dazu, mitten in der Nacht im Seerosenteich zu planschen? Genau genommen hatte er keine Sehnsucht, den Grund zu erfahren, aber er konnte sich auch nicht gut umdrehen und einfach weggehen, jetzt, da Vincent ihn gesehen hatte.

Er lehnte sich an den Pfahl, der den Steg am Ufer verankerte und wartete. Das Hemd klebte an seiner Haut, wie er erst jetzt merkte.

Vincent kam beim Steg an. Er zog sich daran hoch und schwang sich auf die Planken. Die Kraft hinter der geschmeidigen Bewegung blieb Henri ebenso wenig verborgen wie der Umstand, dass der junge Mann nackt war.

Dessen ungeachtet kam Vincent auf ihn zu. Und Henri, ein Kenner der männlichen Schönheit, der gewohnheitsmäßig die Unzulänglichkeiten eines Körpers mit einem Blick erfasste, bekam plötzlich Schwierigkeiten, regelmäßig zu atmen.

Vincents Figur besaß die Perfektion einer antiken Statue. Nicht nur von den Proportionen seiner Gliedmaßen her, den Muskeln, die sich im Spiel von Licht und Dunkel überdeutlich abzeichneten, sondern auch von den Feinheiten, auf die für gewöhnlich niemand achtete. Die kleinen Brustwarzen standen im richtigen Abstand völlig symmetrisch zueinander, und auch am Nabel war in Form und Größe nichts auszusetzen. Henris Blick glitt tiefer. Wasser tönte sein vermutlich goldblondes Schamhaar dunkler und perlte an den festen, glatten Schenkeln hinunter. Dazwischen lag ein gefällig anzusehendes Glied, unter dem sich zwei ebensolche Hoden befanden.

»Euer Gnaden.« Ein Hauch von Spott lag in Vincents Stimme, und Henri blickte ertappt auf. »Ich habe von meinem Arbeitszimmer eine Bewegung am Teich wahrgenommen.

Deshalb wollte ich nachsehen. Es ... gab hier vor kurzem einen Unglücksfall.«

Er brach abrupt ab. Warum suchte er nach Entschuldigungen, um sein Hiersein zu rechtfertigen? Er war der Herr von *Belletoile*, wenn sich jemand rechtfertigen musste, dann Vincent.

»Ich hatte auch nicht angenommen, dass Ihr mir Gesellschaft leisten wolltet.« Vincent sah ihn an. Seine Augen wirkten dunkel und undurchdringlich. Als Henri nichts erwiderte, bückte er sich nach seinem Hemd. Das Spiel der Muskeln in seiner Schulter und seinem Rücken ließ Henri wieder den Atem stocken. Mit aller Gewalt unterdrückte er den Impuls, die Hand auszustrecken und die feuchte Haut zu berühren. Er konnte sich nicht erinnern, jemals einen derart schönen Körper gesehen zu haben. Der Gedanke, ihn auf seinem Bett liegen zu sehen, träge und gesättigt von leidenschaftlichen Liebesspielen, ließ ihn auf der Stelle hart werden. Begehren überfiel ihn ebenso heftig wie ungebeten, und er kämpfte dagegen an, ihm nachzugeben. Der rationale Teil seines Verstandes erinnerte ihn daran, dass er nichts von Vincent wusste, außer, dass mit ihm ganz offensichtlich etwas nicht stimmte und dass er deshalb auf der Hut sein sollte. Der Teil seines Verstandes, der kein Interesse an Rationalität hatte, befahl ihm, diesem Mann zu zeigen, was Lust bedeuten konnte.

Vincent schüttelte seine Hose aus und stieg hinein. »Ich konnte nicht schlafen. In meinem Zimmer war es heiß und stickig. Deshalb wollte ich mich abkühlen. Wenn ich dadurch wieder einen Fauxpas begangen habe, dann bitte ich um Verzeihung.«

Die Worte rissen Henri aus seinen Gedanken, und er runzelte die Stirn. »Wieder?«

»Ihr wolltet mich gestern nicht beim Diner dabeihaben,

und ganz egal, was Ihr behauptet, es wäre Euch am liebsten, wenn ich verschwinden würde.« Er trat näher an Henri heran. »Was habt Ihr gegen mich?«

Henri hielt seinem Blick stand. Vincents Intuition erstaunte ihn. Aber was sollte er darauf erwidern? »Ich fürchtete um Eure ... Tugend. Ihr seid noch so jung, ich könnte Euer Vater sein ...« Das stimmte, allerdings fühlte er sich im Moment alles andere als Vincents Vater. »Daher wollte ich verhindern, dass Ihr Dinge seht, für die Ihr vielleicht noch nicht bereit seid.«

Vincent lachte. »Wie gütig.«

Der Mann glaubte ihm kein Wort. Henris Verärgerung stieg. Er war es nicht gewohnt, dass man sein Wort anzweifelte.

»Gut, wenn Ihr in diesen Dingen so erfahren seid und bereits zahllose Frauen in Eurem Bett beglückt habt, steht es Euch natürlich frei, an allen Veranstaltungen auf *Belletoile* teilzunehmen.«

Vincent zog das Band der Hose fest. »Ich habe nicht gesagt, dass ich erfahren bin. In der Tat habe ich noch mit keiner Frau mein Bett geteilt.«

Die Worte entwickelten in Henris Ohren ein seltsames Echo. Er biss sich vergeblich auf die Lippen, denn ein kleines Teufelchen brachte ihn dazu, die nächste Frage zu stellen. »Und mit Männern?«

Vincent sah ihn an. Die Flammen der Fackel tanzten über sein Gesicht. »Auch nicht mit Männern.«

Henris Erektion pochte schmerzhaft. Für endlose, quälende Momente spielte ihm seine Fantasie vor, wie es wäre, der Erste zu sein, der mit Vincent seine Lust teilte. Der Erste zu sein, der ihn zur Ekstase führte und alle Geheimnisse dieses atemberaubenden Körpers erforschte.

Vincent bewegte sich nicht. Die Luft zwischen ihnen vibrierte. Henri spürte es, aber er war nicht in der Lage, zu handeln. Sein leergefegtes Gehirn befand sich in einem tranceähnlichen Zustand. Gefangen zwischen Wunsch und Wirklichkeit, konnte er sich nicht entscheiden, in welche Richtung er gehen sollte.

Vincent brach den Bann, indem er seine Schuhe und seine Jacke aufhob. »Da Ihr Euch nun überzeugt habt, dass niemand zu Schaden gekommen ist …« Er ließ die Worte in der Luft hängen, um die Zweideutigkeit eindeutig deutlich zu machen. »… könnt Ihr Euch beruhigt zu Bett begeben, Euer Gnaden.«

Vincent ging an ihm vorbei, noch immer die Schuhe in der Hand, und Henri ertappte sich bei dem Gedanken, dass sogar die Füße dieses Mannes an Schönheit nicht zu übertreffen waren. Er ließ die Fackel sinken und folgte ihm.

»Ihr solltet in die Schuhe schlüpfen, Vincent. Der scharfkantige Kies schneidet in Eure Fußsohlen.« Er sprach die Worte aus, ohne zu überlegen. Ohne darüber nachzudenken, was seine Besorgnis bedeutete.

»Es stört mich nicht. Ich habe nur dieses Paar Schuhe, und ich fürchte, wenn ich mit nassen Füßen hineinsteige, werden sie vor der Zeit brüchig. Meine Strümpfe liegen in meinem Zimmer«, setzte er hinzu.

Erst jetzt fiel Henri auf, dass Vincent ja nur das Gewand besaß, das er am Leib trug. »Ich lasse Euch morgen früh Kleider bringen, damit Ihr etwas zum Wechseln habt, bis Euer Gedächtnis zurückkehrt.« Dass er daran nicht schon früher gedacht hatte, gab ein beredtes Zeugnis seines Misstrauens ab.

Sie kamen beim Haus an, und Henri steckte die Fackel zurück in die Halterung. Mittlerweile hatte er sich so weit gefangen, dass er Vincent mit der üblichen Distanz betrachten konnte.

»Ich danke Euch, Euer Gnaden. Ich weiß, dass ich Euch zur Last falle und hoffe, dass ich in Zukunft nicht wieder Euren Unwillen errege.« Der Blick, mit dem er Henri ansah, strafte die Unterwürfigkeit seiner Worte Lügen, ebenso wie die knappe Verbeugung.

Henri nahm sie mit einem ebenso knappen Kopfnicken zur Kenntnis und sah ihm nach, wie er zur Treppe ging. Die momentane Verblendung hatte sich gelegt, und sein Verstand arbeitete wieder. Und wies ihn mit aller Deutlichkeit darauf hin, dass Vincent ihm gerade verraten hatte, dass er sich doch an etwas aus seinem Leben erinnerte …

20

Elaine betrachtete den schwarzen Brokatanzug, der vor ihr auf dem Bett lag. Er war nach Maß für sie gefertigt worden, ebenso wie die Schnürstiefel mit den hohen Absätzen. Béatrice hatte ihre Accessoires mitgenommen, sie war vor wenigen Tagen mit dem Marquis de Sevelles abgereist. Der Abschied war kurz und herzlich gewesen, doch Elaine hatte deutlich gespürt, dass Béatrice mit ihren Gedanken schon ganz woanders war.

Bis zum Ende des Diners blieben ihr noch drei Stunden. Sie hatte sich für ein ihrer Meinung nach einfaches abendliches Vergnügen aus Béatrices Aufzeichnungen entschieden. Drei der Gäste waren eingeweiht und stellten damit die Hauptakteure. Bei Henri hatte sie sich für die Tafel entschuldigen lassen, denn ihre flatternden Nerven verhinderten, dass sie auch nur einen Bissen hinunterbrachte.

Langsam begann sie, ihr Kleid auszuziehen. Sie hatte Sandrine weggeschickt, diesen Schritt wollte sie ganz alleine machen, deshalb dauerte es eine geraume Weile, bis sie sich in die Zeremonienmeisterin der Aphrodite verwandelt hatte.

Mit bangem Herzen trat sie vor den Spiegel. Béatrices Worte fielen ihr ein, dass sie sich zu viele Gedanken machte. Aber sie konnte es nicht ändern.

Die Frau im Spiegel war ihr fremd. Der Anzug konturierte ihren Körper, als wäre sie nackt, ließ aber nur ihr Gesicht unbedeckt. Ausgerechnet ihr Gesicht. Sie versuchte sich mit Béatrices Augen zu sehen, aber statt nur das blasse Narbengespinst wahrzunehmen, erblickte sie dicke rote Wülste, die ihr Gesicht in eine monströse Fratze verwandelten. Tränen stiegen ihr in die Augen. Dann warf sie mit einer trotzigen Geste das Haar zurück.

Nein, dieses Bild gehörte in ihre Vergangenheit. Sie würde nicht zulassen, dass es ihre Gegenwart zerstörte. Die Narben waren verheilt, nicht verschwunden, aber verheilt. Sie musste sich nicht länger verstecken. Heute würde sie alle Blicke auf sich ziehen. Heute war sie die Zeremonienmeisterin der Aphrodite, die den Gästen Lust bringen würde. Eine Auserwählte, in deren Macht es lag, den anderen eine unvergessliche Nacht zu bescheren. Man würde sie achten und respektieren. Vielleicht auch begehren und beneiden.

Sie griff nach der Bürste und fing an, ihr Haar zu bearbeiten, bis es wie ein silberner Vorhang auf ihre Schultern fiel. Im Gegensatz zu Béatrice wollte sie es offen tragen, denn alle anderen Frauen steckten ihr Haar hoch und puderten es zumeist auch noch. Aber sie war nicht wie alle anderen Frauen. Sie war etwas Besonderes. Sie war die Zeremonienmeisterin der Lust.

Ihr Blut rauschte durch die Adern, und sie fühlte sich unbesiegbar. Der silberne Stab lehnte an der Wand. Sie nahm ihn, und als sich ihre Finger darum schlossen, fuhr ein neuerlicher Energiestoß durch sie hindurch. Euphorie ergriff von ihr Besitz und erstickte alle Zweifel.

Das Stakkato ihrer Absätze hallte durch die Gänge und beflügelte sie weiter. Sie war bereit, ihre Aufgabe zu übernehmen. Vor dem Ballsaal angekommen, wies sie die Diener mit einem Kopfnicken an, die Flügeltüren zu öffnen.

Der Stab stieß auf das Parkett, und die Unterhaltung der Anwesenden verebbte. Nur die leise Musik erklang weiter. Alle sahen ihr entgegen, und Elaine hob unmerklich den Kopf. Ihre Blicke glitten über die Gäste und entdeckten schließlich die Comtesse de Luisanne, mit der das Spiel beginnen sollte.

Elaine hob den Stab und zeigte auf die Comtesse. Sie trat vor, und Elaine ging auf sie zu. »Sie sucht sich einen Mann, der Ihr zu Diensten ist«, befahl sie mit fester Stimme.

Die Comtesse, eine schlanke Frau, deren Brüste aus dem Dekolleté ihres Kleides quollen, richtete ihren zusammengeklappten Fächer auf den Marquis de Farinet, der sich ihr sogleich näherte. Ehe er sie berühren konnte, hielt Elaine ihn mit dem Stab auf.

»Sie sucht sich einen zweiten dazu.«

Die Comtesse tat wie ihr geheißen und stand sodann zwischen Farinet und dem Baron Lalande.

»Messieurs, ihr entledigt euch eurer Kleider bis auf Strümpfe und Schuhe. Wer als Erster damit fertig ist, dem gehört ein Tanz mit Madame.«

Sie zog sich zurück und beobachte mit den restlichen Gästen, wie sich die beiden Männer im wahrsten Sinne des Wortes die Kleider vom Körper rissen. Farinet, der Sieger, eilte auf die Comtesse zu und wollte sie in die Arme schließen, aber der Stab stoppte ihn.

»Ein Tanz, Monsieur, nichts weiter.« Elaine drehte sich zu der Ecke, in der die Musiker saßen, die die ganze Zeit hindurch eine leise Melodie gespielt hatten. »Ein Menuett«, rief sie und wandte sich wieder an den Mann, der die Comtesse begehrlich ansah. »So lange, wie das Menuett dauert, darf er Madame entkleiden. Allerdings ist es verboten, dabei stehen zu bleiben. Dann übernimmt Sein Gegner und Er sieht zu.«

Die Aufgabe war knifflig, und obwohl die Comtesse sich willig an ihn schmiegte, sobald sie die Schritte zusammenführten, gelang es Farinet immer nur, ein paar Bänder und Haken zu lösen. Der Baron Lalande hatte sich mittlerweile ebenfalls seiner gesamten Kleidung entledigt und umfasste seine Erektion mit der rechten Hand.

Als der Tanz zu Ende war, trug die Comtesse nurmehr ihre Unterwäsche. Bei der Vorbesprechung hatte Elaine sie darauf hingewiesen, ein einfaches Kleid zu wählen, ohne Reifrock und weitere Unterröcke.

»Der zweite Tanz gehört Ihm, Monsieur.« Elaine nickte Lalande zu, und ein neues Musikstück erklang. Im Gegensatz zu seinem Vorgänger begnügte der Baron sich nicht damit, die Verschlüsse zu lösen, sondern riss den dünnen Batist brutal auseinander. Die Comtesse kreischte theatralisch auf, als die Stoffstücke zu Boden fielen. Sie drehte sich kokett, um allen ihre Vorzüge zu präsentieren und strich dabei lasziv über ihren Körper. Nicht nur Farinet und Lalande konnten ihre Augen nicht von ihr wenden.

Elaine wartete nicht, bis die Musik verklang, sondern stieß den Stab auf den Boden. »Und jetzt tanzt ihr zu dritt.«

Das ließen sie sich nicht zweimal sagen. Farinet legte seinen Arm von hinten um ihre Taille, während sich Lalande von vorne an sie presste und ihren Mund plünderte. Sie rieben sich aneinander, und die Finger der Comtesse glitten zwischen ihren und Lalandes Leib. Sie massierte seine harte Rute, bis er stöhnend den Kopf in den Nacken warf.

Farinets Hände lagen um ihre Brüste, sein Glied hatte er in die Spalte zwischen ihren Pobacken gebettet und bewegte es leicht hin und her.

Ohne Vorwarnung hob Lalande die Comtesse plötzlich hoch und setzte sie auf seine Rute. Sie schlang die Schenkel um seine Hüften, Farinet legte geistesgegenwärtig seine Hände unter ihr Hinterteil und unterstützte damit die Bewegungen, während er das feste Fleisch knetete. Dabei glitten seine Finger immer tiefer zwischen ihre Schenkel.

Die Zuschauer reckten die Hälse, um alles genau zu sehen, denn da sowohl Lalande als auch die Comtesse heftig aufstöhnten, war klar, dass Farinet mit beiden spielte.

Elaine ließ ihre Augen über die Gäste wandern. Wie erwartet, war der Großteil von ihnen schon selbst bei der Sache. Sie hatte beschlossen, an diesem Abend nicht einzuschreiten, wenn es sich vermeiden ließ, sondern sich auf die Aufführung der drei Hauptakteure zu beschränken.

Das hohe Wimmern der Comtesse ließ vermuten, dass sie ihren Höhepunkt erreichte. Lalande stieß weiter zu. Sein Körper glänzte vor Schweiß, und die Muskeln in seinen Schenkeln zitterten. Er biss die Zähne zusammen und gab keinen Ton von sich, als er kam.

Farinet hielt die zusammengesunkene Gestalt der Comtesse fest, während Lalande sich aus ihr zurückzog. Seine halbsteife Rute glänzte, und an der Vorhaut hing ein milchiger Tropfen. Eine Frau löste sich von den Zuschauern und fiel vor Lalande auf die Knie. Gierig leckte sie sein Glied sauber.

Indessen legte Farinet den schlaffen Körper der Comtesse auf den Boden und breitete ihre Schenkel auseinander. Seine Hände glitten unter ihre Hüften und hoben sie ein Stück an, ehe er seinen Kopf dazwischen versenkte. Für alle sichtbar, trank er sie in tiefen Zügen leer, die Augen geschlossen, das Gesicht vor Geilheit verzerrt. Erst dann rutschte er näher, zog die Vorhaut über die Eichel zurück und rieb mit der purpurfarbenen Spitze ein paar Mal über die klaffende Spalte, ehe er sich mit einem gutturalen Stöhnen in ihr vergrub.

Elaine wandte sich ab und öffnete die Tapetentüren zu den angrenzenden Gemächern. Sie inspizierte sie kurz, aber alles war in bester Ordnung und wartete nur darauf, von den Gästen in Besitz genommen zu werden.

Mit dem Stab in der Hand wanderte sie durch den Saal. Alles lief in geordneten Bahnen, wie sie erleichtert feststellte, keine Anzeichen für wie auch immer gearteten Ärger. Auf einem Stuhl entdeckte sie den Comte de Syra. Auf seinem Schoß saß mit dem Rücken an seine Brust geschmiegt eine Frau. Seine Knie hielten ihre Schenkel gespreizt, sodass Elaine sehen konnte, wie seine dicke Rute in ihr Fötzchen stieß. Als er merkte, dass sie ihn beobachtete, erschien ein wölfisches Lächeln auf seinem Gesicht, und seine Finger strichen über die geschwollenen Schamlippen der Frau. Seine andere Hand rieb die harte rote Brustwarze. Die Frau bäumte sich auf, während er weiter in ihren Schoß stieß. Er hob sie ein Stück hoch, ohne die Augen von Elaine zu wenden, und ließ sie zusehen, wie er seinen Samen verspritzte.

Elaine versuchte, Distanz zu wahren und von seiner Darbietung unberührt zu bleiben. Allerdings fielen ihr unpassenderweise seine Worte ein. *Ich genieße Eure Blicke. Alles, was ich tue, tue ich nur für Euch.* Ein wohliger Schauer lief über ihren Rücken, und ihre Brüste spannten vor Sehnsucht. Einen winzigen Moment lang erlaubte sie sich die Vorstellung, wie es wohl mit ihm wäre. Die Mischung von Faszination und Abscheu, die sie empfand, verwirrte sie. Sie hob das Kinn und legte alle ihr zur Verfügung stehende Kälte in ihren Blick. Ohne seine Reaktion abzuwarten, wandte sie sich ab und setzte ihre Patrouille fort.

Die meisten Gäste hatten sich in die angrenzenden Räume zurückgezogen, vermutlich aus Gründen der Bequemlichkeit. Diejenigen, die geblieben waren, vergnügten sich auf dem glatten Parkett oder benutzten die herumstehenden Sessel für ihre Zwecke. Zu ihnen gehörten auch Farinet, Lalande und die Comtesse de Luisanne.

Lalande lag auf dem Rücken, die Comtesse saß auf ihm und lehnte sich schwer an Farinet, der hinter ihr kniete. Im Gegensatz zu den beiden Männern, deren Kleidung zwar ramponiert, aber zu großen Teilen noch vorhanden war, trug sie keinen Faden mehr auf ihrem milchweißen Leib. Ihre schweren Brüste wurden von Farinet geknetet, während Lalandes linke Hand auf ihrer Hüfte lag und die rechte über die weit geöffnete Spalte strich, in der seine Rute steckte. Farinet stieß sie langsam von hinten und bei jedem Stoß bewegte sie sich mit ihm.

In den Notizen von Béatrice hatte Elaine bei der Comtesse den folgenden Vermerk gefunden: zeigt sich gerne; bevorzugt, von mehreren Männern gleichzeitig genommen zu werden; keine weiblichen Partnerinnen. Bei Farinet stand, dass er es sowohl mit Frauen als auch mit Männern trieb, am liebsten mit beiden gleichzeitig, und bei Lalande gab es nur zwei Worte: macht alles.

Die Ménage-à-trois, die sie vollführten, wurde von einem Zuschauer beobachtet, der neben ihnen kniete und sich selbst befriedigte. Als er kam, ergoss er sich stöhnend auf das Parkett, aber sein Samen war nicht der erste, der dort verschwendet wurde.

Elaine schlenderte zu den geöffneten Tapetentüren. Auch hier war man eifrig bei der Sache, aber es gab keine Anzeichen für Ärger. Also nahm sie ein Glas Champagner von einem Tablett und ging damit zu Vincent, der bei der geöffneten Tür zum Garten stand. Wieder trug er das weiße Ansteck-tuch, das ihn als Zuschauer auswies.

Er lächelte ihr zu. »Respekt, Mademoiselle Elaine. Ich wäre nie darauf gekommen, dass Ihr die Nachfolgerin von Béatrice sein könntet.«

»Darf ich fragen, warum?« Sie nippte an ihrem Glas.

»Oh, das sollte keine Beleidigung sein.« Er hob beschwichtigend die Hände. »Nichts liegt mir ferner. Ich fand es wirklich bewundernswert, wie Ihr Euch durch dieses Kostüm verändert habt.«

Elaine nickte. »So erging es mir auch, als ich mich das erste Mal im Spiegel erblickt habe.«

»Kleider machen wohl tatsächlich Leute.« In seiner Stimme schwang ein Hauch von Spott mit. Er hielt ihr den kostbar bestickten Ärmel seiner Jacke hin, aus der die Spitzen des Hemdes über seine Fingerknöchel rieselten. »Dem Herzog beliebte es, mich mit vergessenen Kleidungsstücken der Gäste auszustaffieren. Wer weiß, ob ich nicht in den Gewändern eines Prinzen stecke.«

»Euer Gedächtnis ist also noch nicht zurückgekehrt.« Sie versuchte, die Feststellung neutral klingen zu lassen.

»Vielleicht ist es aber auch nur der Justaucorps eines zu Geld gekommenen Kaufmanns«, erwiderte er, ohne auf ihre Worte einzugehen. »Was meint Ihr?«

Elaine beschloss, auf sein Ablenkungsmanöver einzugehen. »Ich wage zu bezweifeln, dass ein zu Geld gekommener Kaufmann Zutritt zu den Nächten der Aphrodite hat. Also liegt der Verdacht nahe, dass es zumindest ein Graf ist, dessen Kleider Ihr tragt.«

Er zog die Augenbrauen zusammen. »Haltet Ihr den Herzog für so dünkelhaft, dass er nur Gäste aus seinen eigenen Kreisen duldet?«

»Nein.« Elaine sah zu Henri hinüber, der neben dem Kamin saß und sich mit einem Mann unterhielt. »Allerdings zweifle ich daran, dass jemand, der nicht zu seinen Kreisen gehört, einfach hier auftauchen würde. Nach allem, was ich seit meinem Hiersein erfahren habe, erfreuen sich *Belletoile* und sein Besitzer eines Rufes, der das unmöglich macht.«

»Also bin ich heute ein Prinz.« Er gähnte hinter vorgehaltener Hand. »Und der Prinz ist müde. Ich wünsche Euch eine … erfolgreiche Nacht.«

Nach einer makellosen Verbeugung durchquerte er den Saal. Ehe er die Klinke berührte, schwang die Tür auf, und ein Mann betrat den Raum. Eine dicke Staubschicht bedeckte seine Stiefel, und auch der Rest seiner Kleidung wirkte in dem eleganten Rahmen reichlich deplatziert. Er sah sich um und ging dann zielstrebig auf Elaine zu.

Als sie ihn erkannte, hätte sie beinahe das Glas fallen lassen. Aber da stand er bereits vor ihr, und in seinen grauen Augen wetterleuchtete es.

21

Troy kämpfte heldenhaft darum, nicht völlig die Beherrschung zu verlieren. Da hatte er sich nach qualvollen Kämpfen mit seinem vernünftigen Ich dazu überwunden, *Belletoile* aufzusuchen, um mit Elaine zu sprechen. Ganz im Klaren, worüber er eigentlich mit ihr sprechen wollte, war er sich nicht. Er wusste nur, dass er mit ihr reden musste.

Doch in dem Moment, als er den Saal betreten hatte, verließen ihn alle sorgsam vorbereiteten Floskeln auf Nimmerwiedersehen. Die Realität erwies sich schlimmer als alle seine Mutmaßungen. Auf dem Parkett trieben es mehrere Paare miteinander – wobei der Begriff Paar hier eine neue Dimension bekam. Damit nicht genug, lagen Kleidungsstücke, Schuhe, Perücken herum, von den sie zum Teil befleckenden Substanzen ganz zu schweigen. Aus den angrenzenden Zimmern drangen Laute an sein Ohr, die vermuten ließen, dass man dort ebenfalls fleischlichen Gelüsten frönte.

Und inmitten dieses Südenpfuhls stand Elaine in einem Gewand, das ihren Körper umschloss wie ein Handschuh. Jeder der Anwesenden konnte den Anblick genießen. Seine rechte Hand ballte sich zu einer Faust, und er richtete seinen Blick auf Elaines Gesicht.

Sie stand so ruhig wie eine Statue. Ihre blassgrünen Augen erwiderten seinen Blick ohne erkennbare Gefühlsregung. Weder Freude noch Erstaunen, aber auch keine Wut spiegelte sich darin.

Er suchte nach Worten, doch ehe er etwas sagen konnte, wurde er am Arm gepackt und weggezerrt. Völlig aus dem

Konzept gebracht, ließ er sich zur Tür befördern. Erst, als sie vor dem Ballsaal standen, riss er sich aus dem festen Griff des Herzogs los.

»Was fällt Euch ein, mich so zu behandeln, Henri?«, fuhr er ihn an.

»Und was fällt Euch ein, einfach mein Haus zu betreten? Ich kann mich nicht erinnern, eine Einladung ausgesprochen zu haben. Wir waren keine Freunde, und wir sind keine Freunde, Troy.« Die Stimme des Herzogs klirrte vor Kälte.

Troy verschränkte die Arme vor der Brust. »Habe ich Euch jemals eingeladen, mein Haus zu betreten? Das hat Euch nicht gehindert, also warum sollte es mich hindern. Außerdem komme ich nicht zu Euch. Ich komme zu Elaine.«

»Natürlich kommt Ihr zu Elaine, darum habe ich Euch schleunigst aus ihrer Nähe entfernt. Das ist ihre Nacht, ihr Auftritt, und den werdet Ihr nicht kaputt machen.«

»Ihre Nacht, was soll das heißen? Zu welchen abartigen Spielen habt Ihr sie gezwungen?« Er machte einen Schritt auf den Herzog zu, der ihn unbeeindruckt ansah.

»Ihr kennt Elaine schlecht, wenn Ihr glaubt, dass man sie zu etwas zwingen kann. Sie ist die Zeremonienmeisterin der Nächte der Aphrodite.«

»Die Nächte der Aphrodite? Ist das der Namen für diese … diese Orgie?«, fragte Troy fassungslos.

»Ganz richtig, und Elaine inszeniert diese Orgie. Deshalb ist es ihre Nacht, und ich werde verhindern, dass Ihr ihren verdienten Erfolg zunichtemacht. Ich begleite Euch zur Tür, Troy. Wenn Ihr dem Pferd die Sporen gebt, schafft Ihr es noch vor dem Morgengrauen nach *La Mimosa*.« Henri griff wieder nach Troys Arm.

Troy grub die Absätze seiner Stiefel in den Teppich und sah den Herzog trotzig an. »Ich muss mit Elaine reden. Dann gehe ich.« Seine Kiefer mahlten aufeinander, ehe er die nächsten Worte widerwillig herauspresste. »Gewährt mir diese Bitte. Dann seht Ihr mich nicht wieder.«

Henri schwieg, seine Hand hielt noch immer Troys Oberarm fest. Sein maskenhaft geschminktes Gesicht erschien Troy in diesem Augenblick wie eine Fratze aus einem Albtraum, der plötzlich wahr geworden war. Wenn Henri ihn aus dem Haus warf, dann konnte er nichts dagegen unternehmen. Dass er vollkommen auf den guten Willen eines von ihm verabscheuten Mannes angewiesen war, behagte ihm gar nicht.

Das Schweigen zerrte ebenso an seinen Nerven, wie der erstaunlich feste Griff des Herzogs. Troy hätte nie gedacht, dass er seinen Standpunkt mit roher Gewalt durchsetzen könnte. Dass sich hinter Seide, Brokat und Puder kräftige Muskeln verbargen. Er unterdrückte den Impuls, seine Bitte zu wiederholen. So weit würde er sich nicht demütigen. Er würde nicht um die Gunst des Herzogs flehen. Dann musste es eben einen anderen Weg geben, um sein Ziel zu erreichen. Er straffte sich unmerklich, bereit, das Urteil aus dem Mund des Herzogs von Mariasse entgegenzunehmen.

»Ich gestehe Euch ein Gespräch mit Mademoiselle Elaine zu«, sagte Henri da zu seiner Überraschung und ließ ihn los. »Allerdings nicht heute und nicht jetzt. Der morgige Tag muss dafür ausreichen.«

Troy sah ihn überrascht an und verbeugte sich dann. »Ich danke Euch für Euer Verständnis und für Eure Gastfreundschaft, Henri.« Die Worte kamen erstaunlich schnell und glatt über seine Lippen.

Der Herzog nickte. »Ich werde den Auftrag geben, für Eure Unterbringung zu sorgen, folgt mir bitte. Wie habt Ihr es übrigens geschafft, ungehindert bis zum Ballsaal vorzudringen?«

Troy steckte die Hände in die Jackentaschen, während er neben dem Herzog ging. »Immerhin kennt man mich hier, ich habe Tris mehrmals nach *Belletoile* begleitet. Da war es ein Leichtes, die Lakaien zu überzeugen, dass ich erwartet wurde.«

Sie erreichten die Halle, und Henri winkte einen livrierten Diener zu sich. »Der Chevalier de Rossac bleibt über Nacht. Bringt ihn gut unter und erfüllt ihm seine Wünsche. Wie alle meine Gäste soll er sich hier wie ein König fühlen.« Der Sarkasmus in seinen Worten entging Troy nicht, aber er verkniff sich eine entsprechende Antwort. Immerhin war ihm der Herzog entgegengekommen, also konnte er das auch tun.

Elaine starrte auf die Tür des Ballsaals, die hinter den beiden Männern ins Schloss gefallen war. Sie konnte nicht glauben, dass Troy tatsächlich hierhergekommen war. Seinem Gesichtsausdruck nach fand ihr Auftritt in seinen Augen keine Billigung, und sie musste Henri dankbar sein, dass er ihn aus dem Saal entfernt hatte, ehe es zu einem Skandal kommen konnte.

Sie fragte sich nur, was er hier wollte. Was er von ihr wollte, verbesserte sie in Gedanken, denn so, wie er auf sie losgestürmt war, konnte ein Anstandsbesuch bei Henri ausgeschlossen werden.

Sie hoffte, dass ihn der Herzog nicht nur aus dem Saal, sondern auch von *Belletoile* verbannte. Gerade fing sie an, nicht dauernd an ihn zu denken. Wie sollte sie ihn vergessen, wenn er ihr nicht nur im Kopf herumspukte, sondern nun sogar leibhaftig vor ihr auf und ab spazierte?

Diese Hoffnung zerschlug sich am nächsten Vormittag. Beim Frühstück fand sie ein Schreiben von Henri, der sie zu ihrem gelungenen ersten Auftritt als Zeremonienmeisterin der Aphrodite beglückwünschte. Außerdem informierte er sie, dass Troy de Rossac als Gast auf *Belletoile* weilte und ihn gebeten hatte, die Möglichkeit für ein Gespräch mit ihr zu arrangieren.

Sie ließ das Blatt sinken. Wieder schoss ihr die Frage durch den Kopf, was er von ihr wollte. Aber um das zu erfahren, musste sie sich wohl oder übel mit ihm treffen. Also antwortete sie Henri, dass sie mit einer Zusammenkunft einverstanden war.

Drei Stunden später stieg sie den Weg zum Diana-Pavillon hinauf. Sie sah schon von weitem, wie Troy unruhig auf und ab ging. Als er sie entdeckte, blieb er stehen und blickte ihr entgegen.

Die Sonne stand hinter ihm, deshalb fiel es ihr schwer, seinen Gesichtsausdruck zu erkennen. Er griff nach ihrer Hand und hob sie an die Lippen. »Elaine.«

Sie neigte den Kopf. »Troy.«

Er unterbrach das entstandene Schweigen mit einem verlegenen Räuspern. »Setzen wir uns doch«, schlug er dann vor und nahm ihren Ellbogen, um sie zu einer der steinernen Bänke zu führen. Sie spürte den Druck seiner Finger durch den dünnen Stoff und erschauerte. Mit übertriebener Heftigkeit riss sie sich los und setzte sich auf die Bank, wobei sie ihre Röcke so arrangierte, dass er ihr nicht näher kommen konnte als unbedingt nötig.

Sie atmete tief durch und beschloss, den Stier bei den Hörnern zu packen. »Ich bin erstaunt, dich hier zu sehen, Troy. Nach unserem … Abschied dachte ich nicht, dass dir *Belletoile* als lohnendes Ausflugsziel erscheint.«

»Das tut es auch nicht. Ich bin hier, weil ich mit dir sprechen muss, Elaine. An diesem unglückseligen Tag lief alles so falsch, so ... «

»Willst du mir sagen, dass du mich nicht bei dir behalten hast, weil du in meine Schwester verliebt warst und du dir mit mir vormachen konntest, sie doch noch bekommen zu haben?«, unterbrach sie ihn barsch.

Er senkte den Kopf. »Nein, das will ich dir nicht sagen, Elaine. Es wäre eine Lüge, und gelogen habe ich in der Vergangenheit wohl mehr als genug. Ich will dich um Verzeihung bitten, ich will dich bitten, meine Entschuldigung anzunehmen. Sonst habe ich keine ruhige Minute mehr.«

Elaine spürte, wie die letzte, die winzigste Hoffnung in ihr erstarb. Wieder ging es ihm nicht um sie, sondern nur um die Absolution seiner Sünden.

Sie betrachtete ihre im Schoß gefalteten Hände. »Du bist dir ganz offensichtlich nicht im Klaren darüber, was du verlangst, Troy. Und wie sehr du mich verletzt hast.« Langsam hob sie den Blick. »Ich weiß nicht, ob ich dir das jemals verzeihen kann. Wenn du deshalb gekommen bist, dann solltest du besser wieder heimfahren.«

»Und dich hierlassen? In diesem Hort des Verderbens? Henri führt dich auf einen Weg, der in der ewigen Verdammnis endet. Das kann ich nicht zulassen.«

»Du überschätzt dich gewaltig, Troy. Niemand fragt dich, ob es dir gefällt oder nicht. Ich bin aus freien Stücken hier, ich bin die Zeremonienmeisterin der Lust – und das gefällt mir sehr viel besser, als Böden zu schrubben oder für einen Mann die Beine breit zu machen, der mich gar nicht wahrnimmt.« Die Wut verlieh ihren Worten schneidende Kälte. »Ich fühle mich hier sehr wohl, ich mag Henri, und die Rolle, die ich spiele, macht mir großen Spaß. Und deine Meinung zu alldem interessiert mich nicht so viel, Troy.« Sie schnippte mit den Fingern.

Er presste die Lippen zusammen. »Wenn ich dich bitte, mich nach *La Mimosa* zu begleiten und alles noch einmal neu zu beginnen ...«

Seine Unverfrorenheit, diesen Vorschlag laut auszusprechen, machte sie so wütend, dass sie tief durchatmen musste, um ruhig weitersprechen zu können. Er begriff tatsächlich nicht, wie tief die Wunde war, die er ihr geschlagen hatte. »Spar dir die Worte, Troy. Sie fruchten nicht. Ich kann dir nicht vergeben, deshalb kann ich auch nicht mehr mit dir unter einem Dach leben, ganz egal, welches Schildchen du auf diese Beziehung kleben möchtest.«

Seine Miene verfinsterte sich. »Was müsste ich tun, damit du mir vergibst?«

Sie zuckte mit den Schultern. »Ich weiß es nicht, vermutlich nichts, manche Dinge kann man eben nicht ungeschehen machen. Am besten, du kehrst wieder nach *La Mimosa* zurück.« Sie stand auf. »Leb wohl, Troy.«

»Elaine ...«

Ohne auf ihn zu achten, ging sie den Weg zurück, den sie gekommen war. Wut brodelte in ihr wie ein verzehrendes Feuer, und ihre Finger ballten sich zu Fäusten. Ihr mühsam zurückerobertes Selbstbewusstsein lag in tausend Scherben und dafür hatten wenige Augenblicke mit Troy ausgereicht. Wie konnte er auf die Idee kommen, dass sie so einfach alles vergessen und noch einmal von vorne anfangen würde – mit ihm. Nach allem, was er ihr angetan hatte. Seine Gedankenlosigkeit bewies mehr als alles andere, wie unbedeutend die ganze Sache für ihn war. Ihr Blick verschleierte sich, und sie stolperte in den ersten sich bietenden Toreingang.

Erst der Geruch nach Heu und Pferd und Leder brachte sie darauf, dass sie sich in die Stallungen geflüchtet hatte. Sie lehnte sich an die gekalkte Wand und ließ ihren Tränen freien

Lauf. Wie dumm sie war. Sich die Augen rot zu heulen, wo es ihr so gut ging wie noch nie in ihrem Leben.

Fahrig rieb sie mit dem Handrücken über ihre Augen. Natürlich hatte sie kein Taschentuch eingesteckt.

»Hier.«

Elaine blinzelte. Aber nicht Troy stand vor ihr – natürlich hätte sie nie erwartet, dass er ihr gefolgt wäre – sondern Vincent. Sie griff nach dem mit Spitzen verzierten Tüchlein. »Danke.«

So sehr sie auch versuchte, ihre Tränen zu trocken, es wollte nicht recht gelingen, weil der Strom einfach nicht abriss. Sie spürte, wie er sie an sich zog, und in ihrem Schmerz krallte sie die Finger in seine Jacke und barg den Kopf an seiner Schulter. Seine Hand strich über ihren zuckenden Rücken, und er murmelte besänftigende Worte in ihr Ohr.

Als sie ihre Fassung einigermaßen wiedergewonnen hatte, hob sie den Kopf. »Entschuldigt, dass Ihr Zeuge meines Ausbruchs werden musstet. Es ist mir sehr unangenehm, ich habe noch nie geweint.«

»Dann wurde es wohl Zeit.« Er lächelte sie aufmunternd an. »Und es geht Euch jetzt bestimmt besser, nicht wahr?«

Elaine nickte zaghaft. Tatsächlich fühlte sie sich besser, so, als wäre ein großer Druck von ihr genommen worden.

»Wer hat es denn gewagt, Euch zum Weinen zu bringen, Mademoiselle Elaine?«

Elaine schwieg. So weit wollte sie sich Vincent nicht offenbaren. Ihre Sorgen gingen niemanden etwas an, damit musste sie ganz alleine fertig werden. Deshalb machte sie eine vage Handbewegung. »Das ist nicht wichtig, Vincent. Dank Euch fühle ich mich auch schon wieder ganz gut.«

»Das freut mich. Trügt mich meine Vermutung, dass der gestern Abend angekommene Gast, der so rüde in den Ballsaal gestürmt ist, eventuell etwas damit zu haben könnte?«

Er strich ihr eine Haarsträhne aus dem Gesicht und zog dann ein zweites Taschentuch aus seiner Jacke, mit dem er ihr die Augenwinkel abtupfte.

Elaine seufzte. »Eventuell könnte das der Fall sein.«

»Hat er Euch leiden lassen?

Sie schwieg, und er faltete das Tuch sorgfältig zusammen, ehe er es wieder einsteckte. »Natürlich müsst Ihr mir nicht antworten, aber wer, wenn nicht Ihr, hat es in der Hand, ihn ebenso leiden zu lassen?«

Elaine sah ihn an. Sie brauchte einige Augenblicke, um seine Worte in all ihrer Bedeutung zu erfassen. Dann ging ihr auf, dass er recht hatte. Sie konnte Troy spüren lassen, was Demütigung hieß, was es hieß, nur ein Ersatz zu sein, für das, was man wirklich wollte. So weit hatte sie in ihrer Rolle als Zeremonienmeisterin nicht gedacht.

Sie atmete tief ein und befreite sich aus Vincents Umarmung. Das war die Lösung. Troy hatte wissen wollen, was er tun musste, damit sie ihm verzieh. Nun, jetzt konnte sie ihm eine Antwort geben. Allerdings bezweifelte sie, dass ihm diese Antwort gefallen würde.

22

Der Stiefel, in dem Henris Fuß steckte, schwebte für den Bruchteil eines Atemzugs in der Luft, als er erkannte, an wessen Brust sich Elaine gerade hingebungsvoll schmiegte. Dann setzte er seinen Weg zu Fuego fort. Er hatte Lust auf einen scharfen Ritt, und außerdem wollte er bei den Pächtern nach dem Rechten sehen.

Die beiden waren so ineinander vertieft, dass sie ihn nicht bemerkten, als er hinter ihnen vorbeiging. Und als er auf Fuego die Stallungen verließ, waren sie verschwunden.

Er trieb das Pferd zu einer schnellen Gangart an, sobald sie sich auf freiem Gelände befanden. Dennoch ließ ihn das Gesehene nicht los. Kein Wunder, seit der nächtlichen Episode am Seerosenteich beschäftigen sich seine Gedanken viel zu sehr mit Vincent. Auch wenn er sich immer wieder vorsagte, dass der Junge, abgesehen von der fehlenden Vergangenheit und den ungeklärten Umständen des herabstürzenden Leuchters, für ihn viel zu jung war. Er bevorzugte gleichaltrige Partner, das brachte weniger Komplikationen mit sich, wie ihm die Erfahrung mit Jérôme wieder einmal deutlich vor Augen geführt hatte. Und Jérôme war wesentlich älter als Vincent.

Dennoch gehörte der athletische Körper des jungen Mannes zu seinen Lieblingsfantasien, wenn er sich abends auf seinem Bett ausstreckte. Aber diese Fantasie musste Fantasie bleiben, dafür würde er schon sorgen.

Er fasste die Zügel kürzer und beugte sich über den Hals des Pferdes, um die Hecke im Sprung zu nehmen. Was dann im Einzelnen passierte, entzog sich später seiner Erinnerung. Fuego setzte zum Sprung an, hob ab, und ehe er wieder die Hufe auf den Boden setzte, flog Henri über den Kopf des Pferdes. Er schlug hart auf der Wiese auf, und der Tag verdunkelte sich zu einer sternenlosen Nacht.

Troy blickte Elaine ungläubig an. Als ihm Sandrine ihre Botschaft zu einem neuerlichen Treffen im Rosensalon überbracht hatte, war ihm vor Erleichterung ein Stein vom Herzen gefallen. Vielleicht gab es ja doch noch eine Möglichkeit, Elaine zu überzeugen, *Belletoile* zu verlassen.

Aber der Vorschlag, den sie ihm da unterbreitete, war schlicht und einfach indiskutabel. »Das ... das kann nicht dein Ernst sein.«

Elaine stellte die Tasse auf die zierliche Untertasse. »Oh doch, Troy, das ist mein Ernst.«

»Du willst, dass ich mich unter die Gäste dieser Orgien mische ...«

»Die Nächte der Aphrodite«, warf sie mit unschuldigem Augenaufschlag ein.

»... und an den Orgien teilnehme«, sagte er ohne auf ihren Einwurf zu achten. »Damit nicht genug, soll ich mich bei dieser Gelegenheit völlig deinem Willen unterwerfen.«

»Nein, du sollst wie alle anderen Gäste die Spiele mitspielen, die ich inszeniere.« Sie sah ihn weiter an, und er hatte Mühe, den Blick von ihr zu lösen. Als es ihm gelang, begann er, im Raum auf und ab zu wandern, während Elaine in einem zartgeblümten Kleid wie ein unschuldiges junges Mädchen auf dem Sofa saß.

Er schüttelte den Kopf. »Nein, dein Angebot hat nichts mit Verzeihen oder Vergeben zu tun. Sondern nur mit Rache und Vergeltung.«

Elaine legte die Hände ineinander. »Vielleicht ist es das. Vielleicht ist es aber auch nur ein Versuch, ein Ungleichgewicht wieder auszugleichen.«

Er blieb ihr gegenüber vor dem zierlichen Tischchen stehen und verschränkte die Arme vor der Brust. »Wenn ich es tue, gehst du dann mit mir nach *La Mimosa* zurück?«

Sie betrachtete ihre schmucklosen Finger. Dann hob sie den Kopf. »Nein.«

»Warum sollte ich demnach auf deinen Vorschlag eingehen?«, knirschte er. Die Wut, die in ihm wegen ihres unverfrorenen Ansinnens kochte, legte einen roten Schleier vor sein Blickfeld.

»Weil ich möchte, dass du mich als mich selbst siehst. Nicht als Maries Schwester, und schon gar nicht als ... Marie. In den Nächten der Aphrodite bin ich die Zeremonienmeisterin der Lust, ein völlig eigenständiges Wesen. Aber ein Teil davon ist in mir, in Elaine. Sonst könnte ich diese Rolle nicht spielen, sonst würde sie mir keinen Spaß machen. Wenn du diesen Teil von mir siehst und annehmen kannst, dann beweist es mir, dass deine Entschuldigung mehr ist als leere Worte. Dann wird es mir vielleicht möglich sein, sie zu akzeptieren und dir zu vergeben. Und deshalb bist du ja gekommen«, fügte sie kalt hinzu.

Er war gekommen, um sie nach *La Mimosa* zu holen. Um dieses Mal alles richtig zu machen, weil ... weil ... Sogar in Gedanken weigerte er sich, den Satz mit den Worten zu vollenden, die ihm sein Herz zuflüsterte. Stattdessen ergänzte er ihn mit dem Vorwand, der ihn nach *Belletoile* gebracht hatte – Elaine aus Henris Fängen zu befreien.

»Du sagst, dass du mir vielleicht vergeben wirst. Vielleicht.« Er lachte bitter auf. »Was soll das sein? Ein Krümel, nach dem ich gierig schnappen soll?«

Elaine seufzte. »Ein Angebot, das ich dir mache. Nichts

weiter. Du hast mich glauben lassen, dass du meine Vergebung wünschst, ich habe dir meine Bedingungen dafür genannt. Sie anzunehmen, steht dir natürlich frei.« Sie griff nach der Porzellantasse und hob sie an die Lippen.

Natürlich stand es ihm frei, ihr den Rücken zu kehren, und heimzureiten nach *La Mimosa*, wo ihn außer Einsamkeit nur schmerzende Erinnerungen erwarteten. Damit allerdings würde er alle Chancen einbüßen, Elaine jemals wiederzusehen. Wenn er jedoch blieb, dann könnte er die Zeit nutzen, um sein Ziel zu erreichen. Um sein Spiel zu spielen. Wenn er es geschickt genug anstellte, dann würde er Elaines Entschluss ins Wanken bringen. Dieser Gedanke löschte seine weißglühende Wut.

»Was genau willst du von mir? Was soll ich in den Or... in den Nächten der Aphrodite tun?«, fragte er wesentlich ruhiger und setzte sich in einen Lehnsessel.

»Du bist ein Teil jener Gäste, mit denen ich meine Tableaus in Szene setze, kein bloßer Zuschauer. Das bedeutet, dass du alles tust, was ich dir auftrage.«

»Was du mir befiehlst. Ich soll also dein Sklave sein.«

Er wartete auf ihren halbherzigen Protest, aber sie lächelte nur wie ein Kätzchen am Sahnetopf. »Wenn es sein muss, auch das.«

Da sollte sie noch einmal behaupten, dass sie nicht an Rache und Vergeltung dachte. Von wegen Ungleichgewicht. Sie wollte ihn bezahlen lassen.

Seine Finger krampften sich um die Armstützen. »Wie lange?«

»So lange ich es will.«

Er betrachtete sie mit finsterer Miene. Eine noch nie zuvor gespürte Kraft strahlte von ihr aus wie Sonnenlicht. Sie trug ihr Haar hochgesteckt und mit bunten Blüten geschmückt. Ihr Gesicht drückte gelassene Zuversicht aus. Da war nichts mehr übrig von dem scheuen Mädchen, das auf der Schwelle von *La Mimosa* nach Marie gefragt hatte und sich dabei verlegen die Haarsträhnen ins Gesicht strich. Heute erwiderte sie seinen Blick frei und unbekümmert. Jeder Zoll ihrer Erscheinung war eine selbstsichere Grande Dame. Wie konnte sie sich in der kurzen Zeit nur so verändert haben? Dann erinnerte er sich an ihre Worte von vorhin. Vielleicht hatte sie sich gar nicht verändert, vielleicht war nur ein Teil von ihr zum Leben erwacht, der vorher keinen Platz gehabt hatte, sich zu entfalten.

Er atmete tief durch. In seinen Ohren summte es so laut, dass er seine Worte nicht hörte. »Ich bin einverstanden.«

»Sehr schön.« Ihre Stimme klang für ihn verzerrt, und er fuhr sich mit den Fingern in den Kragen, um die plötzliche Enge zu bekämpfen.

»Heute Abend dann ...«

Elaine schüttelte den Kopf. »Nein, die nächste Nacht der Aphrodite ist erst übermorgen. Du kannst dich also in aller Ruhe ein wenig erholen. Der Park ist wunderschön, du solltest dir wirklich Zeit nehmen, ihn zu erkunden.« Sie lächelte ihn ausgesprochen freundlich an.

Die jähe Luftknappheit war vorbei. Er konnte wieder klar denken. »Überspanne meine Geduld nicht, Elaine«, sagte er mit einem drohenden Unterton.

»Ach, tue ich das etwa?«, fragte sie mit unschuldsvoller Miene, wartete seine Antwort aber nicht ab, sondern erhob sich und ging aufgeräumt an ihm vorbei. Bei der Tür blieb sie stehen, um ihm einen Blick über die Schulter zuzuwerfen. »Wir sehen uns, Troy. Und du solltest dich wirklich ausruhen, die Nächte der Aphrodite haben es in sich, glaub mir, mein Lieber.«

In Henris Kopf hämmerte eine Gruppe Bergleute mit kleinen silbernen Spitzhacken. Er rollte sich stöhnend auf die Seite. Was war geschehen? Und wo befand er sich überhaupt?

Seine Hand, die in einem ledernen Handschuh steckte, tastete über den Untergrund. Hart, uneben, grasbewachsen. Mühsam öffnete er die Augen und blinzelte in das grelle Sonnenlicht. Als er sich aufrichten wollte, protestierte jeder Knochen in seinem Leib mit einem wütenden Aufschrei.

Fuego graste ein paar Meter von ihm entfernt. Der Rücken des Pferdes war nackt. Henri blickte sich um. Der Sattel lag hinter ihm. Mit mehreren Versuchen gelang es ihm, sich aufzurappeln und auf allen vieren hinüberzukriechen.

Er drehte den Sattel um und inspizierte den Gurt. Als er die Enden untersuchte, stockte ihm der Atem. Er hatte mit brüchigem, abgewetztem Leder gerechnet, aber statt ausgefranster Kanten sah er nur glatte Enden. Jemand hatte den Gurt eingeschnitten, damit er bei der ersten größeren Belastung riss.

Die Erkenntnis, was das bedeutete, lähmte Henri. Jemand begnügte sich nicht damit, ihm mit Gerüchten und Intrigen das Leben schwer zu machen, sondern war ganz offensichtlich entschlossen, ihn in einem kühlen Grab zu sehen. Fast hatte er den Zwischenfall mit dem Leuchter schon wieder vergessen gehabt. Doch jetzt bekam er eine viel tiefere Bedeutung. Ebenso wie Vincents Rolle dabei. Denn auch im Stall hatte sich Vincent vorhin herumgetrieben.

Er starrte die Enden des Gurts an, als könnte er ihnen eine Antwort entlocken. Dann warf er sie mit einer unwilligen Geste beiseite.

Ohne auf seine schmerzenden Knochen zu achten, stand er auf und ging mit steifen Schritten zu Fuego. Sich am Hals und der Mähne des Pferdes festzuhalten, um sich hinaufzuziehen, kostete ihn größere Anstrengung, als er gedacht hatte. Aber darauf zu warten, bis jemand vorbeikam, konnte Stunden dauern.

Während er Fuego im Schritt gehen ließ, überlegte er, was er unternehmen sollte. Offensichtlich trachtete ihm jemand nach dem Leben. Und seine Beobachtungen machten Vincent zum Hauptverdächtigen. Der erste, impulsive Gedanke verleitete ihn dazu, Vincent zur Rede zu stellen und ihm dann die Tür zu weisen. Gleichgültig, was immer er zu den Verdächtigungen sagte. Henri nahm nicht an, dass Vincent einfach zugeben würde, mit den *Vorfällen* zu tun zu haben. Oder gestehen, warum er es getan hatte.

Aber genau das wollte Henri wissen. Welchen Grund mochte es geben, der Vincent oder jemand anders dazu bringen konnte, ihm nach dem Leben zu trachten? Er war sich keiner Schuld bewusst, er hatte niemanden herausgefordert, verletzt oder jemandem sonst wie Schaden zugefügt. Sticheleien wegen Geld und Macht, das war nichts Neues, doch diese Intrigen liefen anders ab. Ihr Ziel war es, seinem Ruf zu schaden, nicht ihn zu töten. Und er war sich ganz sicher, Vincent noch nie zuvor begegnet zu sein. Was natürlich keine Bedeutung hatte, wenn Vincent ein von einem Feind gedungener Mörder war, der beabsichtigte, sich sein Vertrauen zu erschleichen, um im richtigen Moment zuschlagen zu können.

Also verwarf er den Gedanken, Vincent aufzusuchen, sobald er in *Belletoile* eintraf und auf die Vorkommnisse anzusprechen. Er wollte Hintergründe, und die würde er nur über Umwege bekommen. Vielleicht hatte Bernard etwas herausgefunden, das Licht in die Angelegenheit bringen konnte. Und wenn nicht, dann würde er Vincent im Auge behalten, um ihn gegebenenfalls auf frischer Tat zu ertappen.

Die Stallknechte halfen Henri beim Absteigen und nahmen seinen Befehl entgegen, sich auf die Suche nach dem

Sattel zu machen und ihn in sein Arbeitszimmer zu bringen.

Er humpelte zu seinem Schlafzimmer und ließ sich aufs Bett fallen. Etienne half ihm beim Entkleiden und fragte, ob er ihm ein Bad zubereiten lassen sollte. Henri winkte ab. »Ein wenig Ruhe wird genügen.«

»Sehr wohl, Euer Gnaden.« Etienne sammelte die Kleidungsstücke ein und verstaute sie im Ankleidezimmer. Ehe er den Raum endgültig verließ, hielt ihn die Stimme des Herzogs noch einmal zurück. »Schick mir Bernard.«

Wenig später trat der Erste Kammerdiener ein und blieb vor dem Bett stehen, um sich zu verbeugen. »Euer Gnaden beliebten mich zu sehen?«

»Ja. Es geht um den Auftrag, den ich dir vor kurzem gegeben habe. Hast du schon etwas über Vincent herausbekommen?«

»Bedauerlicherweise nicht, Euer Gnaden. Die Zeit ist viel zu knapp.«

Henri rieb sich das Kinn. »Ist dir auf *Belletoile* irgendetwas Ungewöhnliches aufgefallen?«

»In welcher Hinsicht?«, fragte Bernard zurück.

»Das kann ich nicht sagen.« Henri schloss die Augen und lehnte den Kopf an das Betthaupt. Er wollte nicht mehr preisgeben als nötig. »Du bist einer derjenigen, die am längsten auf *Belletoile* sind. Dir würde auffallen, wenn sich hier jemand herumtreibt, wenn hier Dinge vor sich gehen, die nicht in Ordnung sind.«

»Das ist richtig, Euer Gnaden.« Bernards Stimme blieb ebenso ausdruckslos wie seine Miene. Das konnte Henri feststellen, als er die Augen wieder öffnete. Wenn der Mann Gefühle hatte, dann verbarg er sie sehr gut. Nicht einmal bei der Mitteilung des Freitods seiner Tochter hatte er eine Reaktion gezeigt, sondern war so steif wie eh und je geblieben. Die

Tatsache, dass Henri ein anständiges Begräbnis für das Mädchen organisiert hatte, entlockte ihm nicht mehr als ein knappes *Danke, Euer Gnaden*.

Resignierend brachte Henri die Sache zum Abschluss. »Gut, dann bitte ich dich, weiter Augen und Ohren offen zu halten und mich über Auffälligkeiten zu informieren.«

»Sehr wohl, Euer Gnaden.« Bernards Verbeugung war tadellos wie immer.

Henri blickte auf den breiten Rücken in der dunklen Livree und fragte sich, wie oft Bernard in seinem Leben als Kammerdiener diese Floskel wohl gebraucht haben mochte.

23

Troy verfolgte mit angespannten Zügen, wie Elaine in ihrem *Kostüm* als Zeremonienmeisterin den Kaminsalon betrat. Ihr folgten drei Frauen und drei Männer, die in bodenlange, togaähnliche Gewänder gehüllt waren. Sie stellten sich neben dem Billardtisch auf, der in der Mitte des Raumes stand, und ließen die Togen zu Boden gleiten.

Die restlichen Gäste hatten es sich auf den Sofas und Chaiselongues gemütlich gemacht. Erwartungsvolle Blicke richteten sich auf Elaine, die zu dem Wandschränkchen ging, in dem die Billardstöcke aufbewahrt wurden. Sie verteilte die Stöcke mit den schaufelförmigen Enden unter den jetzt nackten Akteuren. Dann legte sie die Kugeln auf den Tisch.

»Jeder gegen jeden. Den Sieger oder die Siegerin erwartet ein besonderer Preis.« Mit einem Blick in die Runde fuhr sie fort. »Die Zuschauer mögen nach Belieben näher treten, das Berühren der Spieler ist verboten. Wer dem zuwiderhandelt, verlässt den Salon.«

Sie schlenderte zum Kamin und blieb dort stehen, um den Raum zu überblicken. Das Bild, das sich ihr und den Zuschauern bot, war gleichermaßen kokett wie einladend. Die Frauen hatten ihr Haar kunstvoll hochgesteckt und geschmückt, als trügen sie *grande toilette*, die Gesichter waren sorgfältig geschminkt. Ihre Seidenstrümpfe waren unter dem Knie mit bunten Bändern gebunden, und ihre Füße steckten in Pantoletten, an deren geschwungenen Absätzen zahlreiche Edelsteine funkelten. Schönheitspflästerchen lenkten den

Blick auf wohlgerundete Hinterteile und keck zur Schau gestellte Brüste.

Zwei der Männer trugen polierte Schnallenschuhe, einer glänzende schwarze Stiefel. Ihre Erregung war offensichtlich, und sie paradierten damit um den Tisch, um sich allen zu zeigen. Im Gegensatz zu den Zuschauern durften sich die Spieler berühren und davon machten sie reichlich Gebrauch, wenn sie nicht selbst am Zug waren.

Sobald sich eine der Frauen über den Tisch beugte und damit ihr intimstes Geheimnis mit allen im Raum teilte, ging ein kollektives Aufseufzen durch das Publikum. Natürlich ließen sie sich Zeit, den Stoß auszuführen, streckten ein Bein nach hinten oder gingen in die Hocke, um sich besseren Überblick zu verschaffen und die erotische Stimmung anzuheizen.

Die Erregung im Raum stieg. Nur wenige Zuschauer hatten das Angebot, sich an den Tisch zu stellen, angenommen. Die meisten saßen entspannt auf den Stühlen und Bänken und verfolgten die Darbietung, während sie an sich selbst oder ihren Sitznachbarn herumspielten.

Die Marquise de Molignard hatte ihr Queue längst beiseitegelegt und widmete sich ihrem Mitspieler, Sébastien de Villefort. Als die Reihe an ihn fiel, und er an den Tisch trat, rutschte sie ihm auf den Knien nach, um weiter an seiner Rute zu saugen, während er die Kugel über das grüne Tuch trieb. Mit dem letzten Stoß kam er, und spritzte seinen Saft über ihr Gesicht und ihre Brüste, die sie ihm mit spitzen, anfeuernden Schreien entgegenreckte.

Troy versuchte, einen undurchdringlichen Ausdruck auf seinem Gesicht festfrieren zu lassen. Die aufgeheizte Stimmung im Raum blieb auf ihn nicht ohne Wirkung, aber obwohl sich seine Erektion hart gegen die Vorderseite seiner Hose presste, verfolgte er die Szene mit Widerwillen. Er hatte geahnt, dass es solche Orgien gab, aber er hätte gerne auf diese hautnahe Erfahrung verzichtet. Noch dazu, wo sein Plan, sich Elaine während seines Aufenthalts zu nähern, bisher erfolglos geblieben war. In den vergangenen Tagen hatte sie vorgegeben, zu beschäftigt zu sein, um mit ihm durch den Park zu spazieren oder sonst wie Zeit zu verbringen.

Seine Blicke hingen an ihr, als könnte er sie damit an Ort und Stelle bannen. Was natürlich nicht gelang, denn sie schritt mit wiegenden Hüften durch den Raum, ihre langen Beine in den hochhackigen Stiefeln ein einziges, verlockendes Angebot an seine Sinne. Bis jetzt hatte keiner der Anwesenden sie berührt, und er hoffte, dass es so bleiben würde, denn er wusste nicht, ob er sich so weit in der Gewalt hatte, einen Eklat zu verhindern und sich damit noch lächerlicher zu machen, als er sich bereits fühlte.

Nurmehr zwei Spieler kümmerten sich ernsthaft um das Spiel. Der Comte und die Comtesse du Marisol. Der Comte blieb Sieger und warf das Queue mit einer triumphierenden Geste auf den Tisch. »Ich habe gewonnen. Was ist mein Preis, Mademoiselle Elaine?«, rief er und sah sich nach ihr um.

Sie ging zu ihm, mit derart lasziven Bewegungen, dass Troy zu der Überzeugung kam, dass sie selbst der Preis war. Er ballte die Fäuste und spürte, wie sich auf seiner Stirn feine Schweißperlen bildeten. Er konnte nicht dabei zusehen, wenn sie sich einem anderen Mann hingab. Diese Gewissheit tauchte so unvermittelt in seinem Kopf auf, dass sie alles andere beiseitewischte. Er erkannte die Vorwände und Ausflüchte, die ihn nach *Belletoile* führten und die nur ein einziges Ziel hatten: zu verhindern, sich ein für alle Mal eingestehen zu müssen, dass es Elaine war, die er liebte, und nicht ein Phantom, das auf den Namen Marie hörte.

Er hätte Elaine niemals gehen lassen dürfen. Niemals. Er hätte sich ihr zu Füßen werfen und ihre Vergebung erflehen sollen. Dass er es nicht getan hatte, dafür musste er jetzt bezahlen. Sie wollte, dass er ihr zusah, wie sie einem anderen Mann gewährte, was nur ihm zustehen sollte. Was er in seiner Dummheit leichtfertig verschenkt hatte.

Er würde es nicht ertragen. So viel stand fest. Er würde es nicht ertragen, zu sehen, wie sie mit einem anderen Mann den Gipfel der Lust erreichte. Wenn sie stöhnte und sich auf dem Billardtisch wand, während der Comte sich in ihrem heißen, feuchten Fleisch versenkte.

»Als Sieger habt Ihr einen Wunsch frei, Comte«, sagte Elaine gerade.

Troy hegte keinen Zweifel, welchen Wunsch der Comte aussprechen würde. Fieberhaft suchte er nach einem Ausweg. Die Tür des Salons erschien ihm plötzlich so weit entfernt wie der Mond. Auch die Konsequenzen einer Flucht wollte er im Augenblick nicht in Betracht ziehen. Elaines Zorn würde mit Sicherheit grenzenlos sein. Egal. Alles war besser, als sie mit einem anderen Mann sehen zu müssen.

Im gleichen Moment, als er sich in Bewegung setzen wollte, sagte der Comte du Marisol: »Und das ist mein Wunsch – ich will zusehen, wie meine Frau von einem anderen Mann genommen wird. Ich will sehen, wie sie vor Lust schreit, während sie gefickt wird.«

Elaine wirkte nicht sonderlich überrascht, sondern nickte nur. »Natürlich, der Wunsch sei Euch gewährt. Ich nehme an, Ihr wollt den Mann selbst bestimmen?«

»So ist es.«

»Dann trefft Eure Wahl.«

Die Wendung der Dinge erstaunte Troy nicht wenig, aber bevor er vor Erleichterung aufatmen konnte, stand der Comte vor ihm und blickte ihn mit nachtschwarzen Augen an. »Ich wähle Euch, Chevalier de Rossac.«

Troys Verstand rastete langsam ein. Ein Blick zu Elaine,

und er wusste, dass das kein Zufall war, sondern ein abgekartetes Spiel. Sie trat an die Seite des Comte, ohne auf seine Reaktion zu achten. »Dann lasst uns gehen, im gelben Salon ist alles vorbereitet.«

Er hatte gedacht, dass es das Schlimmste wäre, ihr zusehen zu müssen, wie sie von einem fremden Mann genommen wurde. Aber jetzt begriff er, dass es noch etwas viel Schlimmeres gab. Sie würde ihm zusehen, wie er eine andere Frau nahm. Sie würde ihn demütigen und ihm seine Machtlosigkeit deutlich machen. Sie würde ihn benutzen, wie er sie benutzt hatte.

In ihren Augen stand kein Funken Mitgefühl. Harte, kalte Smaragde. Das stumme Duell dauerte nur wenige Atemzüge, aber Elaine schmetterte sein unausgesprochenes Flehen ab.

Ein Arm glitt von hinten unter seine Jacke, und er zuckte zusammen.

»Was für einen stattlichen Gefährten du mir ausgesucht hast, Antoine«, gurrte die Comtesse. »Ich kann es gar nicht erwarten.«

Der Comte reichte ihr die Toga und hüllte sich in seine eigene. »Ich kenne deine Ansprüche, Juliette, und ich bin dein Sklave, was ihre Erfüllung betrifft.«

Juliette du Marisols Finger krallten sich in Troys Arm. Er fühlte sich wie ein Lamm, das zur Schlachtbank geführt wurde, als er hinter Elaine und dem Comte den Raum verließ.

Der gelbe Salon befand sich im selben Flügel. Neben dem Fenster stand eine Liege mit Kissen, drei mit gelbem Brokat überzogene Sessel gruppierten sich um ein Tischchen, auf dem ein Strauß Blumen stand. Die auf den ersten Blick ins Auge fallende biedere Harmlosigkeit des Salons wurde durch an den Wänden entlanglaufende Spiegel zunichtegemacht.

Sobald sich die Türe hinter ihnen geschlossen hatte, ließ die Comtesse Troys Arm los, streifte die Toga ab und lief leichtfüßig zu der Liege, um sich darauf auszustrecken. Sie spreizte die Beine und wölbte den Rücken, um allen ihre Schätze zu zeigen.

Troy trat so langsam näher, als hinge an seinem Bein eine Eisenkugel. Er hatte noch nie eine völlig enthaarte Frau gesehen, und diese Tatsache lenkte ihn kurzfristig ab. Die kleinen Schamlippen kräuselten sich bräunlich rosa über ihrem klaffenden Schlund und wurden von ihrem prallen Kitzler gekrönt. Das sanfte Glänzen verriet, wie feucht und bereit sie schon war.

Er hob den Kopf und sah ihr ins Gesicht. Sie erwiderte den Blick aus halbgeschlossenen Augen und grub die Zähne in ihren Zeigefinger, als müsste sie bereits ein Stöhnen ersticken.

Das Stakkato von Elaines Absätzen auf dem Parkett rief ihm ihre Gegenwart überdeutlich ins Gedächtnis. Noch einmal versuchte er sie durch das stumme Flehen in seinem Gesicht umzustimmen. Sie blieb so stehen, dass sie den Blickkontakt mit ihm im Spiegel halten konnte und verschränkte als Antwort auf seine Frage in einer abweisenden Geste die Arme vor der Brust.

Resignierend streifte Troy seine Jacke von den Schultern. Als er anfing, sein Hemd aufzuknöpfen, stand der Comte plötzlich neben ihm und blickte auf seine Frau hinunter. Auch er hatte sich bereits seiner Toga entledigt.

»Dieser Anblick zwingt mich immer wieder in die Knie, mein Herz. Ich muss dich kosten, ein kleines Amuse-Gueule, das gewährst du mir doch, Liebste?«

Sie zog eine Schnute. »Aber kommen will ich mit ihm, Antoine, vergiss das nicht.«

»Wie könnte ich.« Er kniete sich vor der Liege nieder und

drückte ihre Schenkel noch weiter auseinander, ehe er seinen Kopf dazwischen vergrub.

Im Raum war es still, bis auf die schmatzenden Geräusche des Comte, der das Fötzchen seiner Frau leckte. In einem Winkel seines Verstandes hoffte Troy, dass der Kelch an ihm vorübergehen würde. Doch ein Blick in die Augen der Frau, die ihn ansah wie die Schlange ihre Beute, belehrte ihn eines Bessren. Ihr Mund verzog sich zu etwas, das ein Lächeln sein sollte. »Kommt näher, mein Lieber. Ich will sehen, was Antoine für mich gewonnen hat.«

Widerwillig trat er an die Liege. Der obere Teil stand schräg und damit befand sich seine Erektion, die sich durch den dunklen Stoff der Hose deutlich abzeichnete, auf Höhe ihrer Augen.

Sie hob die Hand, strich darüber, und ihr Lächeln vertiefte sich. Dann öffnete sie die untersten Knöpfe seines Hemdes und zerrte so lange daran, bis es zu Boden fiel. Während sie ihn betrachtete, leckte sie mit der Zunge über ihre Oberlippe und sagte dann anerkennend: »Ihr seid ein stattlicher Mann, Monsieur de Rossac. Welch Wohltat nach all den schmächtigen Jungchen, deren Körper ohne Kleider wie schmalbrüstige Suppenhühner aussehen.«

Ihre Finger hantierten geschickt an den Bändern seiner Hose, die schließlich nach unten glitt und seine harte Rute befreite. Ohne Umschweife schloss sie ihre Hand darum und fuhr die gesamte Länge von der Wurzel bis zur Spitze entlang. »Stattlich in mehr als einer Beziehung. Ich kann es gar nicht erwarten, Euch in mir zu spüren.« Sie beugte sich vor und nahm die Spitze seines Gliedes in den Mund, während sie ihn weiter mit der Hand molk.

Troy betrachtete die Steine in ihrem dunklen Haar, die bei jeder Bewegung im Licht funkelten. Sie machte ihre Sache ausgezeichnet, wie er zugeben musste, dennoch war er weit davon entfernt, jene Art von Erregung zu verspüren, die ihm Elaines Mund verschaffte. Verschafft hatte, korrigierte er sich. Die Comtesse hob den Kopf und musterte seine glänzende, purpurfarbene Eichel. »Oh ja, genau so will ich ihn haben, und ich will ihn sofort haben. Antoine, mach Platz.«

»Ein bisschen noch, Liebste, ein kleines ...«

»Troll dich und zwar hurtig, ich will jetzt deinen Gewinn einlösen«, fuhr sie ihn scharf an.

Der Comte gehorchte sichtlich widerstrebend und lehnte sich schwer atmend neben dem Fenster an die Wand. Seine Lippen waren geschwollen und feucht von den Säften seiner Frau. Gierig leckte er mit der Zunge immer wieder darüber.

Die Comtesse beachtete ihn nicht. Ihre ganze Aufmerksamkeit galt Troy. »Ihr seid dran, Monsieur de Rossac, ich zähle auf einen scharfen Ritt.« Auffordernd strich sie über ihre geschwollene Spalte.

Troy blickte in den Spiegel. Elaine stand unverändert mit verschränkten Armen und steinernem Gesichtsausdruck an ihrem Platz. Er verdrängte den Gedanken an sie oder versuchte es zumindest, als er sich zwischen die Schenkel der Comtesse kniete und sein Glied in die Hand nahm, um es zu positionieren.

»Besorgt es ihr, Rossac. Bringt sie zum Schreien«, keuchte der Comte neben ihm. Er hielt seine Rute mit der Faust umklammert und wichste sie mit langen, schnellen Bewegungen. Dabei hielt er die Augen auf das Geschlecht seiner Frau gerichtet, das Troys Glied Zoll für Zoll in sich aufnahm.

»Tiefer«, forderte er heiser. »Steckt ihn rein bis Eure Eier ihren Arsch küssen. Sie braucht es tief und hart.«

Troy sah die Comtesse an. Ihre Pupillen fraßen die Iris auf und aus ihrem Mund drang ein dumpfes Stöhnen, als er das letzte Stück in sie hineinstieß. Ihr heißes Fleisch saugte an seiner Rute, wie es zuvor ihre Lippen getan hatten. Sein Blut jagte schneller durch die Adern. Er wandte den Blick von den dicken roten Brustwarzen der Frau ab, die sie zwischen Daumen und Zeigefinger rollte, um ihre Erregung zu steigern.

»Das gefällt dir, Liebste, zeig mir, wie sehr es dir gefällt. Lass mich hören, wie gut er dich fickt. Ich liebe es, wenn du stöhnst und schreist«, feuerte der Comte seine Frau an, während er unablässig seine Rute rieb.

Troy stützte die Hände auf der Rückenlehne der Liege ab und rammte sich mit aller Kraft in die Frau unter ihm. Wieder blickte er in den Spiegel und sah, dass Elaine auf ihn zuging. Die laszive Bewegung ihrer langen Beine, das fast unhörbare Geräusch der sich aneinanderreibenden Schenkel und der Schwung ihrer Hüften versetzten seiner Erregung einen neuerlichen Schub, und er biss die Zähne zusammen, um nicht zu stöhnen. Diese Genugtuung wollte er niemandem im Raum gewähren.

Elaine stand neben ihm. Er atmete den leichten Duft ein, der sie umgab, ein Hauch von Zitrone und Verbenen, frisch und unverbraucht – ein wunderbarer Gegensatz zu den schwülen Moschusdünsten, die den Raum erfüllten. Langsam wandte er den Kopf, und sein Herz setzte einen Schlag aus. Ihre hellen, grün schimmernden Augen wirkten verhangen, ihre Wangen leicht gerötet und ihr Haar ergoss sich wie flüssiges Silber auf den schwarzen Brokat der Jacke. Sie war so nahe, dass er nur die Hand ausstrecken musste, um sie zu berühren.

»Elaine«, flüsterte er, taub und blind für alles andere um ihn herum. »Elaine.« Ein Beben lief durch seinen Körper, der mechanisch weiter in die unter ihm liegende Frau stieß. Die Muskeln in seinem Unterleib spannten sich an, und er biss sich auf die Lippen, um nicht zu stöhnen.

Ohne Vorwarnung drückte das Ende des Zeremonienstabes jäh in die empfindliche Stelle seines Unterkiefers. Verständnislos blickte er an dem silbernen Stab entlang, über die schwarzbehandschuhten Finger in Elaines Gesicht. Sie beugte sich vor, so weit, dass ihr seidiges Haar seine Wange streifte.

»Ich verbiete dir, in ihr zu kommen, Troy. Hast du mich verstanden? Ich verbiete es dir.« Ihre Stimme klang fest und so kühl, als spräche sie über die Besorgungen des Küchenchefs. Er versuchte die Worte zu verstehen, sah aber nichts als ihren Mund, von dem er nur zu gut wusste, wie er sich auf seinem anfühlte.

Die Frau unter ihm stieß spitze, lustvolle Schreie aus, der Comte malträtierte seine Rute weiter, obwohl seine Bewegungen immer eckiger wurden und sein Gesicht ebenso auberginefarben anlief wie die Kuppe seines Schafts.

Das alles hörte und sah Troy nicht. Seine Blicke hingen an Elaines Lippen, die sich leicht öffneten und dann wieder zu einem schmalen Strich zusammenpressten. Das Ende des Stabes drückte fester in die Stelle hinter seinem Kinn. »Du wirst nicht kommen, hörst du, Troy? Ich verbiete es dir!«

Jetzt endlich erreichte der Sinn ihrer Worte seinen Verstand. Er atmete rasselnd ein und begriff die Absicht dahinter. Sie wollte seine Demütigung noch weiter treiben. Seine Lust kontrollieren, so wie er es unbewusst getan hatte, als er mit ihr ins Bett gestiegen war. Wut durchsetzte seine Erregung, doch es war hilflose Wut. Wenn er ihr gehorchte, gab er ihr einen weiteren Triumph in die Hand. Wenn er ihr nicht gehorchte, könnte sie glauben, dass er sie belogen hatte und in jeder Frau kommen konnte – nur nicht in ihr. Dass er sogar einer wildfremden Frau das geben konnte, was er ihr vorenthalten hatte.

Er machte eine ungestüme Bewegung mit dem Kopf, um den Stab loszuwerden. »Hör auf damit, Elaine«, stieß er zwischen den Zähnen heraus.

»Womit? Ich erinnere dich nur daran, dass du in keiner anderen Frau kommen kannst – willst du nicht die Erinnerung an Marie besudeln«, antwortete sie spöttisch und strich mit dem Stab in der Parodie einer Liebkosung über seine Wange. »Ich helfe dir. Ich helfe dir dabei, dich für deine große Liebe aufzusparen. Das ist doch ausgesprochen nobel von mir.«

Er lachte heiser auf. Der neuerliche Höhepunkt der Comtesse leckte mit glühenden Zungen über seine Eichel. Dennoch hatte er sich unter Kontrolle, und zwar so vollkommen wie noch nie zuvor. »Nobel? Elaine, was du tust, ist nicht nobel. Es ist die kleinliche Rache einer verletzten Frau. Du willst mich in den Schmutz treten, aber das wird dir nicht gelingen.«

Mit diesen Worten zog er sich aus der Comtesse zurück und pumpte seinen Samen auf die goldgelben Kissen zwischen ihren Schenkeln. Ohne das Ehepaar weiter zu beachten, sah er Elaine an. Ihr Gesicht war weiß, und ihre freie Hand ballte sich zur Faust, um sich gleich wieder zu öffnen.

Sie wandte sich ab und ging mit schnellen Schritten zur Tür. Troy sprang auf, zog seine Hose hoch und lief ihr nach. Das Blut rauschte in seinen Ohren, und seine Wut verschleierte ihm den Blick. Er holte sie auf dem Flur ein und packte sie am Arm. Mit roher Kraft wirbelte er sie zu sich herum. »Tu das nie wieder, Elaine, mach dich nie wieder zum Richter über mein Leben.«

24

Elaine blickte in Troys Gesicht, das sich in eine grimmige Maske verwandelt hatte. Zorn strahlte in heftigen Wogen von ihm ab. Und obwohl dieser Zorn, der dem ihrem in nichts nachstand, sich unverhüllt gegen sie richtete, empfand sie keine Angst.

Auf dem Papier hatte ihr Plan so gut ausgesehen. So einfach. Ihre Rolle dabei eine glatte Sache. Sie wollte ihn demütigen und ihn verletzen, wie er sie verletzt hatte. Ihn zum erotischen Spielball eines triebhaften Ehepaares zu machen, schien ihr dafür wie geschaffen. Sie selbst als Zeugin und Exekutorin seiner Schmach sollte das Bild perfekt abrunden.

Trotzdem war sie gescheitert. Nicht nur, weil er sich ihr entzogen hatte und ihr damit klarmachte, dass er nur sich selbst gehörte. Schon als er begonnen hatte, sich auszuziehen und als die Comtesse ihn berührt hatte, kehrte sich der Plan gegen sie. Denn sie konnte nicht unbeteiligt bleiben, sie konnte nicht ruhig zusehen, wie sich die schlanken Finger um seine Rute schlossen und wie seine Rückenmuskeln unter der Haut spielten, während er eine andere Frau nahm.

Der Plan wäre gut gewesen, wenn sie nicht Eifersucht und Verlangen zu gleichen Teilen aufgefressen hätten beim Anblick seiner breiten Schultern und der langen, kräftigen Oberschenkel, die sich rhythmisch spannten.

Seine Finger gruben sich in ihren Arm. So fest, dass davon sicher Spuren bleiben würden. Hilflos musste sie erleben, wie ihre Wut verrauchte, während sie auf seine feuchte Brust starrte, die sich heftig hob und senkte.

Er schüttelte sie wie eine Puppe und der Zeremonienstab fiel zu Boden. »Verdammt, Elaine …«, zischte er zornig, »… ich habe wohl eine Strafe verdient, aber nicht meine komplette Vernichtung.«

Sie legte die Hand flach auf seine Brust. Es fühlte sich so gut an. So richtig. Langsam hob sie den Kopf. Verwirrung spiegelte sich in seinem Gesicht. Ihre Finger durchkämmten das weiche, feuchte Haar, ohne den Blick abzuwenden.

»Elaine …« In die Verwirrung mischte sich etwas anderes. Sehnsucht, Zweifel … Verlangen. Als er sich über sie beugte, öffnete sie bereitwillig den Mund und schob alle anderen Gedanken beiseite. Seine Lippen fuhren über ihre, seine Zunge tastete sich vor, und seine Arme pressten sie an seinen Körper. Sie erschauerte unter dem Ansturm der Gefühle, die ungestüm nach Platz verlangten und dabei alle Bedenken verdrängten. Während sie seine Küsse erwiderte, verschwamm die Erinnerung an den Schmerz, den sie über seinen Verrat empfunden hatte. Ihre Finger gruben sich in seine nackten Schultern, und sie spürte, wie er erzitterte.

»Elaine …«, stöhnte er an ihrem Mund. Noch nie hatte er ihren Namen so ausgesprochen, halb Fluch und halb Gebet.

Sie strich mit der Zungenspitze seinen Unterkiefer entlang, drückte ihre Zähne in die Sehnen an seinem Hals, nur um ihn wieder ihren Namen seufzen zu hören. Er hielt sie so eng, dass ihr Becken bei jeder noch so kleinen Bewegung über seine Erektion rieb.

Fieber erfasste sie, und sie vergaß alles um sich herum. Ihre Hände glitten in seine Hose und liebkosten ihn so hart und schnell, dass sein Kopf in den Nacken fiel. Ihr Herz raste, ihre Brüste pressten sich schmerzhaft gegen den schwarzen Brokat, und zwischen ihren Schenkel breitete sich weißglühende Hitze aus. Sie wollte ihn in sich spüren, alles andere war zu wenig, viel zu wenig, um ihr Verlangen zu stillen.

Schwer atmend ließ sie ihn los und öffnete die Häkchen, die ihre Hose an der Hüfte schlossen, um sie über den Stiefelschaft nach unten zu schieben. Ungeduldig befreite sie ihren rechten Fuß, ließ den linken im Hosenbein stecken und legte die Arme um seinen Hals.

Er begriff, was sie vorhatte, und schob seine Hände unter ihr Hinterteil, während sie die Beine um seine Hüfte schlang. Sie blickte auf ihn hinunter, grub die Finger in sein Haar und plünderte roh seinen Mund. Lust schaltete ihren Verstand aus, sie wollte nurmehr mit Troys Körper verschmelzen, so schnell als möglich und so gründlich als möglich. Ohne dass sie es merkte, drehte er sich mit ihr zur Wand und drückte sie mit dem Rücken dagegen. Sein Mund lag noch immer auf dem ihren, als er zwischen ihre Körper fasste und seine Hand auf ihre weit geöffnete Spalte presste. Sie stöhnte in seinen Mund und rieb sich an ihm, bis er endlich Mitleid hatte und seine Rute in ihr versenkte. Ihr Verlangen schlug einen Salto. Obwohl er sie tief und hart stieß, reichte es noch immer nicht. Sie nutzte die Wand als Stütze und lehnte sich zurück, damit sie mit zitternden Fingern die Jacke aufknöpfen konnte.

Seine Blicke folgten hungrig ihren Bewegungen. Der Kontrast zwischen den cremefarbenen, von dunkelrosafarbenen Brustwarzen gekrönten Rundungen und dem schwarzen Brokat ließ ihn scharf den Atem einziehen. »Du bist so schön Elaine, ich könnte dich einfach nur ansehen und das stunden- und tagelang.«

»Untersteh dich«, keuchte sie und packte sein dichtes Haar, um seinen Mund auf ihre Brust zu drücken. Einen Wimpernschlag später spürte sie, wie seine heiße, feuchte Zunge ihre harte Knospe umkreiste, ehe er anfing, daran zu saugen – im selben Rhythmus, mit dem er seine Rute in ihr tanzen ließ. Gleißende Erregung floss direkt in ihren Unterleib und löste den sehnsuchtsvoll erwarteten Höhepunkt aus. Ihr Kopf schlug an die Wand, während jedes Nervenende in ihrem Körper explodierte.

Die Erlösung war so allumfassend, so gewaltig, dass ihr Tränen in die Augen stiegen. Sie schlang die Arme um seinen Hals und barg ihr Gesicht an seiner Schulter. Ihre Beine wurden schlaff und glitten an ihm hinunter, verweigerten ihr aber den Dienst. Troy hielt sie fest und strich über ihren Rücken.

Widerwillig kehrte sie in die Wirklichkeit zurück. Ihre Brüste pressten sich an seine nackte Haut, wie sich sein hartes Glied an ihren Bauch schmiegte. Ihm so nahe zu sein, erfüllte sie mit ungeahnter Freude und brachte ihr zu Bewusstsein, dass sie ihn noch immer liebte. Und immer lieben würde, ganz egal, was geschehen war und was geschehen würde. Troy war ihr Schicksal. Ihre Bestimmung.

Sie hob den Kopf und sah ihn an. Der Ausdruck auf seinen Zügen ließ keine Rückschlüsse darauf zu, was er dachte. Ohne den Blick von seinem Gesicht zu nehmen, griff sie nach seiner Rute und umschloss sie mit der Faust. Sie war keine fünf Mal auf und ab gefahren, als er sich verströmte. Seine Lippen formten stumm ihren Namen, während sein Samen aus ihm quoll.

Der Moment war intim und einzigartig. Etwas geschah mit ihnen, veränderte sie, stellte die Welt, wie sie bisher gewesen war, auf den Kopf.

Elaine ließ ihn los und betrachtete ihre Hand. Sie hatte kein Taschentuch bei sich, also tat sie das nächstliegende – sie leckte ihre Hand ab. Er atmete scharf ein, streckte gleichzeitig die Arme aus, und sie trat einen Schritt zurück, ehe er sie berühren konnte.

»Ich muss gehen, Troy«, sagte sie langsam. »Ich dürfte gar

nicht hier sein – mit dir. Es ist gegen die Regeln.« Ungelenk machte sie sich daran, das Hosenbein zu wenden und über den Stiefel zu ziehen.

Er hockte sich nieder, um ihr zu helfen. Zu ihrer Überraschung widersprach er ihr nicht. »Sehe ich dich morgen?«

Sie schwieg, da sie nicht wusste, was sie sagen sollte. Wie sie mit dem Geschehenen umgehen sollte. Sie stand auf und zog die Hose hoch. Dann knöpfte sie die Jacke zu. Die ganze Zeit über spürte sie, wie Troys Blicke ihren Bewegungen folgten. Sie warf ihr Haar zurück und zog die Ärmel an den Manschetten glatt.

»Vielleicht«, murmelte sie schließlich undeutlich, nur um überhaupt etwas zu sagen.

Ehe sie sich endgültig abwandte, musste sie ihn noch einmal anschauen. Sie hatte ihn mit den Marisols zusammengebracht, um ihn so zu verletzten, wie er sie verletzt hatte. Aber erst jetzt, erst nach ihrer Abfuhr, sah sie in seinen Augen den abgrundtiefen Schmerz, den sie im gelben Salon hatte sehen wollen. Und statt Befriedigung darüber zu empfinden, fühlte sie sich hundeelend.

Henri hatte Elaines Abgang mit Troy und den Marisols mit gemischten Gefühlen beobachtet. Zwischen den beiden lag eine Spannung in der Luft, die sich irgendwann Raum brechen musste. Er hoffte nur, dass es zu keiner Katastrophe kam.

Den Gästen fiel die Abwesenheit der Zeremonienmeisterin vorläufig nicht auf. Zu sehr waren sie miteinander beschäftigt. Der Billardtisch stand unbeachtet im Raum, nur Vincent strich mit den Fingerspitzen über das grüne Tuch.

Henri beschloss, die Gelegenheit zu nutzen, um ihm auf den Zahn zu fühlen. »Spielt Ihr?«, fragte er, nachdem er lautlos an den Tisch getreten war.

Vincent drehte sich zu ihm um. »Das versuche ich gerade herauszufinden. Aber ich habe keine Erinnerung daran.« Er lächelte zaghaft. »Ich kenne die Spielregeln nicht, ich weiß nicht einmal, wie das Spiel heißt.«

»Habt Ihr irgendwelche anderen Fortschritte gemacht?«, fragte Henri, ohne auf die unausgesprochene Einladung einzugehen.

Vincent schüttelte den Kopf. »Leider nicht. Es ist, als stünde ich vor einer undurchdringlichen Wand.«

»Wie verbringt Ihr so Eure Tage?«, erkundigte sich Henri weiter.

»Meist in der Bibliothek, manchmal gehe ich im Park spazieren. Eure Menagerie hat es mir besonders angetan. Ich bin sicher, dass ich so etwas noch nie gesehen habe.«

Henri lehnte sich an den Tisch und verschränkte die Arme vor der Brust. »Ihr könnt Euch jederzeit ein Pferd nehmen, wenn Ihr ausreiten wollt.« Er fixierte Vincent, damit ihm nicht die kleinste Reaktion entging.

»Danke, das ist sehr freundlich von Euch, Euer Gnaden.« Mehr sagte er nicht, und Henri unterdrückte einen Fluch, als sich Vincent wieder dem Billardtisch zuwandte und mit den Fingern über das glänzend lackierte Holz strich. »Ich weiß nicht, ob ich reiten kann. Aber ich würde es gerne ausprobieren.«

Henri wartete, aber Vincent fügte nichts hinzu. Stattdessen sah er ihn direkt an und in seinen moosgrünen Augen tanzte das Licht der Kerzen im Raum. In ungebetener Lautstärke drang das Stöhnen und Keuchen der kopulierenden Gäste an Henris Ohr. Und ebenso ungebeten stand plötzlich das Bild vor seinen Augen, wie sich Vincent geschmeidig aus dem Teich auf die Planken des Stegs geschwungen hatte. Wie die Wassertropfen über den Körper eines olympischen Athleten perlten. Der Versuch, sich an den durchgeschnittenen

Sattelgurt und den herabstürzenden Leuchter zu erinnern, scheiterte. Stattdessen sah er nichts als glatte Haut und feste Muskeln vor sich.

Henri hatte selten mit unwillkommenem Verlangen zu kämpfen und noch viel seltener gab er sich diesem Gefühl hin. Deshalb überraschte ihn die Vehemenz, mit der ihn das Begehren in diesem Augenblick überfiel. Er umklammerte seine Oberarme, als müsse er sich daran festhalten.

Vincent wandte sich ab und trat an ein Tischchen, auf dem Champagnerkelche standen. Er nahm zwei davon und reichte einen Henri, wobei er so knapp vor ihm stehen blieb, dass sich ihre Schuhspitzen fast berührten.

Henri griff nach dem Glas und schickte ein Dankgebet zu seinem Schöpfer, dass seine Finger nicht zitterten und damit verrieten, wie durcheinander er wirklich war.

Vincent sah ihn über den Rand des Glases hinweg an. Seine schön geschwungene Oberlippe glänzte feucht vom Champagner, und Henris Erektion dehnte sich noch ein Stück aus.

Gewaltsam riss er den Blick von dem verführerischen Mund, den glitzernden Augen und dem – wie er wusste – unwiderstehlichen Körper los. Er musste sich darauf besinnen, dass er im Begriff stand, mit seinem Mörder zu tändeln. Und wenn er sich diesbezüglich irrte, blieb immer noch die Tatsache, dass er nichts über diesen Mann wusste, der überdies gerade alt genug war, um sein Sohn zu sein. Er musste sich zusammennehmen. Er durfte es nicht zulassen, dass die fest gefügte Mauer, die er um sich herum errichtet hatte, durch jemanden erschüttert wurde, von dem er nur eines mit Sicherheit wusste – dass er darauf reagierte wie ein Nachtfalter auf eine Kerzenflamme.

Mühsam versuchte er, sich an den letzten Satz zu erinnern. Pferde. Reiten. »Natürlich könnt Ihr jederzeit einen der

Knechte bitten, Euch behilflich zu sein und Euch im Fall des Falles Unterricht zu geben.« Die höfliche Unverbindlichkeit des Angebots stellte die gewünschte Distanz augenblicklich her. Um sie zu untermalen, ging Henri um den Tisch.

Vincent drehte das Glas zwischen den Fingern. Seine Schultern sackten unmerklich nach vorne. »Natürlich, das könnte ich tun. Eine wirklich gute Idee. Ich muss Euch einmal mehr für Eure Großzügigkeit danken.«

Henri nickte und überhörte den spöttischen Unterton in Vincents Stimme. »Ich freue mich, helfen zu können«, entgegnete er betont gönnerhaft.

Vincent stellte sein Glas auf einen Tisch. »Ich werde mich zurückziehen und wünsche Euch eine gute Nacht, Euer Gnaden.«

Henri sah ihm nach, wie er zur Tür des Kaminsalons ging, und war sicher, dass seine Nacht alles andere als gut werden würde.

Elaine schlug verschlafen die Augen auf. Sie lächelte Troy an und streckte die Arme nach ihm aus. Als er sie küsste, schmiegte sie sich enger an ihn und genoss seine streichelnden Hände durch den dünnen Stoff ihres Nachthemds.

Troys Gewicht drückte sie in die Kissen, und seine Zunge erforschte jeden Winkel ihres Mundes. Kein Traum, dachte sie zufrieden, er ist wirklich hier.

Hier.

In ihrem Schlafzimmer. Auf *Belletoile.*

Sie drückte die Handflächen gegen seine Brust und drehte den Kopf weg. »Troy, was tust du hier?«

Er küsste ihr Ohrläppchen. »Wonach sieht es denn aus?«

Sie wand sich aus seiner Umarmung. »Troy, du bist in meinem Schlafzimmer. In meinem Bett.«

»Ja, das hast du gut erkannt.« Er lächelte und strich ihr das Haar aus dem Gesicht. »Der Gedanke, dass du mir wie in den letzten Tagen aus dem Weg gehst, war für mich unerträglich. Deshalb habe ich mir in der Küche Frühstück besorgt und mich heimlich in dein Zimmer geschlichen. Und in dein Bett.«

»Dann wird es Zeit, dass du gehst.« Sie zog die Decke ein Stück hoch, um sie wie einen Schild zwischen sich und ihn halten zu können.

»Wenn du noch nicht ganz wach bist, bist du viel vernünftiger.« Er erhob sich und ging zur Kommode, auf der ein Tablett mit Silberhauben stand, das er mitten auf das Bett stellte. »Bedien dich.«

Elaine versuchte, das Knurren ihres Magens zu ignorieren. Sie hatte es sich angewöhnt, lange und ausgiebig zu frühstücken, dafür vernachlässigte sie die anderen Mahlzeiten.

»Troy, so geht es nicht. Du kannst nicht einfach in mein Zimmer eindringen – unter welchem Vorwand auch immer.«

»Das heißt, du hättest mich empfangen, wenn ich später ordnungsgemäß um ein Gespräch gebeten hätte? Und dich nicht hinter windigen Ausreden versteckt?«

Elaine seufzte. »Ich weiß nicht, was du damit bezweckst.«

»Ich will dich überzeugen, mit mir zurückzukommen, ich will dich davon überzeugen, dass es mir leidtut und dass ich alles besser machen werde, wenn du mir nur eine Chance dazu gibst.«

Sie sah ihn an. Es war verlockend, ihm zu glauben. Nach dem gestrigen Abend konnte sie sich auch nicht vormachen, dass sie über ihn hinweg war. Oder jemals über ihn hinweg sein würde. Aber ihr Verlangen nach ihm war eine Sache, ihr nicht vorhandenes Vertrauen in ihn eine andere. Und jetzt, im hellen Licht des Tages, konnte ihr Verstand ihr Herz in Schach halten.

»Ich möchte gerne hierbleiben, Troy. Ich fühle mich auf *Belletoile* sehr wohl, ich mag Henri, und ich genieße es, die Zeremonienmeisterin der Aphrodite zu sein. Kannst du das nicht akzeptieren?«, fragte sie leise. »Zeit meines Lebens habe ich mich versteckt, wurde verspottet, verhöhnt und ausgenutzt. Jetzt habe ich endlich einen Platz gefunden, um völlig unbelastet neu zu beginnen.«

Er schwieg lange. »Und alles andere ... zählt nichts?«

Seine offensichtliche Niedergeschlagenheit setzte ihr zu. Dennoch blieb sie hart. »Nicht im Moment. Du hast mich zu sehr verletzt, um es mit ein paar leidenschaftlichen Küssen ungeschehen zu machen.«

Er schien etwas erwidern zu wollen, überlegte es sich aber anders. »Wenn das so ist, dann bleibe ich eben hier. Auf *Belletoile*. Und versuche weiter, dich zu überzeugen.«

Diese Mitteilung überraschte Elaine, denn sie hatte damit gerechnet, dass er wutentbrannt davonstürmen würde. Zumindest hätte jener Troy, den sie auf *La Mimosa* gekannt hatte, so reagiert. Ehe sie etwas antworten konnte, setzte er mit seidenweicher Stimme hinzu: »Damit du deine Rache bis zum letzten Tropfen auskosten kannst, Elaine.« Er beugte sich zu ihr hinunter, aber statt sie zu küssen, flüsterte er ihr ins Ohr: »Und damit ich deine atemberaubend langen Beine so oft wie möglich sehen kann.«

25

Henri blickte Bernard an. »Das gibt es doch nicht.« Er warf die Gänsefeder auf den Tisch vor sich und sprang auf, um im Zimmer herumzuwandern. »Er muss doch irgendwoher kommen, er muss doch eine Vergangenheit haben.«

Bernard sah den Herzog mit stoischer Ruhe an. »Nach meinen Informationen wird im näheren Umkreis kein Mann seines Alters von der Familie vermisst. Meine Erkundigungen erstreckten sich bis Narbonne. Natürlich werde ich weiterforschen lassen, aber wenn jemand nach einem Familienmitglied suchen würde, hätten meine Männer das bestimmt erfahren.«

Henri lehnte sich an den Schreibtisch. »Gut. Brauchst du Geld?«

»Nein, Euer Gnaden. Ich habe sorgsam auf die Ausgaben geachtet. Es ist noch genug da.« Er verbeugte sich und ging zur Tür. Dort drehte er sich noch einmal um. »Mademoiselle Callière möchte mit Euch sprechen. Sie erwartet Euch in einer Stunde in der Menagerie beim Tigerzwinger.«

Henri runzelte die Stirn. Er konnte sich nicht vorstellen, was Elaine ihm mitteilen wollte. Die letzten Tage waren reibungslos verlaufen. Troy beobachtete zwar jeden Schritt, den sie machte mit Argusaugen, verursachte aber keinen Ärger. Elaine ihrerseits hatte ihn kein zweites Mal als Darsteller ihrer Inszenierungen auserkoren. Die Spannung zwischen den beiden hing allerdings noch immer spürbar in der Luft. Nun, vielleicht wollte Elaine ihn deshalb bitten, dass er Troy nahelegte, *Belletoile* zu verlassen.

»Danke, Bernard«, sagte er zerstreut und trat zum Fenster. Vincent ging mit zwei anderen Männern über den kiesbestreuten Weg zu den Stallungen. Es hatten sich keine weiteren *Ereignisse* mehr zugetragen, die als Anschlag auf sein Leben gewertet werden konnten. Aber Vincents Vergangenheit lag noch immer im Dunklen, wie er gerade erfahren hatte. Henri rieb sich seufzend den Nacken. Vielleicht war ja doch alles Zufall und sonst nichts.

Auf dem Weg zur Menagerie begegnete Henri niemand. Es war früher Nachmittag, die meisten Gäste hielten ein Nickerchen, um der Hitze zu entgehen. Die Dienstboten hatten zu dieser Zeit im Haus zu tun. Auch auf seiner Stirn bildeten sich Schweißtropfen, und er zog seine Jacke aus, um sie achtlos auf einer Bank zu deponieren.

Als er am Winterhaus von Sahib vorbeiging, konnte er Elaine nirgends entdecken. Er stellte sich in den Schatten einer Platane und blickte zum Zwinger. Irgendetwas erschien ihm ungewöhnlich, und dann wusste er plötzlich, was. Sahib war nicht zu sehen. Um diese Zeit sollte er aber im Zwinger sein, nicht ihm Haus. Er trat näher und dann klumpte sich sein Magen zu einem Stück Eis zusammen. Die Zwingertür stand offen. Und damit nicht genug, sah er eine Gestalt in einem Gewirr aus Unterröcken im Käfig hinter einer Felsformation liegen.

Ohne nachzudenken, hastete er in den Zwinger und kniete sich neben der Frau nieder. An der Schläfe war ein dünnes Rinnsal eingetrockneten Blutes zu erkennen, das in ihrem silberblonden Haar versickerte.

»Elaine«, rief er und tätschelte ihre Wange. »Elaine, wacht auf.«

Sie rührte sich nicht, aber das schwache Pulsieren der Ader in der Halsgrube verriet, dass sie am Leben war. Erleichtert wollte Henri sie hochheben, als er hörte, wie der Riegel der

Zwingertür ins Schloss geschoben wurde. Er fuhr herum, konnte aber niemanden entdecken. Im gleichen Moment zerriss das dumpfe Brüllen des Tigers die Stille.

Er stand zehn Schritt von ihm entfernt in der hochgezogenen Klappe des Winterhauses. Henri wagte nicht zu atmen, als die Raubkatze den Kopf zurückwarf und wieder brüllte. Die Klappe fiel herunter, und Sahib machte unwillig einen Schritt in die Mitte des Zwingers.

Henri packte Elaine unter den Achseln und schleifte sie zur nächsten Wand, ohne dabei den Tiger aus den Augen zu lassen. Mittlerweile war ihm klar, dass er in eine Falle getappt war. In eine Falle, die nicht nur ihn, sondern auch Elaine das Leben kosten konnte. Er stellte sich vor sie, aber Sahib machte glücklicherweise keine Anstalten, näher zu kommen. Er schüttelte den mächtigen Kopf und streckte sich auf dem Boden aus, um die Eindringlinge aus bernsteinfarbenen Augen anzustarren.

Henri überlegte, ob er es wagen sollte, langsam, sehr, sehr langsam zu der verriegelten Zwingertür zu gehen. Er konnte mit der Hand durch die Gitterstangen fassen und den Riegel beiseiteschieben. Die Frage war nur, ob Sahib ihn das tun lassen würde. Im Augenblick sah er zwar sehr ruhig aus, aber das konnte sich schnell ändern. Henri versuchte noch einmal, Elaine hochzuheben, aber das markerschütternde Brüllen des Tigers ließ ihn herumfahren.

Jemand stand vor dem Käfig und stieß mit einer langen Stange auf den Tiger ein, der vor Schmerz wieder laut aufbrüllte. Henri wollte seinen Augen nicht trauen, als er den Mann erkannte. »Bernard«, murmelte er fassungslos. »Bernard, hör auf, du bringst ihn in Rage«, rief er dann laut. »Zieh die Klappe hoch, damit er ins Winterhaus geht. Dann kann ich die Zwingertür öffnen und Elaine in Sicherheit bringen.«

»Sehr wohl, Euer Gnaden«, erwiderte Bernard, ohne sein Tun zu unterbrechen. Der Tiger warf sich wütend gegen die Gitterstäbe, hinter denen Bernard stand. »Euer Wunsch ist mir Befehl. Wie immer, Euer Gnaden.« Er stieß die Stange in die Flanke des Tigers, der sich aufbäumte und mit der Pranke dagegenschlug.

Henris Verstand weigerte sich, die Wahrheit zu begreifen. Doch daran gab es nichts zu rütteln. Bernard war für die Anschläge verantwortlich. Bernard hatte den Leuchter herabstürzen lassen. Bernard hatte den Sattelgurt durchgeschnitten. Und jetzt wollte Bernard den Tiger dazu bringen, ihn in tausend Stücke zu reißen. Aber warum? Warum nur?

»Warum willst du mich töten, Bernard?«, schrie er mit vor Hilflosigkeit geballten Fäusten. »Was habe ich dir getan?«

»Was Ihr mir getan habt, Euer Gnaden?«, wiederholte Bernard und trieb den Tiger ein Stück weiter zu Henri. »Ihr habt mir das Wichtigste in meinem Leben genommen.«

Henri hatte keine Ahnung, wovon der Mann sprach. Er atmete tief durch, und sagte dann mit ruhiger, fester Stimme: »Bernard, wenn ich dir Schaden zugefügt habe, werde ich es wiedergutmachen. Wir können über alles reden.«

»Reden!« Bernard lachte bitter auf. »Im Reden seid Ihr unübertroffen, Euer Gnaden. Aber Amélie bringen keine schönen Worte zurück.«

Amélie. Darum ging es also. Aber wie kam der Mann nur auf die Idee, dass er etwas mit Amélies Tod zu tun haben könnte?

»Bernard«, sagte er vorsichtig. »Ich habe Amélie nichts getan. Ich mache mir nichts aus Frauen, das weißt du doch.«

Ohne damit aufzuhören, den Tiger zu reizen, erwiderte Bernard: »Das weiß ich, aber Ihr bringt diese parfümierten Schweine hierher, damit sie ihre unnatürlichen Triebe stillen.

Euer Vater würde sich im Grab umdrehen, wenn er wüsste, was Ihr aus *Belletoile* gemacht habt.«

»Mein Vater starb auf einem sechzehnjährigen Küchenmädchen«, stellte Henri schneidend fest. Natürlich war die Affäre vertuscht worden, aber er verstand bis heute nicht, warum sein Vater im Ruf stand, ein Heiliger gewesen zu sein. »Er hatte sie an einen Bettpfosten gefesselt und ihr den Mund zugebunden. In seinem geheimen Zimmer. Man fand sie erst nach vier Tagen. Diese Zeit reichte, um sie den Verstand verlieren zu lassen. Bernard, ich habe Amélie nichts getan«, wiederholte er eindringlich.

»Oh doch, Ihr habt diesen Unrat in Menschengestalt auf *Belletoile* gebracht. Habt Ihr wirklich geglaubt, sie würden sich mit ihresgleichen begnügen? Amélie war ein junges, naives Mädchen, das lauter Träume im Kopf hatte. Ein paar schöne Worte – darum sind die vornehmen Herrschaften ja alle nicht verlegen – und schon lag eines der Schweine zwischen ihren Schenkeln. Ihr habt sie vielleicht nicht selbst geschwängert, aber Ihr seid schuld an ihrem Tod. Und deshalb will ich schuld sein an Eurem Tod. Und diesmal wird nichts schiefgehen.«

Er fuhr fort, weiter auf den Tiger einzustechen und ihn dabei immer näher an den Herzog zu treiben. Angespannt betrachtete Henri die sich wild herumwerfende Raubkatze, die außer sich vor Schmerz und Wut nach dem sie quälenden Stock schnappte.

Henri zermarterte sich das Gehirn nach einer Lösung. Aber wie sollte er mit einem offenbar Wahnsinnigen, von blankem Hass getriebenen Mann kommunizieren? »Bernard, lass Elaine gehen, sie hat nichts damit zu tun. Sie darf nicht für meine Verfehlungen büßen, hörst du?«, appellierte er an seinen Ersten Kammerdiener.

Bernard sah ihn nicht an. »Sie ist eine von euch. Sie macht

die Männer geil, die dann über unsere Frauen und Kinder herfallen. Sie hat nichts Besseres verdient als Ihr. Ich bin schon gespannt, wessen Blut weiter spritzt.« Er lachte rau und abgehackt. »Und ob es so blau ist, wie man sagt.«

Der Tiger brüllte wieder auf. Henris Hemd klebte an seinem Körper. Er roch die scharfen Ausdünstungen der Raubkatze, und die Angst schnürte ihm die Kehle zusammen. Die kleinste Bewegung würde genügen, um die todbringende Aufmerksamkeit des gereizten Tieres zu erregen. Er hatte oft genug miterlebt, wie Sahib eine Ziege zerriss und ihn für seine elementare Kraft und Stärke bewundert. Dass sich diese Eigenschaften jetzt gegen ihn kehrten, war die Ironie des Schicksals.

Seine Beine begannen zu zittern, und er hoffte, dass er nicht das Bewusstsein verlieren würde. Aus halbgeschlossenen Augen beobachtete er das Tier weiter.

Sahib wich ein Stück zurück und schlug mit der riesigen Pranke nach dem Stab. Bernard lachte und ging in die Hocke. Im gleichen Augenblick fuhr der Tiger nach vorne und grub sein Gebiss in den Unterarm des Mannes.

Bernard schrie auf, der Stab fiel im Zwinger zu Boden. Sahib riss so heftig an dem Arm, dass Bernard gegen die Gitterstäbe geschleudert wurde. Knochen knackten, als der Tiger wütend ein zweites Mal an dem Arm zerrte. Und dann gab es ein leises, schmatzendes Geräusch, bei dem sich Henris Nackenhaare aufrichteten.

Bernard taumelte von den Gitterstäben zurück. Sein Arm jedoch blieb im Maul des Tigers, der ihn zu Boden fallen ließ. Dort, wo er in der Schulter gesessen hatte, war der Stoff sofort mit Blut durchtränkt.

Henri riss seinen Blick von Sahib los, der anfing, den Arm abzulecken, und sah zu Bernard. Er stand aufrecht, das Blut schoss in regelmäßigen Intervallen aus seinem Arm, der

Winkel wurde dabei immer kleiner. Bernard schrie nicht, vermutlich war der Schock einfach zu groß. Er sank auf die Knie und kippte mit weit aufgerissenen Augen schließlich seitlich um.

Henri würgte. Das Zittern war auf seinen ganzen Körper übergegangen. Er presste sich mit dem Rücken an die Gitterstäbe, um sich aufrecht halten zu können. Sein Gehirn hatte sich in einen Haufen Watte verwandelt, und sein ganzes Sein reduzierte sich auf ein alles andere auslöschendes Gefühl der Angst.

Es konnte Stunden dauern, bis jemand kam. Die nächste Fütterung des Tigers und der anderen Tiere in der Menagerie fand nicht vor morgen früh statt. An diesem Abend waren keine Zerstreuungen vorgesehen, also würde man weder Elaine noch ihn selbst vermissen. Höchstens Troy könnte sich nach ihr auf die Suche machen, aber bis zum Einbruch der Dunkelheit war es noch lange hin.

Elaines Hand zuckte. Henri starrte die Finger an. Wenn sie jetzt wach wurde, wenn sie zu schreien begann, dann war ihrer beider Schicksal endgültig besiegelt. Nicht jetzt, flehte Henri stumm. Bitte nicht jetzt, Elaine.

Sahib hatte sich niedergelassen und begann mit schiefgelegtem Kopf am Arm von Bernard zu kauen, den er zwischen seinen Pranken hielt. Dabei spuckte er immer wieder Stoffteile aus. Henri schloss die Augen. Sein Magen brannte, und das Würgen in seiner Kehle hörte nicht auf. Er durfte nicht ohnmächtig werden. Er musste sein bisschen Verstand beisammenhalten …

Die Zeit dehnte sich zur Unendlichkeit. Er wusste nicht, wie lange er sich schon an die Gitterstäbe gepresst hatte, als er Schritte auf dem Kies hörte. Voller Hoffnung sah er sich um.

Vincent stand vor dem Zwinger und starrte von Sahib zu

ihm. Henri versuchte, etwas zu sagen, aber kein Laut drang über seine ausgedörrten Lippen. Als sich Vincent abwandte und davonlief, fiel Henris letzte Hoffnung auf Rettung in sich zusammen. Vincent hatte nichts mit den Mordanschlägen zu tun, aber offensichtlich hatte auch er einen Grund, ihn dem Tiger zum Fraß vorzuwerfen. Müde lehnte er den Kopf an die Gitterstäbe. Elaine bewegte sich wieder, ihre Augen blieben aber geschlossen.

Henri maß die Entfernung zu der verriegelten Tür. Sechs Meter, vielleicht sieben. Alleine könnte er es möglicherweise schaffen, aber nicht mit Elaine auf den Armen. Und sie schutzlos zurückzulassen, das kam nicht in Frage. Obwohl es wenig Sinn machte, dass sie beide das Opfer des Tigers wurden. Aber der Fluch, sein Leben auf ihre Kosten gerettet zu haben, würde ihn bis ans Totenbett begleiten und ihn keinen glücklichen Tag mehr haben lassen.

Wildes Schnattern riss ihn aus seinen Gedanken. Vincent rannte über den kiesbestreuten Weg und schwenkte eine Ente an den Beinen. Sie hackte wütend auf ihn ein, aber er lockerte seinen Griff nicht, sondern ging ins Winterhaus. Wenig später wurde die Klappe hochgezogen und das Kreischen der Ente ertönte von drinnen.

Sahib, der schon bei den ersten Lauten interessiert den Kopf gehoben hatte, stand auf. Den halb aufgefressenen Arm ließ er achtlos liegen. Mit federnden Bewegungen seines massigen Körpers lief er zum Einlass des Winterhauses und verschwand dahinter. Der letzte Aufschrei der Ente wurde durch das Herabfallen der Klappe erstickt.

Henris Finger lösten sich von den Gitterstäben. Er sank zu Boden, wo er mit ausgestreckten Beinen wie eine vergessene Puppe sitzen blieb. Die Erleichterung trieb ihm Tränen in die Augen.

Arme legten sich um ihn, und er vergrub sein Gesicht an

Vincents Hals. »Alles wird gut. Ganz ruhig, alles wird gut.« Die Worte drangen an sein Ohr, erreichten aber nicht seinen Verstand. Hände strichen begütigend über seinen Rücken und zögernd wich der Albtraum.

Als Vincent aufstehen wollte, klammerte er sich wie ein kleines Kind an ihm fest. »Nicht weggehen, nicht gehen«, murmelte er panisch.

»Ich bin gleich zurück. Ich trage Elaine aus dem Zwinger, dann bin ich wieder bei dir.«

Eine Hand strich über sein kurzgeschorenes Haar und seine Wange. Henri zog die Beine an die Brust und umschlang sie mit den Armen, während er zusah, wie Vincent Elaine hochhob. Kälte breitete sich unvermittelt in ihm aus, und seine Zähne schlugen aufeinander. Das schweißnasse Hemd fühlte sich wie ein Eismantel auf seiner klammen Haut an.

»Mein Gott, du frierst ja.« Vincent hängte ihm seine Jacke um die Schultern. »Besser?«

Er nickte, obwohl nichts besser war.

»Kannst du aufstehen? Ich helfe dir.« Ohne eine Antwort abzuwarten, legte Vincent den Arm um seine Taille und half ihm, sich aufzurichten. Seine Beine fühlten sich an wie Brei. Er stützte sich schwer auf den anderen Mann, und als er endlich auf der Bank saß, auf die Vincent Elaine gelegt hatte, erschien es ihm, als hätte er einen Berg bestiegen.

Sein Blick glitt zu Elaine. »Wie geht es ihr? Sie sollte doch langsam zu Bewusstsein kommen.«

»Sie regte sich, als ich sie hierhergetragen habe. Vielleicht braucht sie noch etwas Zeit«, sagte Vincent ruhig und strich über Elaines blasses Gesicht.

»Ich würde es mir nicht verzeihen, wenn sie meinetwegen Schaden erleidet.« Er vergrub das Gesicht in den Händen.

»Was ist überhaupt passiert?« Vincent hockte sich vor ihm nieder.

Henri ließ die Hände sinken. »Hast du Bernard nicht gesehen?«

»Natürlich. Er liegt vor dem Zwinger. Tot. Und sein Arm liegt im Zwinger. Aber deshalb weiß ich noch immer nicht, was passiert ist.«

Die Sorge auf seinem Gesicht entging Henri trotz seines eigenen erbärmlichen Zustands nicht. Aber sein überreizter Verstand war unfähig, die Bedeutung zu verarbeiten. Deshalb konzentrierte er sich darauf, die Fakten emotionslos wiederzugeben. »Er wollte mich töten, weil er mir die Schuld für den Selbstmord seiner Tochter gab«, sagte Henri. Die Kälte wich lähmender Müdigkeit. Er wollte nurmehr in sein Bett und schlafen. »Er muss Elaine hergelockt, niedergeschlagen und in den Zwinger gelegt haben. Mir erzählte er, dass sie mich sprechen wollte. Als ich ankam und sie im Zwinger liegen sah, ging ich natürlich hinein, und Bernard verriegelte das Gitter hinter mir. Dann hob er die Klappe für Sahib und reizte ihn mit einer Stange so lange, bis er wütend genug war, mich bei der kleinsten Bewegung zu zerreißen. Mein Glück war, dass Bernard unvorsichtig wurde und der Tiger seinen Arm zu fassen bekam.« Er blickte erstaunt zum Himmel, der sich rot zu färben begonnen hatte. »Es ist Sonnenuntergang. Gütiger Gott, ich hätte nicht gedacht, dass ich so lange im Zwinger war.«

Vincent richtete sich auf und trat einen Schritt zurück. »Ich gehe Hilfe holen, Euer Gnaden. Bleibt hier sitzen und kümmert Euch um Elaine, falls sie wach wird.«

Henri nickte. Die Distanz, die Vincent wiederhergestellt hatte, fiel ihm nicht auf. »Natürlich, das tue ich.« Er rutschte näher zu ihr und bettete ihren Kopf auf seinem Oberschenkel. Unbewusst spielte er mit ihren seidigen Haarsträhnen und wiederholte Vincents Worte *alles wird gut* so oft, bis er es beinahe selbst glaubte.

26

Der Schmerz zertrümmerte Elaines Kopf. Sie wollte schreien, aber ihr Mund fühlte sich trocken und sandig an. Mühsam versuchte sie, die Augen zu öffnen. Die Helligkeit schoss wie ein Blitz durch ihren Schädel. Stöhnend kniff sie die Lider zusammen.

»Elaine?« Die atemlose Stimme kannte sie nur zu gut.

»Was ist passiert, Troy? Wo bin ich?« Ein Hustenanfall unterbrach ihre Worte. »Kannst du die Vorhänge zuziehen?«

»Du bist auf *Belletoile*, in deinem Zimmer.«

Sie hörte, wie er die Vorhänge zuzog. »Durst«, murmelte sie und blinzelte, als er ihr ein Glas an die Lippen hielt. Kühles Wasser rann ihre Kehle hinab und brachte ihre Lebensgeister zurück.

Er saß neben ihr auf der Bettkante und sogar im Halbdunkel erkannte sie die tiefen Furchen, die sich in sein Gesicht gegraben hatten.

Die Kopfschmerzen reduzierten sich auf ein erträgliches Maß, und sie wiederholte: »Was ist geschehen?«

»Kannst du dich an irgendetwas erinnern?«, fragte er zurück, und sie runzelte die Stirn. Dabei bemerkte sie den Verband, der um ihren Kopf gewickelt war.

Während sie ihn betastete, kramte sie in ihrem Gedächtnis. »Bernard sagte mir, dass Henri mich beim Tigerkäfig sprechen wollte. Aber statt Henri wartete er auf mich und dann ... dann ... weiß ich nichts mehr.«

Troy nickte. »Er hat dich niedergeschlagen. Und dich als

Lockvogel benutzt, um Henri in eine Falle zu locken.« Mit wenigen Worten erklärte er den Sachverhalt und fügte hinzu: »Das war gestern Abend. Man hat dich in dein Zimmer gebracht, und du bist erst jetzt aufgewacht.«

»Du warst die ganze Zeit über hier?« Der Gedanke, dass er an ihrem Bett gesessen hatte, weil er sich Sorgen um sie machte, war neu und ungewohnt.

»Henri ließ sofort nach mir schicken. Das werde ich ihm nicht vergessen.« Er griff nach ihrer Hand und hob sie an seine Lippen. »Ich bin vor Angst fast gestorben, und ich kann dir gar nicht sagen, wie erleichtert ich bin, dass du wieder aufgewacht bist.«

Die unverhüllte Zuneigung in seinen Augen berührte sie wie das sanfte Streicheln einer Feder. Nur mit Mühe hielt sie seinem Blick stand. »Wie geht es ihm?«

Seine warmen Lippen fühlten sich wie Samt an. »Ich weiß es nicht, ich habe seit gestern Abend dieses Zimmer nicht verlassen.«

Henri hatte sein Zimmer ebenfalls nicht verlassen, seit er auf sein weiches Bett gesunken war. Man hatte ihm ein Bad mit Rosenöl zubereitet, das seine Anspannung gelindert und die Kälte vertrieben hatte. Danach fiel er in einen tiefen, traumlosen Schlummer, aus dem er wie neugeboren erwachte. Trotzdem verbrachte er den Tag im Bett. Die Kraft, sich mit den zu erwartenden Problemen zu konfrontieren, fehlte ihm.

Er wusste gar nicht, wo er anfangen sollte. Bernard musste beerdigt werden, eine Erklärung für seine Todesursache sollte den Gästen und Dienstboten serviert werden, die Vorbereitungen für die Abreise nach Versailles standen ebenfalls im Raum.

Außerdem musste er mit Elaine sprechen und herausfinden, wie sie sich nach dem Anschlag fühlte. Eigentlich hatte er sie nach Versailles mitnehmen wollen. Es sollte eine Überraschung sein, aber jetzt war es durchaus möglich, dass sie ihn dorthin wünschte, wo der Pfeffer wuchs. Immerhin war er der Grund gewesen, warum Bernard ihr den Schädel eingeschlagen und ihr Leben in Gefahr gebracht hatte. Gut möglich, dass sie ihre Siebensachen zusammensuchen und ihn auf Nimmerwiedersehen verlassen würde.

Und dann war da noch Vincent. Nicht nur, dass er ihm Unrecht getan hatte, der Mann hatte vermutlich durch sein rasches Handeln sein Leben und das von Elaine gerettet. Er musste sich entschuldigen für seine Verdächtigungen und sein arrogantes Verhalten. Aber im Augenblick wollte er nur schlafen. Nichts als schlafen, um sich vor der rauen Wirklichkeit zu verstecken.

Ein Klopfen an der Tür riss ihn aus seinen Gedanken. Noch ehe er etwas antworten konnte, trat Vincent ein. Er trug ein Tablett und stieß die Tür mit dem Absatz zu.

»Ich traf Etienne, als er Euch einen Imbiss bringen wollte. Da ich gerade auf dem Weg war, um mich nach Eurem Befinden zu erkundigen, habe ich seine Aufgabe übernommen.« Er stellte das Tablett neben Henri auf das breite Bett und hob die Silberhauben.

Henris Appetit wurde weder durch den Duft noch durch den Anblick der Speisen geweckt. »Danke, Vincent.« Er verfolgte, wie Vincent sich einen Stuhl zum Bett zog und darauf niederließ.

»Nun, wie fühlt Ihr Euch?«, begann er und schlug die Beine übereinander.

Henri, der sich nur zu gut daran erinnerte, wie er sich schluchzend an ihn geklammert hatte, versuchte das Gefühl der Peinlichkeit, das sich in ihm ausbreitete, zu ignorieren.

»Gut, danke. Im Gegensatz zu Elaine habe ich ja keinen körperlichen Schaden erlitten.« Er strich die Falten auf der Bettdecke glatt, um Vincent nicht ansehen zu müssen.

»Manchmal leidet die Seele größere Qualen, als es der Körper je könnte.« In Vincents Stimme schwang ein Hauch von Bitterkeit mit, der Henri nicht entging. Er wusste nicht genau, worauf Vincent anspielte, aber er konnte auch nicht länger um den heißen Brei herumreden.

»Ich habe Euch noch nicht gedankt. Eurer Umsicht und Eurem entschlossenen Handeln verdanken Elaine und ich unser Leben.« Er holte tief Luft, um weitersprechen zu können, denn jetzt kam der wirklich unangenehme Teil. »Ich habe mich Euch gegenüber oft sehr harsch und unhöflich verhalten. Der Grund dafür war, dass ich das unbegründete Gefühl hatte, Ihr schleicht Euch hier ein und führt Böses im Schilde. Der herabstürzende Kronleuchter und der durchgeschnittene Sattelgurt bestärkten mich in meiner Vermutung. Ich wäre nie auf den Gedanken gekommen, dass Bernard dahinterstecken könnte.«

Er blickte Vincent an, und da dieser nichts erwiderte, fuhr er fort. »In meiner Unwissenheit hatte ich Bernard sogar beauftragt, Nachforschungen zu Eurer Person und Eurer Familie anzustellen. Nach seinen Angaben war die Suche erfolglos, aber wie die Dinge liegen, hat er vielleicht gar nichts unternommen. Ich werde mich persönlich darum kümmern, dass Eure Familie gefunden wird. Bis dahin könnt Ihr selbstverständlich hierbleiben und Euch wie zu Hause fühlen. Wenn es noch andere Möglichkeiten gibt, meinen Dank auszudrücken, dann nennt sie mir bitte. Wie gesagt, ich stehe tief in Eurer Schuld und bedauere mein Verhalten zutiefst.«

Vincent schwieg noch immer. Henri spielte mit dem Spitzenbesatz an den Ärmeln seines Nachthemds. Die Reaktion des Mannes erstaunte ihn. Aber da er ihn nicht drängen wollte, wartete er geduldig darauf, dass er etwas sagte. Und in diesem Moment kam ihm ein Gedanke, wie er Vincent seine Anerkennung beweisen könnte. »Ich glaube mich zu erinnern, dass Ihr gerne eine Aufgabe hättet, statt müßig in den Tag zu leben. Ich brauche unbedingt einen vertrauenswürdigen Sekretär, habe aber bisher nicht die Zeit gefunden, jemanden zu suchen. Wenn Ihr wollt, könnt Ihr diese Position vorläufig einnehmen. Ich würde mich sehr freuen.«

Vincent stand auf und ging zum Fenster, seine Hände hatte er in den Taschen des Justaucorps vergraben. Als er zu sprechen anfing, klang seine Stimme belegt. »Euer Misstrauen war nicht unbegründet, Euer Gnaden. Mein Name ist Vincent Brasselet. Ich bin einundzwanzig Jahre alt, und ich habe keinen Tag meines Lebens unter Gedächtnisverlust gelitten. Alles war nur eine Scharade, um mich auf *Belletoile* einzuschleichen, wie Ihr ganz richtig erkannt habt.«

Also doch. Die Enttäuschung, die er über diese Worte empfand, traf Henri wie ein Schlag in den Magen. Vincent war ein Betrüger, wie er es von Anfang an vermutet hatte. »Wenn es Euch nicht um mein Leben geht, worum geht es dann? Geld?«, fragte er heiser. »Eine Empfehlung für den König?«

Vincent starrte weiter aus dem Fenster. »Könnt Ihr Euch an Baptiste erinnern, den beim Holzfällen ein Baumstamm so unglücklich traf, dass sein Bein abgenommen werden musste?«

Henri runzelte die Stirn. »Natürlich. Ich habe ihn und seine Familie ein paar Mal besucht. Das muss bald zehn Jahre her sein ...«

»Es ist sieben Jahre her.« Vincent drehte sich um und kam zum Bett zurück. »Baptiste Brasselet ist mein Vater. Als der Unfall passierte, war ich vierzehn Jahre alt.«

Henri versuchte einen Zusammenhang zum vorher Gesagten herzustellen, scheiterte aber kläglich. Fragend blickte er Vincent an.

»Ich bin das zweitjüngste von fünf Geschwistern. Meine Schwestern waren bereits verheiratet, mein älterer Bruder arbeitete mit den anderen auf den Feldern und mein kleiner Bruder fing gerade an zu laufen. Als man meinen Vater schwer verletzt in unsere Hütte brachte, glaubte keiner daran, dass er überleben würde. Die Tränen meiner Mutter galten nicht nur meinem Vater, sondern auch der Tatsache, dass sie nicht wusste, wie es weitergehen sollte – ohne ihn.«

Henri versuchte sich zu erinnern. Baptiste Brasselet gehörte zu den zahlreichen Pächtern auf seinen Besitzungen. Er hatte sich mit einem Arzt auf den Weg zu seiner Hütte gemacht, sobald er von dem Vorfall erfahren hatte. Da war das zerquetschte Bein schon brandig gewesen, und die einzige Möglichkeit, den Mann am Leben zu halten, bestand in einer Amputation über dem Knie.

»Inmitten all der Verzweiflung tauchte plötzlich der legendäre Herzog von Mariasse auf, den die meisten von uns nur vom Hörensagen kannten.« Vincent schloss die Finger um die Rückenlehne des Stuhls, als müsse er sich festhalten, um nicht zu straucheln. »Ich sehe Euch noch heute in unserer Hütte stehen, vor dem Bett, in dem mein Vater lag, fiebernd und schweißüberströmt. Im Zimmer stank es nach Wundbrand, nach Verzweiflung, nach Armut und nach Tod. Das Jammern und Klagen meiner Mutter hallte in der kleinen Kammer wider. Ich hielt Jean auf meinen Knien und wusste nicht ein noch aus. Und inmitten all dessen stand der Herzog von Mariasse in seinem feinsten Brokat mit gepuderter Perücke und geschminktem Gesicht.«

Nach einer kleinen Pause fuhr Vincent fort. »Ich hatte noch nie einen von den feinen Herrschaften aus der Nähe gesehen und fand Euch lächerlich. Wirklich lächerlich. Aber dann habe ich den Ausdruck in Euren Augen gesehen, mit denen Ihr meinen Vater und meine völlig aufgelöste Mutter angesehen habt. Und dann mich und den kleinen Jean.« Er machte eine wegwerfende Handbewegung. »Aber das sind Sentimentalitäten. Was zählt, sind Taten. Ihr habt nicht nur den Arzt bezahlt, sondern dafür gesorgt, dass er wiederkam und die Wunde meines Vaters versorgte, so lange, bis sie verheilt war. Ihr habt meiner Mutter lebenslanges Wohnrecht in der Hütte versprochen und Weihnachten und Ostern habt Ihr regelmäßig einen Beutel Münzen überbringen lassen.« Er atmete tief ein. »Ihr seid in dem Jahr nach dem Unfall sechs Mal in der Hütte gewesen, um Euch nach dem Befinden meines Vaters zu erkundigen. Ohne Perücke und ohne Schminke. Ihr seid mit ihm auf der Bank vor dem Haus gesessen und habt ihn ermutigt, Holzspielzeug zu schnitzen, statt mit dem Schicksal zu hadern. Ihr habt mit uns am Tisch gesessen und gegessen, ohne eine Miene zu verziehen über das angeschlagene Tongeschirr und die hölzernen Löffel. Ihr habt Jean auf Euer Pferd gesetzt und herumgeführt. Zwei Mal habt Ihr mit mir gewürfelt und mich gewinnen lassen. Die Anstecknadel besitze ich noch heute.« Die Finger krampften sich so fest um die Lehne des Stuhls, dass die Knöchel weiß heraustraten. »Nach dem sechsten Mal kamt Ihr nicht wieder. Ich wartete und wartete, und während ich wartete, wurde mir klar, wie sehr ich Euch vermisste. Nicht als gönnerhaften Onkel. Nicht als Patron. Nicht als einen bloßen Freund. Es war ein seltsames Gefühl, das ich zuerst nicht einordnen konnte. Ich hatte für Mädchen schon damals nichts übrig, sie waren nett, aber ich fühlte mich niemals zu ihnen hingezogen. Dagegen betrachtete ich bei der Feldarbeit oft die halbnackten Männer, und das bereitete mir ausgesprochenes Vergnügen.« Sein Griff um die Lehne lockerte sich, und auch seine Stimme verlor etwas an Anspannung. »Sehnsucht und Ruhelosigkeit trieben mich schließlich zu Eurem Palast, nur um zu erfahren, dass Ihr nach Versailles gegangen wärt. Ehrlich gestanden, ich wusste ohnehin nicht, was ich hätte sagen sollen, wenn ich Euch angetroffen hätte. Es zog mich einfach an den Ort, an dem Ihr lebtet.

Aber der Palast und die Gärten öffneten mir die Augen darüber, dass Eure Welt und meine Welt nichts gemeinsam haben. Also kehrte ich niedergeschlagen zurück und versuchte, Euch zu vergessen.«

Ein trauriges Lächeln glitt über seine Züge. »Genauso gut hätte ich versuchen können, nicht zu atmen. Als Ihr von Versailles zurückkehrtet, habe ich angefangen, Euch zu beobachten. Wenn Ihr die Pächter aufgesucht habt oder mit einer Jagdgesellschaft durch die Wälder geritten seid. Ich spann Pläne, mich als Küchenjunge oder Stallknecht zu verdingen, aber die Wahrscheinlichkeit, Euch dadurch nahe zu kommen, erschien mir viel zu gering. Ich musste es anders machen. Ich musste es schaffen, in Eure Gesellschaftsschicht vorzudringen. Der Weg würde mühsam und hart werden, das war mir bewusst. Aber ich fand eine Möglichkeit, Lesen und Schreiben zu lernen, ich ging als Lohnarbeiter zu den Silberminen, zur Weinlese, ich verdingte mich als Schreiber, und ich sparte jede Münze. Außerdem beobachtete ich alle vornehmen Herrschaften, die ich traf, um zu sehen, wie sie redeten, wie sie sich bewegten, wie sie gekleidet waren. Der Plan wuchs langsam, aber irgendwann wusste ich, was ich tun wollte: Ich ließ mir von meinem Ersparten feine Kleider nähen, und nachdem ich Eure Kutsche ausfahren sah, wartete ich, bis sie zurückkehrte, und legte mich auf den Weg, der nach *Belletoile* führte. Ich fand den Plan schlicht und überzeugend. Wenn ich Fehler im Umgang mit Angehörigen der vornehmen Welt machte, konnte ich sie auf mein fehlendes Gedächtnis schieben. Ich würde mit Euch am Tisch sitzen, mit Euch ausreiten, Euch täglich sehen. Wie die Geschichte weiterging, wisst Ihr. Ich hatte niemals Geld oder Besitz oder Empfehlungen im Sinn. Das Einzige, was ich im Sinn hatte, wart Ihr. Aber ich bekam Euch nie zu fassen, Ihr seid mir immer ausgewichen. Jetzt verstehe ich auch den Grund. Mit seinem Mörder will wohl niemand enge Bande knüpfen.«

Henris Mund war trocken. Mit allem hatte er gerechnet, aber damit nicht. Grundgütiger. Er versuchte sich an den schlaksigen Jungen zu erinnern, der für seinen kleinen Bruder gesorgt und ihn immer mit großen, ängstlichen Augen angesehen hatte, während seine Mutter jammerte und mit dem Schicksal haderte. Es gelang ihm nicht, das Bild blieb flüchtig, mehr Einbildung als Reflextion einer tatsächlichen Begegnung.

»Was den herabstürzenden Leuchter betrifft, ich habe erst am nächsten Morgen davon erfahren. Ich verließ das Theater, da ich es nicht ertrug, zu sehen, wie Ihr zuerst Euren Liebhaber Jérôme beobachtet habt und d'Aubigny Euch dann eindeutig Avancen machte, während Ihr mich ignoriert habt. Und die Pferde ... ich mag sie, darum war ich oft in den Stallungen. Ich konnte nicht reiten, als ich nach *Belletoile* kam. Erst nach Eurer Erlaubnis habe ich mich an einen der Stallknechte gewandt, obwohl es mir natürlich lieber gewesen wäre, Ihr wärt mein Lehrmeister geworden.« Er ließ den Sessel los, vergrub die Hände in den Taschen seiner Brokatjacke und trat zum Bett.

Henri sah ihn mit einem mulmigen Gefühl in der Magengrube an. Die Erleichterung, die er empfunden hatte, als sich herausstellte, dass Vincent nichts mit den Anschlägen zu tun hatte, beruhte natürlich auch auf der Tatsache, dass er sich mit dem Gedanken anfreundete, ihn vielleicht doch zu seinem Geliebten zu machen und die Gewissensbisse wegen seiner Jugend einfach beiseitezuschieben. Das Verlangen, das er nach ihm empfand, war zu groß, um es einfach zu ignorieren.

Aber das, was er gerade erfahren hatte, änderte alles. Von Vincents Seite aus waren Gefühle im Spiel, tiefe und aufrichtige, über Jahre hinweg aufgestaute Gefühle. Er sprach nicht von flüchtigem Begehren, von schnell erlangter Befriedigung durch raffinierte amouröse Spiele, er sprach von Liebe, von Vertrauen, von Romantik, von einer gemeinsamen Zukunft außerhalb des Schlafzimmers. Etwas, das Henri größere Angst machte als ein herabstürzender Leuchter oder ein durchgeschnittener Sattelgurt. Er versuchte seine Ablehnung in sanfte, verständnisvolle Worte zu verpacken, um Vincent nicht mehr zu verletzen als unbedingt nötig. »Vincent, deine Gefühle ehren mich wirklich ...«

Weiter kam er nicht, denn Vincent beugte sich über ihn und presste den Mund auf seine geöffneten Lippen. Eine wenig glückliche Erfahrung in seiner Jugend hatte Henri früh davon kuriert, Küsse auszutauschen. Noch dazu waren Küsse bei sexuellen Begegnungen, wie er sie bevorzugte, völlig unnötig.

Im ersten Moment wollte er Vincent von sich stoßen, doch dessen Hand schob sich in seinen Nacken und hielt ihn fest. Seine Zunge strich an der von Henri entlang, flatterte um die Spitze und zog sich zurück, nur um gleich wieder zuzustoßen. Ungezügelte Leidenschaft verlieh Vincents Kuss ein Feuer, das eine Schneise durch Henris Bewusstsein brannte. Er vergaß alles um sich herum, seine Gedanken zerstoben in einem bunten Nebel und sein Verlangen besiegte den Verstand. Er schob die Hand unter Vincents Hemd, während er anfing, an seiner Zunge zu saugen. Vincent stöhnte, und das Vibrieren seiner Lippen lief in einer direkten Linie in Henris ohnehin schon angeschwollene Rute. Er vertiefte den Kuss und fasste mit der anderen Hand nach der deutlichen Wölbung in Vincents Hose. Durch den glatten Stoff hindurch massierte er ihn langsam und rhythmisch, das Ausmaß der Erektion, die er unter seinen Fingern spürte, ließ sein eigenes Blut immer schneller durch die Adern jagen. Er wollte ihn spüren, ohne den hinderlichen Stoff, er wollte ihn schmecken, ihn zur äußersten Ekstase treiben und ihn leertrinken, während sich dieser herrliche Körper unter ihm wand.

Mit einem erstickten Laut knickten Vincents Knie ein, und er sank aufs Bett. Seine heftigen Kontraktionen verrieten, dass er seinen Höhepunkt erreicht hatte. Er löste seinen Mund von Henris Lippen und lehnte die Stirn an seine. Nach wenigen Momenten hob er den Kopf. Seine Augen waren dunkel und undurchdringlich, seine Lippen glänzten rot und feucht, wie eine besonders süße Frucht. Unerwartet heftig machte er sich los und trat einen Schritt vom Bett zurück. Mit gespreizten Fingern fuhr er durch sein dichtes Haar und rang dabei sichtlich um Fassung.

Henri sah ihn an, verwirrt und gefangen in einer eigenartigen Hilflosigkeit, die er noch nie empfunden hatte und die nichts mit seinem eigenen, unbefriedigten Verlangen zu tun hatte.

»Sekretär also. Ich kam her, um etwas anderes für Euch zu sein, Euer Gnaden«, sagte Vincent noch immer atemlos. »Doch wenn es das ist, was Ihr wollt, dann werde ich es sein. Euer Sekretär.«

Etwas in Henri drängte ihn, Vincent die Tür zu weisen und ihm zu verbieten, jemals wieder sein Haus zu betreten. Ihn zu vergessen und ihm das Vergessen zu befehlen. Für sein eigenes Seelenheil und das von Vincent. Dennoch konnte er es nicht tun. Er konnte ihn nicht wegschicken. Das Nicken seines Kopfes war so schwach, dass er es kaum spürte.

Vincent sah es dennoch. »Gut, Euer Gnaden. Dann bin ich

von heute an Euer Sekretär. Und Ihr braucht Euch keine Sorgen zu machen, dass ich Euch jemals wieder in eine Situation wie eben bringe. Ich kenne meinen Platz.« Er verbeugte sich steif. »Entschuldigt mich, aber ich muss meine Kleidung in Ordnung bringen.«

Nachdem die Tür ins Schloss gefallen war, lehnte Henri den Kopf in die Kissen und schloss die Augen. Er war nicht daran gewöhnt, Fehler zu machen. Und dieser Fehler würde ihn mehr kosten, als alle anderen vorher.

27

»Ihr wolltet mich sprechen, Henri?« Elaine setzte sich dem Herzog gegenüber. Seit dem Vorfall im Zwinger waren vier Tage vergangen, dennoch sah er reichlich mitgenommen aus. Gestern hatte man Bernard neben seiner Tochter und seiner Frau begraben. Vincent hatte dafür gesorgt, dass alles reibungslos vonstattenging und sich dabei als Henris vorläufiger Sekretär vorgestellt. Henri selbst war weder bei der Beisetzung erschienen noch hatte er sich sonst in der Öffentlichkeit gezeigt.

Auch die Nächte der Aphrodite waren ausgesetzt worden, und Elaine nahm an, dass Henri sie deshalb zu sich beordert hatte. Dank Troys Fürsorge hatte sie sich gut erholt. Sie waren die letzten Tage ununterbrochen zusammen gewesen, und er behandelte sie mit einer Mischung aus Respekt und Zuneigung, die ihr immer wieder ans Herz ging. Obwohl er sie mit keinem Wort mehr drängte, begann sie ernsthaft darüber nachzudenken, mit ihm nach *La Mimosa* zu gehen. Sie liebte ihn, das wusste sie, und es sah ganz so aus, als meinte er tatsächlich, was er sagte. Und das erschien ihr einen zweiten Versuch wert.

»Ich werde nächste Woche nach Versailles reisen.« Die Stimme des Herzogs klang müde.

Elaine legte die Hände ineinander. »Und vermutlich wollt Ihr ein großes Fest vor Eurer Abreise veranstalten, nun, ich …«

»Ich will Euch fragen, ob Ihr mich begleiten wollt, Elaine«, unterbrach er sie.

Fassungslos starrte Elaine ihn an. »Nach Versailles? Ihr fragt, ob ich mitkommen möchte?« Ihre Stimme überschlug sich. »Natürlich will ich das. Ach, Henri, ich hätte nie gedacht, dass Ihr mich mitnehmen würdet. Wie soll ich Euch nur danken?«

Er machte eine wegwerfende Handbewegung. »Dann hat unser Verhältnis also nicht unter Bernards Tat gelitten? Immerhin bin ich schuld daran, dass Ihr Euch in Lebensgefahr befunden habt.«

»Bernard war verwirrt, er wusste nicht, was er tat, das hat Vincent uns doch erklärt. Wie sollte ich Euch deshalb böse sein? Ihr könnt nichts dafür.« Sie runzelte die Stirn, weil sie nicht nachvollziehen konnte, wie Henri überhaupt auf diese Idee kam.

Er seufzte. »Gut, dann seid Ihr einverstanden, mich zu begleiten?«

Sie nickte so heftig, dass sich einige Strähnen aus ihrer Hochsteckfrisur lösten. »Wie könnt Ihr nur fragen? Davon träumt doch jeder! Versailles, ich kann es noch gar nicht fassen.« Sie versuchte, ihre Begeisterung zu kaschieren und bemühte sich um einen ernsthaften Ausdruck. »Soll ich dort auch als Zeremonienmeisterin auftreten?«

Henri zuckte mit den Schultern. »Offen gestanden, darüber habe ich mir noch keine Gedanken gemacht. Ich dachte, es wäre eine Möglichkeit, Euch nach einem passablen Ehemann umzusehen. Vorausgesetzt, Ihr strebt nicht mehr die Stelle an der Seite des Chevalier de Rossac an«, sagte Henri trocken. »In letzter Zeit schien es mir, als hättet Ihr Eure Differenzen beigelegt.«

»Wir haben in der Tat zu einer ... Ebene gefunden, auf der wir uns verständigen können.« Dass Henri ihre Beziehung zu Troy dermaßen genau beobachtete, war ihr nicht aufgefallen. Warum er dennoch vermutete, sie könnte sich einen

Ehemann suchen wollen, entzog sich ihrem Vorstellungsvermögen. Da sie aber wusste, dass er Troy nicht wohlgesinnt gegenüberstand, wollte sie nicht mehr zu ihrer Beziehung sagen.

»Schön, Ihr werdet mich also begleiten. Die Idee mit dem Abschiedsfest ist wirklich eine Überlegung wert. Ich mag rauschende Feste. Ihr habt freie Hand, lasst Euch etwas einfallen und überrascht mich.«

Sie nickte und sprang auf. »Gerne Henri. Und nochmals vielen Dank, dass Ihr mich nach Versailles mitnehmt.«

Glücklich lief sie über den Flur, der Gedanke an Versailles und den König verlieh ihr Flügel. Auf der Treppe kam ihr Troy entgegen und fing sie auf, ehe sie ihn umrannte. »Wohin so eilig, meine Schöne?« Er wirbelte sie einmal herum, ehe er sie wieder auf den Boden stellte und die Gelegenheit zu einem Kuss nutzte.

»Ich habe Neuigkeiten, Troy, ganz wunderbare Neuigkeiten«, keuchte sie atemlos.

Er lachte. »Dann lass hören.«

»Du weißt doch, dass Henri nächste Woche nach Versailles reist?«

Er nickte. »Ja, ich weiß auch, dass die Vorbereitungen dafür schon begonnen haben.«

»Nun, ich darf ihn begleiten.«

Troy blickte in ihre strahlenden Augen und fühlte regelrecht, wie ihm der Boden unter den Füßen weggezogen wurde. Ihre unbändige Freude konnte man mit den Händen greifen. Er versuchte zu lächeln, obwohl sein Herz entzweibrach. »Wie schön für dich.«

Er hatte die Hoffnung nie aufgegeben, sie von seinen Gefühlen zu überzeugen. Und die letzten Tage hatten ihn weiter darin bestärkt. Aber in Versailles würde sie einen Mann finden, der ihr mehr bieten konnte als ein heruntergekommenes

Weingut ohne Dienstboten und ohne Komfort. Die ländlichen Vergnügungen konnten sich ebenfalls nicht mit denen von Versailles messen.

Er hatte verloren. Er hatte Elaine verloren.

»Ich kann es noch gar nicht fassen. Ich bin so glücklich, Troy. Niemals hätte ich gedacht, nach Versailles zu kommen und den König zu sehen, ich bin so aufgeregt.« Sie warf sich in seine Arme und mit dem Mut der Verzweiflung hielt er sie fest. Er spürte, wie sie vor Freude vibrierte und streichelte ihren Kopf, der an seiner Schulter lag. »Du warst doch auch noch nicht dort, Troy. Bist du auch so aufgeregt?«

Die Worte sickerten in seinen Verstand, und er begriff, dass sie annahm, er würde sie begleiten. »Ich war noch nie in Versailles, Elaine, und ich werde auch nicht hingehen«, sagte er langsam.

Sie löste sich aus seinen Armen. »Das ist nicht dein Ernst? Versailles, verstehst du nicht?«

»Es gibt dort nichts, was mich reizt, ich kenne es aus Tristans Erzählungen. Außerdem kann ich nicht so lange von *La Mimosa* wegbleiben, in einem guten Monat beginnt die Weinlese.«

Ihre Augen weiteten sich vor Fassungslosigkeit. »Aber ich will nach Versailles. Das ist meine einzige Chance, dorthin zu kommen.«

Troy blickte zu Boden. »Ich weiß.«

»Trotzdem wirst du mich nicht begleiten?«

Er schüttelte den Kopf. »Auch wenn ich es möchte, Elaine, es ist nicht möglich.« Er räusperte sich. »Außerdem wirst du ohne mich vermutlich eher jemanden finden, der ...«

»Schweig, oder ich vergesse mich. Glaubst du, deshalb gehe ich nach Versailles? Weil ich einen Mann suche?«

Er sah sie an. »Bei Marie hat es funktioniert.«

Sie schlug zu, noch ehe er die letzte Silbe ausgesprochen

hatte. Der Schmerz, den ihre Hand auf seiner Wange verursachte, war nichts im Vergleich zum Schmerz, der sein Herz zerriss.

Ihre Augen schossen Blitze. Er sah, wie sie vor ohnmächtigem Zorn die Finger zur Faust schloss und wieder öffnete. »Ich bin nicht Marie. Aber danke, dass du mich daran erinnert hast.«

Sie drehte sich um und lief den Flur entlang.

Troy blickte ihr nach. Er hatte verloren. Endgültig.

»Die ersten Wagen mit den Dienstboten und den Kleidertruhen brechen morgen auf, Euer Gnaden. Sie werden die Appartements im Schloss für unsere Ankunft zurechtmachen.« Vincent blickte auf die Listen in seinen Händen. »Ein zweiter Tross macht sich Donnerstag auf den Weg. Etienne wird mit uns fahren, er möchte ständig zu Eurer Verfügung stehen. Er sagte, dass es bisher immer so ablief. Ich hoffe, das ist in Eurem Sinn.«

»Vortrefflich.« Henri saß hinter seinem Schreibtisch. Seit er Vincent aufgetragen hatte, sich um die Organisation der Reise nach Versailles zu kümmern, lief alles reibungslos. Außerdem erledigte er die liegengebliebene Korrespondenz nach einer kurzen Unterweisung mehr oder weniger eigenständig. Auf die Frage, wo er denn lesen und schreiben gelernt hatte, gab er eine so ausweichende Antwort, dass Henri nicht nachhakte. Offensichtlich hingen damit Umstände zusammen, über die er nicht reden wollte.

Auch sonst hielt er sich an sein Versprechen, nie wieder eine Situation heraufzubeschwören, die auch nur den Anflug erotischer Stimmung aufkommen ließ. Er benahm sich so derart neutral, dass Henri manchmal überlegte, ob er sich Vincents Geständnis nicht eingebildet hatte.

Sein eigenes Verlangen nach dem Mann wurde dadurch nicht gemildert. Noch immer drehten sich seine Tag- und Nachtträume um ihn, aber das Wissen, welche Konsequenzen ein Nachgeben seiner Sehnsucht haben würde, brachte ihn dazu, sich zu beherrschen.

»Ich bin sehr zufrieden, Vincent. Etienne reist tatsächlich immer mit mir. Dieses Arrangement hat sich sehr bewährt. Allerdings …« Er räusperte sich. »… wir haben zwar noch nicht darüber gesprochen, aber ich möchte, dass du hierbleibst. Es beruhigt mich ungemein, zu wissen, dass ein vertrauenswürdiger Mann sich um die Angelegenheiten auf *Belletoile* kümmert, während ich weg bin.« Das war nur die halbe Wahrheit. Den anderen Teil konnte er nicht laut aussprechen. Er wollte Vincent nicht in Versailles haben, weil er dort einiges Aufsehen erregt hätte. Ein derart attraktiver Mann würde Angebote ohne Zahl erhalten und von allen Seiten hofiert werden. Damit konnte er nicht umgehen. Alleine der Gedanke daran ließ ihn vor Eifersucht rotsehen. Vincent gehörte ihm, und wenn er ihn auch nicht besitzen konnte, so wollte er nicht dabei zuschauen, wie andere Männer oder Frauen sich an ihn heranmachten. Und Vincent womöglich dieser Versuchung erlag. Immerhin war er jung und leicht beeindruckbar.

Etwas an Vincents Haltung veränderte sich unmerklich. »Darüber haben wir wirklich nicht gesprochen, Euer Gnaden. Euer Vertrauen ehrt mich, aber ich denke, ich kann Euch in Versailles von größerem Nutzen sein als hier.«

Henri verlieh seiner Stimme jene Autorität, für die er bekannt und gefürchtet war, um das Gespräch ein für alle Mal zu beenden. »Da täuscht Ihr Euch. Ich wünsche, dass Ihr hier bleibt, Vincent, die Gründe habe ich genannt, und ich werde darüber nicht diskutieren.«

Die Stille im Raum ließ sich mit den Fingern greifen und

eine Wand aus Eis baute sich vor dem Schreibtisch auf. Vincent straffte sich. »Wie Ihr wünscht, Euer Gnaden.« Seine Verbeugung kam über ein knappes Nicken nicht hinaus. Ohne ein weiteres Wort verließ er den Raum. Die Tür krachte hinter ihm ins Schloss und gab eine deutlichere Stellungnahme ab, als Worte es tun könnten.

Elaine stürzte sich in die Vorbereitungen für das Abschiedsfest. Sie wollte nicht über Troys Weigerung, sie nach Versailles zu begleiten, nachdenken, und sie wollte sich davon auch nicht die Freude verderben lassen. Möglich, dass seine Entscheidung auf seinen festgemauerten Grundsätzen beruhte, aber sie akzeptierte diese Entscheidung nicht. Für die Weinlese könnte sicher eine Lösung gefunden werden, wenn er sich um eine bemühen würde. Und das zog er nicht einmal Erwägung. Lieber ließ er sie gehen. Sie war ihm also nicht wichtig genug. Diese Einsicht schmerzte, aber es war gut, dass sie rechtzeitig erfahren hatte, wie die Dinge lagen, und Prioritäten setzen konnte.

Das Fest war ihre oberste Priorität. Gaultier hatte ein exquisites Menü zugesagt, und sie wollte ein Feuerwerk im Park veranstalten, das um Mitternacht gezündet werden sollte. Unter den Gärtnern war ein Mann, der sich damit auskannte, wie sie herausfand. Was ihre Aufgabe als Zeremonienmeisterin betraf, so dachte sie daran, eine Art Scharade aufführen zu lassen. In den Aufzeichnungen von Béatrice hatte sie auch den Namen einer gerade anwesenden Frau gefunden, die es liebte, sich vor Zuschauern langsam zu entkleiden, auf eine Art, die allen Anwesenden die Luft knapp werden ließ.

Sie traf die Vorbereitungen, sprach mit den Gästen, die eine aktive Rolle in ihrer Inszenierung spielen sollten und begann nebenbei, ihre Sachen in große Truhen zu verpacken. Troy sah sie zwar gelegentlich, aber nur von weitem, weil sie ein direktes Zusammentreffen mit ihm vermied.

Am Tag des Festes bauten die Arbeiter eine lange Tafel im Park vor dem Neptunbrunnen auf. Der Neptunbrunnen stellte eine Gruppe römischer Götter über einem muschelförmigen Wasserbecken dar, in dem Goldfische und Seerosen schwammen. Abends sollten hunderte Kerzen in kleinen Holzschiffchen im Bassin treiben. Das Feuerwerk wurde hinter dem Neptunbrunnen vorbereitet.

Elaine führte eine letzte Inspektion durch, ehe sie sich auf ihr Zimmer zurückzog, um sich umzukleiden. Wie immer hatte ihr Sandrine einen kleinen Imbiss gebracht, da sie an der Tafel nicht teilnahm. Sie war bereits fertig angezogen und bürstete ihr Haar, als es an der Tür klopfte. Ungehalten rief sie: »Herein.«

Es war allgemein bekannt, dass sie bei ihren Vorbereitungen für die Nacht der Aphrodite nicht gestört werden wollte. Wer besaß wohl die Dreistigkeit, dieses Gebot zu missachten?

Die Tür öffnete sich, und Troy betrat den Raum. Elaine stemmte die Hände in die Hüften. »Was willst du? Meine Zeit ist knapp, ich muss mich bereitmachen.«

»Ich halte dich nicht lange auf. Keine Sorge, Elaine«, erwiderte Troy, ohne sich von ihrer Gereiztheit beeindrucken zu lassen. »Ich will mich verabschieden, da ich dazu morgen vielleicht keine Gelegenheit mehr habe.«

Elaine verschränkte die Arme vor der Brust und hob die Brauen. »Ich bin ganz Ohr.«

Er schloss die Tür und blieb vor ihr stehen. »Ich habe dich bereits um Verzeihung gebeten, für alles, was ich dir angetan habe, Elaine. Ich tue es hiermit noch einmal, obwohl ich verstehe, wenn du mir nicht vergeben kannst.«

Sie neigte den Kopf, und er fuhr fort: »Die Zeit hier hat mir vieles vor Augen geführt, was ich vorher nicht gesehen habe. Oder nicht sehen wollte. Ich habe mich immer für Dinge begeistert, die ich nicht haben konnte, die außerhalb meiner Reichweite lagen. Im Grunde wollte ich nur Theologie studieren, weil ich genau wusste, dass es unmöglich war. Ich hatte einen Traum, den ich mit Selbstmitleid nähren konnte.« Er machte eine Pause und sah Elaine mit einem derart intensiven Blick an, dass ihr Herzschlag ins Stolpern geriet. »Ebenso war es mit Marie. Ich habe sie zum Objekt meiner Liebe gemacht, weil sie für mich unerreichbar war. Ich konnte in Melancholie und Schwermut baden, ich brauchte mir keine Gedanken darüber zu machen, dass sie mich nicht liebte. Nie lag es an mir, an meinen Fehlern, an meinem Verhalten, an meiner Persönlichkeit, wenn sie mich nicht liebte, denn sie war ja ohnehin tabu für mich. Ich durfte mir alles vorstellen, was ich wollte. Alles in sie hineinstopfen, meine Wünsche, meine Träume, und ihr Eigenschaften andichten, die sie vermutlich gar nicht besaß, denn ich musste mich nie der Wahrheit stellen. Ein geschlossener Kreislauf sozusagen. Ich liebte ein Phantom, dem ich die Gestalt von Marie verlieh.«

Elaine wippte ungeduldig mit dem Fuß. »Und weiter?«

Er ließ sich nicht aus der Ruhe bringen. »Einen Menschen zu lieben mit all seinen Stärken und Schwächen, das habe ich erst durch dich gelernt, Elaine. Dich kann ich nicht einfach nach meinen Wünschen ändern und zurechtbiegen oder beiseiteschieben, wenn mir danach ist. Dennoch liebe ich dich. Aber ich habe versagt, dich von meiner Liebe zu überzeugen, und ich habe die Liebe, die du für mich empfunden hast, zerbrochen. Ich bin an mir selbst gescheitert und kann mich nicht hinter widrigen Umständen und Ausreden verstecken. Wenn ich unglücklich bin, dann nur durch meine eigene Unfähigkeit, deine Liebe rechtzeitig zu würdigen.« Er trat auf

Elaine zu und griff nach ihren Händen. »Ich wünsche dir Glück. Ich wünsche dir, dass du einen Mann findest, der es wert ist, dass du ihm deine Liebe schenkst. Ich will, dass du glücklich bist, Elaine, auch wenn dein Glück mein Unglück bedeutet. Geh nach Versailles und finde ihn, diesen Mann, werde glücklich und vergiss, dass du mich jemals gekannt hast.«

Elaine sah ihn an. Seine Hände hielten die ihren, und sie spürte, wie Wärme in sie floss. Die Aufrichtigkeit ihn seinem Gesicht war nicht gespielt. Er liebte sie und gab sie dennoch frei, damit sie ihr Glück finden konnte.

Ihre Kehle wurde eng. »Auch ich habe Gelegenheit gehabt nachzudenken. Ich weiß jetzt, dass du mich nicht absichtlich verletzen wolltest, Troy. Was du getan hast, hätten viele Menschen in deiner Situation getan. Ich trage dir nichts nach, das sollst du wissen. Ich möchte, dass wir als Freunde auseinandergehen.«

Er hob ihre Hände an seine Lippen. »Ich danke dir, Elaine. Du hast ein großes Herz. Ich wünsche dir, dass du jemanden triffst, der das erkennt und zu schätzen weiß.«

Damit ließ er ihre Hände wieder los, verbeugte sich und verließ das Zimmer. Elaine blieb zurück. Sie fühlte sich einsamer als je zuvor.

28

Henri saß in der Mitte der Tafel. Die milde Nacht wurde von Fackeln und Kerzen erhellt, die sich im Tafelsilber und Porzellan spiegelten. Die Lichter im Bassin des Neptunbrunnens gaben der Umgebung etwas Märchenhaftes, das die Tafel samt Gästen in ein Land jenseits der Wirklichkeit entführte.

Gaultiers Menü hatte eine neue Steigerung erfahren, in jedem Gang war ein Stück Blattgold verarbeitet worden, gleichgültig, ob es sich um Consommé, Gänseleberparfait oder Rinderbraten handelte. Die Gäste aßen staunend, und das Staunen der Gäste ging weiter, als auch der Wein in den Gläsern mit feinem Goldstaub überpudert serviert wurde.

Nach dem Dessert stieg die Comtesse de Grangé ohne viel Federlesen auf den Tisch. Sie ging mit kokett schwingenden Hüften auf der Tafel entlang und kickte dabei mit ihren hochhackigen Seidenschuhen immer wieder Gläser und Geschirr zu Boden. Ihr Kleid war so geschneidert, dass sie einen Teil nach dem anderen ohne Schwierigkeiten ablegen konnte. Sie tat es mit graziösen, aufreizenden Bewegungen, die die Gäste zu anfeuernden Rufen animierten.

Henri sah sich nach Elaine um und entdeckte sie neben dem Neptunbrunnen. Der Comte de Syra unterhielt sich mit ihr, aber nach Elaines Körpersprache zu urteilen, verschwendete er nur seine Zeit.

Henris Blicke streiften Vincent, der ihm leicht versetzt gegenübersaß. Seine geröteten Wangen verrieten, dass er dem Wein mehr zugesprochen hatte als gewöhnlich. Dafür wirkte Troy geradezu erschreckend nüchtern.

Die Comtesse blieb direkt vor ihm stehen, und er kam nicht umhin, an den bestrumpften Beinen entlang nach oben zu blicken. Ihre haarlose Scham war mit Blattgold überzogen, ebenso wie die Brustwarzen samt Aureolen. Als sie völlig nackt war, legte sie sich auf den Tisch. Alles, was ihr dabei in die Quere kam, fegte sie mit Händen und Füßen zu Boden.

Einige Männer machten sich sofort über sie her, andere widmeten sich ihren Begleiterinnen, und binnen weniger Minuten nahm auf dem Tisch und dem Rasen eine ausschweifende Orgie ihren Lauf. Henri zog seine Taschenuhr heraus. Zu seiner Erleichterung war es bereits kurz vor Mitternacht.

Das Feuerwerk beeindruckte ihn über alle Maßen. Es hatte erst zweimal vorher auf *Belletoile* stattgefunden, und er genoss das Bild der bunten Spiralen und des Sternschnuppenregens wie ein kleines Kind. Seine Augen suchten Vincent, um diesen Moment mit ihm zu teilen, aber er konnte ihn nirgends entdecken. Elaine lehnte an einer überlebensgroßen Brunnenfigur, Troy lag ausgestreckt in der Wiese und blickte zum Himmel. Keiner von ihnen wirkte glücklich.

Als die letzten Feuerwerkskörper verloschen waren, erhob sich Henri und machte sich auf den Weg zu seinen Räumlichkeiten. Er plante, morgen so früh als möglich aufzubrechen, um die ersten kühlen Stunden des Tages zu nutzen.

Er betrat sein Ankleidezimmer, warf die Perücke achtlos beiseite und trat an den Waschtisch, um sein Gesicht mit einem feuchten Tuch von der Schminke zu befreien. Als er nach dem Klingelzug greifen wollte, um Etienne zu rufen, fiel sein Blick auf den Türspalt zum angrenzenden Schlafzimmer, durch den ein schwacher Lichtschimmer drang. Langsam öffnete er die Tür.

Vincent lag auf seinem Bett. Nackt und mit einer Erektion,

die ihresgleichen suchte. Henri atmete tief ein und spürte, wie ihm der kalte Schweiß ausbrach.

»Auch ich möchte mich von Euch verabschieden, Euer Gnaden.« Vincents Stimme klang heiser und auffordernd. Sein Gesicht war noch immer gerötet. Er schloss die Hand um seine harte Rute und fuhr spielerisch daran auf und ab.

Wie von einem Magneten angezogen trat Henri näher. Seine Blicke tranken hungrig jedes Detail dieses herrlichen Körpers, und seine Erregung sprengte alle Fesseln der Vernunft, die ihm zurief, Vincent aus dem Bett und dem Zimmer zu werfen, ehe etwas passierte, das nicht mehr rückgängig gemacht werden konnte. Seine Finger begannen zuerst die Knöpfe des Justaucorps und dann die des Hemdes zu öffnen, ohne dass sein Gehirn den Befehl dazu gegeben hatte.

»Es wäre besser, du würdest gehen.« Seine Stimme klang heiser. »Besser für dich und besser für mich.«

Vincent zuckte mit den Schultern und zog die Vorhaut von seiner feucht glänzenden Eichel zurück. »Ich habe selten das getan, was gut für mich war. Und ich werde jetzt nicht damit anfangen.«

Henri spürte Vincents Blicke, die begierig verfolgten, wie er sich entkleidete, und begann seine hastigen Bewegungen durch träge, laszive Gesten zu ersetzen. »Du hast mir gesagt, dass du noch nie mit einem Mann zusammen warst. Stimmt das oder gehörte es zu deiner Maskerade?«

Ein Lächeln glitt über Vincents Züge. »Es stimmt. Ich wollte immer, dass Ihr mich die Liebe lehrt, Euer Gnaden.«

»Henri«, korrigierte der Herzog.

Vincents Lächeln vertiefte sich. »Im Augenblick finde ich es passender, bei der Euch gebührenden Anrede zu bleiben.«

Henri trat ans Bett. »Es gibt ein paar Dinge, die du vorher wissen solltest. Mir sind körperliche Berührungen ein Gräuel, ebenso wie ...«

»Wie Küsse auf Eure unwiderstehlichen Lippen«, vollendete Vincent. »Eure Liebhaber müssen nach Befriedigung Eurer Lust Euer Schlafzimmer verlassen, und bei den Nächten der Aphrodite macht man Euch niemals offen Avancen.«

»Ich bin beruhigt, dass meine Spielregeln allgemein bekannt sind«, sagte Henri trocken. »Dieses Wissen erleichtert es mir ...«

Ohne Vorwarnung kniete sich Vincent auf, schlang die Arme um Henris Hals und presste den Mund auf seine Lippen, wie er es schon einmal getan hatte. Mit den Fingern durchkämmte er das kurzgeschorene Haar und zog Henri enger an sich.

Henri vergaß, dass er Küsse verabscheute, seit sich in seinen Jungendtagen ein unwilliger Stallbursche übergeben hatte, als er ihm die Zunge in den Mund steckte, und dass er eine Abneigung gegen streichelnde Hände auf seiner Haut hegte. Sein Blut floss wie prickelnder Champagner durch die Adern, und seine Gedanken zerplatzen wie schillernde Seifenblasen, während Vincents Lippen ihre Magie woben. Zögernd legte er die Hand auf Vincents Hüfte und spürte nichts als glatte Haut und sehnige Muskeln. Er ließ ihm die Führung bei dem Kuss und zeichnete mit den Fingern die Kontur des kleinen, prallen Hinterns nach. Drückte ihn und knetete ihn spielerisch, um ihn schließlich fest zu umfassen und Vincents Unterleib an seinen zu ziehen.

Die heiße Rute direkt auf seiner Haut zu spüren, ließ ihn selbst bis zum Bersten anschwellen. Er stieß die Zunge tief in Vincents Mund und entlockte ihm ein heiseres Stöhnen. Ihre Körper rieben sich in einem aufreizenden Rhythmus aneinander, und Henri drückte Vincent schließlich sanft, aber bestimmt in die Kissen. Er hob den Kopf und murmelte atemlos: »Du kennst die Regeln, aber du scherst dich keinen Deut drum, oder?«

»Ich wäre ein Narr, wenn ich nicht Euren Mund küssen würde oder mir die Lust versagte, Euren Körper zu berühren. Möglicherweise wart Ihr bisher von Narren umgeben, aber ...«

»... du gehörst nicht dazu.« Henri sah ihn an und stürzte kopfüber in die glänzenden grünen Augen. Verlangen spiegelte sich auf ihrem Grund und Neugier und ... Unsicherheit. In diesem Moment erkannte Henri die ganze Tragweite von Vincents Unterfangen, das alle Widersprüchlichkeiten in seinem Verhalten erklärte. Er hatte über die Jahre einen Plan geschmiedet, ihn in die Tat umgesetzt und war bereit, alles auf eine Karte zu setzen, um auch den letzten Schritt zu machen. Er mochte jung und naiv sein, aber gleichzeitig wusste er genau, was er tat. Auch wenn ihm dieses Wissen Angst machte und ihn in einem Augenblick als forschen Draufgänger erscheinen ließ, im anderen als schüchternen Jungen. Eine Welle von Sympathie überschwemmte Henri. Um diese Welle nicht näher analysieren zu müssen, schlug er einen spielerischen Ton an.

»Du wagst dich weit hinaus, *mon petit*.« Er wickelte die blonden Locken um seine Finger. »Hast du nicht Bedenken, dass du mich durch dein loses Mundwerk verärgern könntest?«

»Und Ihr mir dann mein loses Mundwerk stopfen würdet?« Vincent grinste. »Oh ja, Euer Gnaden, genau deshalb bin ich hier.«

Henri zog leicht an den messingfarbenen Strähnen. »Sei vorsichtig, dass du bei dem Handel nicht mehr bekommst, als du bewältigen kannst.«

»Mit Worten seid Ihr verdammt gut, Euer Gnaden, ich bin schon gespannt, ob es sich mit den Taten ebenso verhält.«

Statt einer Antwort leckte Henri über seine rechte Brustwarze und biss dann spielerisch zu. Vincents Hüften zuckten hoch, und ein kurzer, überraschter Schrei entrang sich seinen Lippen. Während Henri die Hand um seine Rute schloss und weiter an der winzigen Knospe saugte, hörte er Vincents lustvolles Stöhnen, das sich schnell höherschraubte.

Er beschloss, etwas weniger rasant ans Werk zu gehen und hob den Kopf, um sich an dem ausgestreckten Körper zu erfreuen. Noch nie hatte er einen schöneren Mann im Bett gehabt. Vincents Brust hob und senkte sich heftig, die Bauchmuskeln zeichneten sich unter der glatten Haut ab, und das Vlies, aus dem sich seine Erektion erhob, glänzte wie gesponnenes Gold. Schon das Betrachten dieses Kunstwerks ließ Henris Herz in schnelles Stakkato ausbrechen. Er strich über die sehnigen Oberschenkel und drückte sie ein wenig auseinander, um die vollen Hoden in seiner Hand zu wiegen.

Vincent keuchte und legte den Arm über die Augen. »Wenn ich gewusst hätte, was mich erwartet, hätte ich mich nicht damit aufgehalten, mich auf die staubige Landstraße zu legen.«

»Und dabei haben wir ja noch nicht einmal richtig angefangen.« Henri stand auf und zog die Lade des Nachtkästchens auf. Aus dem Sammelsurium an Tiegeln und Döschen wählte er eines, dessen Inhalt nach Sandelholz duftete. Er kniete sich wieder neben Vincent aufs Bett und betrachtete voller Verlangen dessen Erektion, die sich bis zum Nabel spannte.

Als er sich über ihn beugte und den Schaft mit der Zunge berührte, musste er ein Stöhnen unterdrücken. So heiß. So hart. So lebendig. Er leckte bis zur Spitze und streifte mit den Lippen die Vorhaut zurück. Dann ließ er ihn tief in seinen Mund gleiten, so quälend langsam, dass sich Vincents Becken vom Bett hob, um ihm entgegenzukommen. Als er wieder zurückglitt und anfing, die Kuppe mit seiner Zunge zu reizen, stieß Vincent einen unartikulierten Fluch aus.

Während Henri fortfuhr, ihm mit seinem Mund Lust zu bereiten, öffnete er den bereitliegenden Tiegel und tauchte den Zeigefinger in die ölige Paste. Vorsichtig tastete er nach Vincents festverschlossener Pforte und begann, sie mit der Paste zu salben. Vincent spannte sich an, aber Henri machte weiter, so lange, bis sich die ringförmigen Muskeln entspannten und seinem Finger Einlass gewährten. Er schob ihn tiefer und massierte die kleine Schwellung, von der wusste, dass sie die Lust seines Opfers noch steigern würde.

Vincent stöhnte laut auf, stieß den Kopf in die Kissen und wand sich, um ihn noch besser spüren zu können. Henris Brust überzog sich mit feinen Schweißperlen, und aus seiner Rute quollen die ersten Lusttröpfchen. Er bewegte den Finger, saugte im gleichen Rhythmus an der Eichel und bereitete sich auf Vincents Explosion vor. Der Samen schoss mit solcher Gewalt in seinen Mund, dass er sich anstrengen musste, alles zu schlucken. Erst als die Kontraktionen verebbten, und er mit der Zunge die letzten Tropfen ableckte, konnte er sich völlig dem Zauber des Moments hingeben.

Vincent richtete sich auf den Ellbogen auf. »Das war wirklich ...« Ein unverschämtes, aber sehr sinnliches Lächeln spielte auf seinen Lippen, während er nach Worten suchte. »... all die Mühe wert.«

Henri konnte nicht anders, als sein Lächeln zu erwidern. Seine eigene Erektion pulsierte schmerzhaft, und er lehnte sich bewusst zurück, um Vincent den Anblick genießen zu lassen. Er schloss die Faust um seinen Schaft und rieb ihn provozierend. »Wenn du dich selbst daran versuchen willst, nur zu.«

Vincents Lächeln verblasste. »Ich dachte ...« Er brach ab und fixierte einen Punkt im Nichts.

»Was dachtest du denn, *mon petit?*«, fragte Henri sanft, gefasst auf alle möglichen abstrusen Antworten. »Du musst nichts tun, was du nicht willst. Du kannst mir auch nur zusehen.«

Vincent schüttelte den Kopf. »Nein, ich will nicht nur zusehen. Ich will ...« Seine Wangen röteten sich, und er holte tief Luft. »Ich will, dass Ihr mich nehmt. Wie ein Mann einen anderen.«

Henri hielt mitten in der Bewegung inne. Damit hatte er nun wirklich nicht gerechnet. Alleine der Gedanke ließ ihm die Luft knapp werden, und Vincents weitere Worte verbesserten seinen Zustand nicht im Geringsten »Ich will Euch in mir spüren, ich will mit Euch verschmelzen, und ich will ein Teil Eurer Lust werden.«

»Vincent ...«

»Und ich will keine Einwände hören. Tut es. Tut es für mich.« In Vincents Stimme lag grimmige Entschlossenheit.

Henris Blicke wanderten über den nackten Körper, der entspannt und verführerisch vor ihm lag. Ganz langsam nickte er. »Wenn du es tatsächlich möchtest, dann soll es so sein.« Er griff nach dem Tiegel mit der duftenden Paste. »Unter einer Bedingung – du sagst mir, wenn es zu viel wird, versprich mir das.«

»Nichts, was Ihr tut, könnte mir zu viel werden.«

»Versprich es.«

Vincent presste die Lippen aufeinander. »Ich verspreche es«, murmelte er schließlich.

»Leg dich auf die Seite und zieh die Knie an die Brust«, befahl Henri und benetzte seine Finger mit der Paste. »Ich werde dich mit meinen Fingern weiten, damit du dich daran gewöhnst, wie es ist, penetriert zu werden.«

Vincent schüttelte den Kopf. »Nein.«

»Nein?« Henri hob die Brauen.

»Nein, ich will Euer Gesicht dabei sehen. Ich will auf dem Rücken liegen.« Vincent schob starrsinnig das Kinn vor.

Henri fluchte unhörbar. Das war keine Stellung für Anfänger. Ihn auf diese Art zu nehmen, würde ihm Schmerzen bereiten, ganz egal, wie behutsam er vorging.

»Vincent, diese Position können wir später versuchen, sie ist für Ungeübte nicht zu empfehlen«, versuchte er zu erklären. »Dabei wirst du mehr Schmerz als Lust empfinden.«

Vincent schüttelte wieder den Kopf und rollte sich herum, damit er auf dem Rücken lag. Er spreizte die Beine, griff nach einem Kissen und stopfte es unter seine Hüften.

Der Anblick brachte Henris letzte Sperre unwiderruflich zum Einsturz. Er kniete sich zwischen Vincents Schenkel und massierte mit öligen Fingern die verschlossene Pforte, die sich unter seinem Druck langsam öffnete. Er ließ einen Finger hineinschlüpfen und dann einen zweiten. Vincents Glied streckte sich. Henri beobachtete jede Regung im Gesicht seines Gespielen, um sofort aufzuhören, wenn er auch nur den Anflug von Unbehagen feststellte. Vorsicht fing er an, die enge Öffnung zu dehnen.

Vincent sah ihn aus halbgeschlossenen Augen an. »Mehr, ich vertrage noch einiges.«

Henri verteilte mit der freien Hand etwas Paste auf seiner Rute und zog die Vorhaut zurück, ehe er sich Vincents Knie über die Schultern legte. »Und das sollst du auch bekommen.«

Seine Eichel fand die Pforte und glitt tiefer. Henri spürte, wie sich der Muskelring weitete, um ihn einzulassen. Die Hitze, die ihn unvermittelt umschloss, brachte ihn an den Rand seiner Beherrschung. Er hielt inne und sah Vincent an. »Gefällt es dir?«, fragte er heiser.

»Ja, hör nicht auf. Ich will alles«, erwiderte Vincent nicht weniger rau.

Henri stützte die Arme neben Vincents Kopf auf und ließ sich tiefer sinken, um sich dann wieder etwas zurückzuziehen und den Körper seines Geliebten auf das Kommende vorzubereiten. Sein Gesicht befand sich direkt über dem von Vincent. »Das sollst du haben. Ein Stückchen noch und ich bin ganz und gar in dir.«

Vincent stöhnte auf. Die Pupillen verdrängten die Iris fast zur Gänze und verliehen seinen Augen einen erstaunten Ausdruck. Seine Arme schlangen sich um Henris Hals, und er presste den geöffneten Mund auf seine Lippen. Ein heißer, hungriger Kuss, in dem sich die Hingabe seines Körpers widerspiegelte.

»Fühlst du dich gut?« Henri hatte sich bis zu den Hoden in ihm versenkt.

»Perfekt, ich fühle mich perfekt«, entgegnete Vincent atemlos mit weit aufgerissenen Augen. »Es ist wunderbar, dich zu spüren, hör nicht auf, Henri.«

Er begann mit sanften Stößen, die schnell heftiger wurden, da Vincents kehliges Stöhnen ihn anstachelte wie eine Droge. Nur mit Mühe zügelte er seine Leidenschaft, um Vincent nicht härter zu nehmen, als er trotz aller Versicherungen ertragen konnte. Die Wucht, mit dem sein Höhepunkt schließlich über ihn hereinbrach, traf ihn völlig unvorbereitet. Sein Körper bäumte sich noch einige Male unkontrollierbar auf, ehe er auf Vincent sank und regungslos liegen blieb.

Arme umfingen ihn und hielten ihn fest. Er spürte Vincents Atem auf seinem Gesicht und streichelnde Fingerspitzen auf seinem Rücken. »Ich liebe dich, Henri. Ich liebe dich mehr als alles andere auf der Welt.«

Henri blieb mit geschlossenen Augen liegen, zu schwach, die nötige Distanz zu schaffen, und zu schwach, sich den zärtlichen Händen zu entziehen. Vincent hatte ihm klargemacht, dass er sich nur an eine Regel halten würde – nämlich keine Regeln zu befolgen. Natürlich konnte er ihm das nicht durchgehen lassen, aber jetzt war nicht die Zeit, dieses Ziel zu verfolgen. Als er sich von Vincent rollte, ging dieser zur Waschschüssel. Er hatte wohl einen zweiten Höhepunkt gehabt, denn auch Henris Brust wies klebrige Spuren auf.

Vincent kam mit einem feuchten Tuch zu ihm und reinigte ihn mit kaum verborgener Zärtlichkeit. Danach streckte er sich neben ihm aus. »Ich wusste nicht genau, was mich erwartet, aber dass es so unglaublich ist, das hätte ich mir nie träumen lassen. Ich danke Euch, Euer Gnaden.«

Vincents Gesicht leuchtete von innen heraus. Er sah so jung und glücklich aus, dass Henri ein Seufzen unterdrückte. Jérômes wütender Abgang fiel ihm wieder ein.

»Vincent, du bist jung und leicht zu beeindrucken …«

»Wollt Ihr mich deshalb nicht mit nach Versailles nehmen?«, unterbrach ihn Vincent.

Der Themenwechsel irritierte Henri, deshalb sprach er seinen ersten Gedanken aus. »Versailles ist ein Ungeheuer, das alle verschlingt.« Dann begriff er. »Du hast das inszeniert, damit ich dich mitnehme.«

Vincent räkelte sich mit einem schelmischen Ausdruck auf dem Gesicht. »Habe ich Erfolg damit?«

Henri unterdrückte den Impuls, einfach ja zu sagen. Was ihn überraschte, denn meistens erlosch sein Interesse nach einer konsumierten Leidenschaft recht rasch. Aber der Gedanke, mehr solcher stürmischer Begegnungen zu erleben, besaß durchaus seinen Reiz. Dann meldete sich die Stimme der Vernunft. »Vincent, im August feiere ich meinen vierzigsten Geburtstag. Ich bin fast zwanzig Jahre älter als du. Jahre, in denen ich Dinge getan und gesehen habe, die ich heute lieber vergessen würde. Zynismus trübt meine Sicht, und den Glauben an das Gute habe ich längst verloren. Von großen Gefühlen ganz zu schweigen.«

»Ihr wollt mir sagen, dass Ihr mich nicht liebt«, fasste Vincent zusammen.

Henri nickte. »Exakt.«

»Nun, ich habe es gehört. Nehmt Ihr mich mit nach Versailles?« Vincent wirkte völlig unbekümmert und nicht, als wäre soeben sein Lebenstraum zerstört worden. Vertrauensvoll blickte er zu Henri auf, der seufzte. »Versailles ist eine Kloake von menschlichem Neid, Missgunst und Eitelkeit, verborgen unter einem dünnen Glanz aus Gold und Purpur. Es bringt das Schlimmste in den Menschen zum Vorschein und vernichtet alles, was rein und unschuldig ist. Ich will dich dem nicht aussetzen.« Mehr war er nicht bereit vor sich selbst und Vincent zuzugeben.

»Warum nehmt Ihr dann Elaine mit?«

»Elaine hat dort die Gelegenheit, einen passablen Ehemann zu finden, deshalb nehme ich sie mit.«

Vincent runzelte nachdenklich die Stirn. »Ich könnte mir einen Gönner suchen, um Euch von meiner Gegenwart zu erlösen. Jetzt, da ich weiß, dass Ihr meine Gefühle nicht erwidert.«

»Nein.« Das Wort zerschnitt die Luft wie ein Peitschenschlag.

Erst als sich ein zufriedenes Lächeln auf Vincents Gesicht ausbreitete, begriff Henri, dass er mit offenen Augen in eine Falle getappt war. »Du wirst dort nicht das finden, was du suchst«, versuchte er sein Verhalten zu kaschieren. »In Versailles wechselt man Liebhaber öfter als Hemden. Man reicht sie mit Empfehlungen weiter, heute in dieses Bett, morgen in ein anderes.«

»Und auf *Belletoile* ist es anders? Ihr werdet mich nicht an d'Aubigny oder einen anderen weiterempfehlen, wenn Ihr meiner überdrüssig seid?« In seinen glitzernden Augen lag eine unübersehbare Herausforderung.

Henri versuchte das Gefühl abzustreifen, in die Enge getrieben worden zu sein. »Wenn ich mich richtig erinnere, suchen meine Liebhaber selbst nach neuen Weidegründen, weil sie mein mangelndes Engagement nur eine begrenzte Zeit ertragen.«

»Nun ja, wir haben ja bereits festgestellt, dass Ihr von Narren umgeben seid.« Der Spott in Vincents Worten war mit etwas Dunklerem durchsetzt. »Und ich bin kein Narr.« Der schläfrige, blasierte Ausdruck wich schlagartig einem inständigen Flehen. »Nehmt mich mit, Henri. Versailles schert mich nicht *so* viel.« Er schnippte mit den Fingern. »Ich will bei Euch sein. Ich ertrage den Gedanken nicht, Wochen und Monate von Euch getrennt zu sein. Ich ertrug es vorher nicht, und jetzt ... jetzt wäre es mein Tod.«

Henri legte eine väterlich-überhebliche Miene auf. »So schnell stirbt man nicht, *mon petit*.« Um endgültig die Oberhand zu gewinnen, fügte er affektiert hinzu. »Ich hasse Gefühlsausbrüche wie diese, du tätest gut daran, dir das zu merken, im Falle, dass du diese Begegnung wiederholen möchtest. Sie sind so furchtbar ermüdend.«

Vincent wurde blass. Er schwieg eine ganze Weile, und als er endlich zu sprechen begann, klang seine Stimme belegt. »Habt Ihr solche Angst, dass Ihr blindwütig um Euch schlagt? Das ist unter Eurer Würde, Euer Gnaden. Ihr erniedrigt nicht mich, sondern Ihr erniedrigt Euch selbst.« Er erhob sich vom Bett und nahm seine Sachen, die er auf einen Hocker gelegt hatte.

Henri beobachtete ihn und wartete darauf, dass sich Zufriedenheit einstellte, denn er hatte sein Ziel erreicht, Vincent zum Gehen zu bewegen und gleichzeitig die Abfuhr wegen Versailles hinzunehmen. Doch alles, was er fühlte, war eine jähe Kälte, da sich Vincents Körper nicht mehr an den seinen schmiegte.

29

Elaine blickte auf die beiden Truhen, die die Lakaien gerade aus ihrem Zimmer trugen. Mehr besaß sie nicht. Henri hatte ihr versichert, dass sie sich bei den Schneidern von Versailles neu einkleiden durfte.

Sie trug bereits ein bequemes Reisekostüm und sah sich ein letztes Mal in dem Zimmer um, das für ein paar Wochen ihr Heim gewesen war. Ohne dass sie es begründen konnte, hatte sich die Aufregung und die damit verbundene Vorfreude über ihre Reise gelegt. Die Sehnsucht, die allein das Wort Versailles in ihr ausgelöst hatte, war verschwunden. Stattdessen fühlte sie beinahe Widerwillen, die Tür hinter sich ins Schloss zu werfen und sich zu der Kutsche zu begeben.

»Ich wünsche Euch eine gute Reise, Mademoiselle Callière.« Sandrine knickste mit gesenktem Kopf. Die Zofe blieb auf *Belletoile,* in Versailles sollte ein Mädchen für Elaine engagiert werden, das sich mit den Sitten und Gebräuchen am Hof und der gängigen Mode auskannte.

»Danke.« Elaine raffte die Röcke und verließ das Zimmer. Außer den Dienstboten begegnete ihr niemand auf ihrem Weg zur Cour d'Honneur, wo gerade die Truhen verladen wurden. Sie sah sich ratlos um, doch Henri war nirgends zu entdecken. Und nach Troy zu suchen erübrigte sich, schließlich hatte er sich ja bereits am Vortag verabschiedet.

Henri starrte in den Spiegel, der ihm die übliche Maske des Herzogs von Mariasse zeigte. Niemand würde die dunklen

Ringe unter seinen Augen oder die tiefen Falten zwischen Nase und Mund unter der dicken Schminke erkennen können.

Etienne erledigte die letzten Handgriffe vor der Abreise. Mit einer Verbeugung trat er näher. »Ich begebe mich zur Kutsche und überwache das Verladen des kleinen Gepäcks, Euer Gnaden.«

»Tu das, ich komme gleich nach.« Henri seufzte. Nach Versailles zu reisen und *Belletoile* alleine zu lassen hatte ihm im Grunde seines Herzens noch nie behagt. Aber heute empfand er einen derartigen Widerwillen, dass er sich am liebsten mit den Blattern oder der Spanischen Grippe angesteckt hätte, um hierbleiben zu können.

Als er aufstand, schienen an seinen Beinen Bleigewichte zu hängen. Schwerfällig ging er zur Tür und drückte die Klinke. Er straffte seine Schultern, um den Dienstboten auf den Fluren das übliche Bild von Autorität und Arroganz zu bieten. An der Treppe angekommen, zögerte er kurz und wandte sich dann zum anderen Flügel. Vor Vincents Tür blieb er stehen und atmete tief durch. Er konnte nicht ohne Abschied gehen. Nicht nach dem, was gestern Nacht geschehen war. Hätte er nur die Kraft besessen, Vincent einfach hinauszukomplimentieren, statt ihn zu verführen. Oder sich von ihm verführen zu lassen. Was objektiv betrachtet eher den Fakten entsprach.

Gleich nach Vincents Geständnis, wer er war und warum er hergekommen war, hätte er dem Ganzen einen Riegel vorschieben sollen und ihn bitten, ihm befehlen sollen, *Belletoile* zu verlassen. Weil er es nicht getan hatte, musste er jetzt für diesen Fehler bezahlen. Nicht nur mit den nagenden Vorwürfen seines Gewissens, sondern auch mit der unumstößlichen Gewissheit, dass sein Verlangen durch diese Nacht nicht gestillt, sondern geweckt worden war.

Seine Hand zitterte, als er sie nach der Türklinke ausstreckte. Dann zuckte er zurück, ohne das kühle Messing überhaupt berührt zu haben. Er konnte es nicht. Er konnte Vincent in diesem Zustand nicht gegenübertreten. Das fragile Gleichgewicht, das er mit aller Kraft aufrechterhielt, würde zerschellen wie Glas auf Marmor. Und das konnte er nicht riskieren.

Henri rieb seine zur Faust geballten Finger und drehte sich um. Mit steifen Schritten ging er den Flur entlang und die Treppe hinunter, um schließlich auf der Cour d'Honneur anzukommen. Elaine umkreiste sichtlich nervös die Kutsche. Sie trug ein elegantes Reisekostüm mit einem breitkrempigen Hut. Zoll für Zoll eine elegante Dame von Welt. Kurz tauchte das Bild vor seinen Augen auf, wie er sie das erste Mal gesehen hatte. Sie war einen weiten Weg in kurzer Zeit gegangen und hatte sich dennoch nicht von sich selbst entfernt. Es gab nicht viele Menschen, die das von sich behaupten konnten. Er zweifelte nicht daran, dass sie in Versailles Furore machen würde. Ihre ungewöhnliche Erscheinung war ein Garant für die Faszination der gelangweilten Adligen am Hof. Sie brauchte nichts weiter zu tun, als unter den Männern zu wählen, die ihr zu Füßen lagen.

Er griff nach ihrer behandschuhten Rechten und beugte sich mit Grandezza darüber. »Elaine, Ihr seht bezaubernd aus. Ich freue mich darauf, mit Euch zu reisen.«

»Henri, wie schön, Euch zu sehen.« Kaum verborgene Erleichterung schwang in ihren Worten mit.

»Habt Ihr etwa gedacht, ich komme nicht?« Er lächelte, obwohl seine innere Anspannung stieg.

»Ja. Nein. Ich weiß nicht, was ich gedacht habe. Aber ich bin froh, dass wir fahren können.«

Etienne erschien hinter ihr und räusperte sich. »Alles ist fertig, Euer Gnaden, Mademoiselle Callière. Wenn Ihr einsteigen wollt.« Er ging zum Wagenschlag und öffnete ihn.

Henri beobachtete Elaine, die umständlich die Röcke um sich zusammenraffte, um einzusteigen. Sie blickte zu der Freitreppe vor dem Haus und senkte dann hastig den Blick, als wäre sie bei etwas Verbotenem ertappt worden. Henri drehte sich um. Die Treppe war leer.

Er setzte sich ihr gegenüber und streckte seine Beine aus. Etienne schloss den Wagenschlag, um seinen Platz neben dem Kutscher einzunehmen. Die Equipage fuhr mit schwerfälligem Schaukeln an.

Troy verließ seinen Posten hinter dem Fenster und trat auf die Freitreppe hinaus. Er setzte sich auf die Stufen und blickte der Kutsche nach, die einen großen Bogen auf dem Kopfsteinpflaster beschrieb und sich zur schmiedeeisernen Pforte bewegte, bei der eine Allee aus Zypressen begann.

Er fühlte sich, als zerrten tausend kleine Haken an seinem Herzen. Schmerz füllte jeden Nerv in seinem Körper aus, obwohl er sich gleichzeitig eigenartig betäubt vorkam. Er hatte Elaine verloren. Sie ging aus seinem Leben mit einer Leichtigkeit, die ihn vor Verzweiflung in den Wahnsinn treiben würde. Er vergrub das Gesicht in den Händen und riss an seinen Haaren, bis seine Kopfhaut brannte.

Wie sollte er ohne sie weiterleben? Wie sollte er nach *La Mimosa* zurückkehren und weitermachen? Er wusste es nicht. Er wusste nicht einmal, wo er die Kraft hernehmen sollte, aufzustehen und ins Haus zurückzugehen.

Eine Bewegung hinter ihm ließ ihn aufblicken. Vincent setzte sich eine Stufe weiter unten hin. Er trug nichts als ein weißes, bauschiges Hemd und dunkle Hosen. Keine Strümpfe, keine Schuhe. Sein Haar fiel ihm wirr und ungebändigt auf die Schultern.

Troy betrachtet sein versteinertes Profil. Er hatte keine

Ahnung, warum Vincent der Kutsche nachblickte, als könnte er sie alleine durch seine Konzentration zurückbringen. Zwischen Elaine und Vincent war nichts gewesen, das hatte Troy beobachtet. Da stellten die Blicke und charmanten Tändeleien des Comte de Syra eine weit größere Gefahr dar.

»Wie kann er einfach so gehen?« In der morgendlichen Stille schnitt Vincents klare Stimme beinahe schmerzhaft in Troys Gedanken. Da er nicht annahm, dass der Junge eine Antwort erwartete, schwieg er.

»Wie kann er einfach so gehen, nach allem was passiert ist.« Vincent fuhr sich mit gespreizten Fingern durchs Haar. »Nicht einmal ein Abschiedswort war ich ihm wert.«

Troy hob die Augenbrauen, als er begriff, dass von Henri die Rede war. Sein Augenmerk hatte sich so ausschließlich auf Elaine gerichtet, dass er den Herzog unbeachtet gelassen hatte. Das jetzt zutage tretende Drama war ihm völlig entgangen. Aber natürlich passte es zu Henri, dass er den Jungen ins Bett gezerrt hatte, ohne sich über die Folgen Gedanken zu machen. Vermutlich brauchte Vincent Geld, um nach Hause zurückzukehren, und Henri hatte vergessen, ihn für seine Dienste zu entlohnen. Das sah dem Herzog ähnlich – immer den Kopf gefüllt mit Fragen zu seiner Garderobe, zu seinem Schuhwerk und zu seinen Perücken. Da blieb kein Platz, sich mit den Problemen anderer zu beschäftigen.

Er wollte Vincent gerade anbieten, ihm auszuhelfen oder ihn ein Stück mitzunehmen, als er merkte, dass Tränen über die glatten Wangen rannen.

»Er liebt mich. Verdammt«, presste Vincent heraus. »Er liebt mich, er weiß es nur noch nicht.« Seine Worte erstickten in heftigem Schluchzen. Er presste die Handballen gegen seine Augen, und seine Schultern zuckten krampfhaft.

Troy hatte Mühe, die Fassung zu bewahren. Auf die Idee,

dass es um etwas anderes als Geld gehen könnte, wäre er nie gekommen. Er hatte sich immer vorgestellt, dass Männer wie Henri einfach ihre Triebe befriedigten, weil sie nicht anders konnten. Im Austausch gegen Geld, Beziehungen oder sonstige Güter. Dass dabei Gefühle im Spiel sein sollten, dass Vincent sich die Seele aus dem Leib heulte, weil er Henri *liebte*, stellte sein gesamtes Weltbild auf den Kopf.

Sein eigenes Herz schrie nach Elaine, deshalb konnte er nachvollziehen, wie der Schmerz Vincent zerriss. Er schob alle Abneigung beiseite, die er gegen schwule Männer empfand, und setzte sich neben ihn, um zögernd seinen Arm um ihn zu legen. Der gemeinsame Schmerz über die verlorene Liebe knüpfte ein Band, das stärker war als alles andere.

Vincent hörte weder auf zu schluchzen noch reagierte er auf Troys unbeholfene Tröstungsversuche. Also blieb Troy einfach neben ihm sitzen und streichelte seinen Rücken. Er hing seinen eigenen Gedanken nach, versuchte zu überlegen, wie die nächsten Schritte aussehen würden, um sein Leben weiterzuleben. Ob er nach *La Mimosa* zurückkehren sollte, wie es die Vernunft gebot. Oder ob er seine Überzeugung und seinen Stolz kurzerhand einer vagen Hoffnung opfern und der Kutsche nach Versailles folgen sollte. Elaine hatte ihm gesagt, dass sie die Chance ergreifen wollte, um an den Hof des Königs zu kommen. Ihr Motiv war Neugier, aber nicht die Suche nach einem Ehemann. Was natürlich nicht bedeutete, dass sie keinen finden konnte ...

Er seufzte und nahm den Arm von Vincents bebendem Rücken. Nach den Erzählungen seines Bruders hatte er niemals Sehnsucht empfunden, Versailles zu sehen. Es gab dort nichts, was ihn zu einem Besuch verlocken konnte. Besser gesagt, es hatte dort nichts gegeben, was ihn zu einem Besuch bewegen konnte. Aber mit dem heutigen Tag war das anders geworden.

Der Schmerz in seiner Brust wich einer wohligen Wärme, als er die Entscheidung getroffen hatte. Elaine war die Liebe seines Lebens, dafür konnte er weit mehr als seine Überzeugung und seinen Stolz opfern. Er würde nach *La Mimosa* reiten und alles für eine längere Abwesenheit regeln. Richard de Varellac oder ein anderer Nachbar würde ihm bestimmt mit Rat und Tat zur Seite stehen. Dann konnte er nach Versailles gehen und weiter um Elaine werben. Ihr einmal mehr beweisen, dass Marie keine Gewalt über ihn hatte und dass er willens war, ihr alles zu geben, was in seiner Macht stand. Dass er sie liebte wie noch keinen anderen Menschen vorher. Die Zuversicht, die ihn bei diesen Gedanken erfasste, machte sein Herz weit. Er würde um Elaine kämpfen. Mit Worten und mit Taten. Er würde Himmel und Hölle in Bewegung setzen, denn diese Frau zu erringen war jedes Opfer wert.

Ein Geräusch riss ihn aus den Gedanken, und er sah auf. Die herzogliche Equipage ratterte über das Kopfsteinpflaster und blieb vor der Freitreppe stehen.

Troy erhob sich. Sein Herz hämmerte in der Brust, und sein Mund war trocken. Er wagte nicht, zu hoffen.

Der Wagenschlag schwang auf. Mit brennenden Augen verfolgte Troy, wie Elaine über das heruntergeklappte Treppchen die Kutsche verließ. Sie kam auf ihn zu, der breitkrempige Hut beschattete ihr Gesicht, deshalb konnte er den Ausdruck darauf nicht erkennen. Sie rannte nicht, sie ging nicht einmal besonders eilig, und der winzige Funke an Hoffnung erstarb.

Troy stieg die letzten Stufen der Treppe hinab, um ihr entgegenzukommen. Stumm blickte er sie an, als sie vor ihm stehen blieb. Elaine legte den Kopf leicht in den Nacken, um ihn ansehen zu können. Er fand keine Spur von überschäumendem Glück auf ihren Zügen, nur von tiefer Entschlossenheit.

Verzweifelt wartete er darauf, dass sie zu sprechen begann, damit er wusste, was sie von ihm wollte. Natürlich würde er es ihr geben, selbst wenn es ihn umbrachte.

»Ich kann nicht nach Versailles gehen.« Ihre Stimme klang fest. »Ich kann dich nicht verlassen, Troy. Ich habe es versucht, ich habe versucht, mir vorzumachen, dass es das ist, was ich wirklich will. Aber es hat nicht geklappt.«

Troy stand da, als wäre er zu Stein erstarrt. Er kämpfte um Worte und versuchte, Freude zu empfinden, aber Elaines unbewegte Miene verhinderte es.

»Das Einzige, was ich wirklich will, bist du, Troy. Egal, was alles passiert ist, egal wie sehr du mich verletzt hast, das alles zählt nicht, weil ich dich liebe. Ich kann ohne Versailles leben, ich kann ohne Schmuck und ohne teure Kleider leben, aber ich kann nicht ohne dich leben, Troy.«

Er sah sie an, durch ihren Tonfall völlig verunsichert, obwohl ihn die Worte mit wilder Freude erfüllten. Zögernd trat er einen Schritt näher und streckte die Arme nach ihr aus. »Elaine«, murmelte er heiser. In diesem einen Wort lag alles, was er empfand. Sehnsucht, Freude, Liebe ... Glück. Ein unbändiges Glücksgefühl, das ihn ausfüllte wie helles, strahlendes Licht. »Elaine.«

Sie stürzte sich in seine Arme und presste sich an ihn. Ihr Körper zitterte wie im Fieber. »Halt mich fest, Troy. Halt mich ganz fest, und sag, dass alles gut wird. Dass du mich nicht gehen lässt, damit ich einen anderen Mann finde.«

Er stöhnte auf. »Himmel nein, natürlich lasse ich dich nicht fort. Und das Letzte, was ich will, ist, dass du einen anderen Mann erwählst.« Sie hob den Kopf, und er küsste sie wie ein Verdurstender – heiß, hart und tief. »Aber was ich dir bieten kann, ist so wenig, und du hast so viel mehr verdient.«

In ihren Augen glitzerten Tränen. »Liebst du mich?«

Er nahm ihr Gesicht in seine Hände. »Mehr als mein Leben, mehr als alles andere auf der Welt, und wenn du mich lässt, dann werde ich es dir beweisen. An jedem Tag, der da noch kommen mag.«

»Mehr brauche ich nicht, Troy.« Sie lächelte, und endlich breitete sich auf ihrem Gesicht das sanfte, glückliche Strahlen aus, nach dem er gesucht hatte. Sie drehte sich um und blickte über die Schulter zu Henri, der ebenfalls ausgestiegen war und wartend bei der Kutsche stand. »Meine Truhen müssen wieder abgeladen werden, Henri.«

Der Herzog kam näher. »Ihr seid also fest entschlossen, Elaine.«

Troy legte unwillkürlich seine Arme fester um sie, aber sie lächelte nur. »Ja, das bin ich.« Sanft machte sie sich aus der Umarmung los und trat auf Henri zu. »Erst jetzt verstehe ich, was Ihr meintet – jeder sollte eine Wahl haben. Ich habe gewählt: *La Mimosa* statt Versailles, Troy statt der Zeremonienmeisterin der Aphrodite, Liebe statt funkelnden Juwelen. Es ist meine Wahl, die ich alleine und unbeeinflusst getroffen habe. Aber Ihr seid es, Henri, der mir die Möglichkeit dieser Wahl geboten hat. Und dafür werde ich Euch ewig dankbar sein.«

Der Herzog neigte wortlos den Kopf, und Elaine fuhr fort: »Verzeiht mir die Verzögerung, die mein Entschluss für Euch bedeutet, aber ich muss meinem Herz folgen.«

»Es wird eine lange, einsame Reise werden, und mein Aufenthalt in Versailles wird sich noch anstrengender gestalten, als ich gedacht habe«, sagte Henri larmoyant und wedelte affektiert mit einem Spitzentaschentuch.

»Das tut mir leid, Henri.« Ihre Augen blitzen im Unterschied zu ihren Worten voller Übermut.

»Es tut Euch überhaupt nicht leid, Elaine. Ich werde mich auch nicht damit aufhalten, Euch darauf hinzuweisen, dass sich dieser *Kretin* hier tief unter Euren Möglichkeiten befindet. Sehr tief unter Euren Möglichkeiten. Aber das wisst Ihr selbst nur zu gut. » Henri wandte sich an Troy, der Elaine wieder an sich gezogen hatte. »Wenn mir auch nur die geringste Klage zu Ohren kommt, dass Ihr Mademoiselle Elaine Kummer bereitet, dann werde ich mich gezwungen sehen, Schritte zu unternehmen, die Euch nicht gefallen, Troy. Glaubt mir, ich kann Euer Leben alleine mit dem Heben meines kleinen Fingers sehr unerquicklich gestalten.«

»Dieser Mühe möchte ich Euch natürlich nicht aussetzen, Henri.« Mit Elaine in den Armen fühlte sich Troy unbesiegbar. Er lächelte den Herzog an und wusste, dass er dabei wie ein Dummkopf aussah. Wie ein glücklicher Dummkopf. »Ich darf hoffen, dass Ihr an unserer Hochzeit teilnehmen werdet?«

»Ja, darauf dürft Ihr hoffen. Und wehe, Ihr wartet nicht, bis ich aus Versailles zurück bin.« Das Taschentuch trat wieder in Aktion.

Troy lachte unbeschwert. »Der kleine Finger, ich weiß.«

Elaine reichte dem Herzog die Hand. »Viel Glück, Henri. Und vielen Dank, für alles, was Ihr für mich getan habt.«

Er verbeugte sich. »Ich habe zu danken, dass Ihr mein Haus mit Eurer Anwesenheit beehrt habt. Ich habe viele Gäste, aber nur wenige, die auch Gast in meinem Herzen sind.«

Troy streckte ihm die Hand entgegen. »Auch ich danke Euch, Henri. Ich beginne zu begreifen, warum mein Bruder Euch so sehr geschätzt hat.«

Der Herzog seufzte. »Ich bin gerührt, wirklich gerührt, Troy. Andererseits ist es schon erschreckend, was die Liebe aus einem Mann macht.« Der Sarkasmus in seiner Stimme war unüberhörbar, aber an dem vor Glück trunkenen Troy glitt er wirkungslos ab.

»Damit muss ich mich wohl oder übel abfinden.« Troy verschränkte seine Finger mit denen von Elaine und ging leichten Schrittes mit ihr zum Haus zurück.

Der Herzog schaute ihnen nach und blickte dann zu Vincent, der noch immer auf der Freitreppe saß. Die ganze Zeit über war er sich seiner Gegenwart mehr als bewusst gewesen. Langsam ging er auf ihn zu.

Vincent sah ihn an, ohne aufzustehen oder ihn sonst wie zur Kenntnis zu nehmen oder ihm gar Respekt zu erweisen. Die eingetrockneten Tränenspuren auf seinen Wangen und die geröteten Augen sprachen eine beredte Sprache. Seine nackten Beine und das hochgekrempelte Hemd offenbarten mehr von seiner wirklichen Persönlichkeit, als er vermutlich beabsichtigte.

Unter Henris Blicken schob er trotzig das Kinn vor. Er glich in diesem Moment so sehr der Verkörperung von jugendlichem Starrsinn, Uneinsichtigkeit und Rebellion, dass Henri beinahe gelächelt hätte.

Er beschloss, ein Ende zu machen. Gegen besseres Wissen und mit der Befürchtung, dass seine schlimmsten Albträume dadurch wahr werden würden.

»Steig ein.«

Zu seiner Befriedigung ließ Vincent die Arme sinken und sah ihn überrascht an. »Ihr nehmt mich mit?«, murmelte er heiser.

»Steig ein«, wiederholte Henri.

Vincent bewegte sich nicht, sondern starrte ihn nur weiterhin mit geöffnetem Mund an.

»Ich sage es kein drittes Mal.«

Diese Worte schienen Vincent endlich zu erreichen, denn er sprang auf. »Ich muss mich umziehen und ...«

»Willst du riskieren, dass ich es mir anders überlege?«, fragte Henri mit seidenweicher Stimme.

»Natürlich nicht. Nein.« Er rannte an Henri vorbei zur Equipage, als wären tausend Teufel hinter ihm her. »Die meiste Zeit meines Lebens trug ich ohnehin keine Schuhe.«

Henri setzte sich ihm gegenüber, und die Kutsche fuhr an. Das Strahlen in Vincents Augen brachte ihn dazu, aus dem Fenster zu sehen. »Ich kaufe dir unterwegs Kleider. Und in Versailles bekommst du eine komplette Ausstattung, wie es sich für den Sekretär des Herzogs von Mariasse geziemt.«

»Natürlich, Euer Gnaden. Was immer Ihr wünscht.«

Henris Blick kehrte zu ihm zurück. Hinter jedem einzelnen Wort spürte er Vincents atemlose Zuneigung. Die Kutsche schien plötzlich zu klein und zu eng für die tagelange Reise. Es gab keinen Platz, etwas zu verbergen. Keinen Platz, sich zu verstecken. Und sie wurde noch kleiner und enger, als ihn Vincent voll unverhohlener Glückseeligkeit anlächelte. »Alles wird gut.«